无人作证

WU REN ZUO ZHENG

范小青

长篇小说系列

FAN XIAO QING

人民文学出版社

图书在版编目(CIP)数据

无人作证/范小青著. —北京:人民文学出版社,2015
(范小青长篇小说系列)
ISBN 978-7-02-010987-6

Ⅰ. ①无… Ⅱ. ①范… Ⅲ. ①长篇小说—中国—当代 Ⅳ. ①I247.5

中国版本图书馆 CIP 数据核字(2015)第 120128 号

责任编辑 包兰英
装帧设计 陶 雷
责任印制 史 帅

出版发行 人民文学出版社
社 址 北京市朝内大街 166 号
邮政编码 100705
网 址 http://www.rw-cn.com

印 刷 北京季蜂印刷有限公司
经 销 全国新华书店等

字 数 226 千字
开 本 680 毫米×1000 毫米 1/16
印 张 20.25 插页 3
印 数 1—5000
版 次 2016 年 10 月北京第 1 版
印 次 2016 年 10 月第 1 次印刷

书 号 978-7-02-010987-6
定 价 36.00 元

第 1 章

天色阴沉沉的,像要下雨。谢青云慢慢地从区法院里走出来,她下意识地回头看了一眼法院的大门。这门真是说不上有什么气派,不像平时在电影电视里看到的法院总是有着高高的台阶,镜头可以拉得很长,又有着很大很大的国徽,镜头可以拉得很近。生活不是这样的,区法院的大门真是一点气派也没有,很旧了,好像是六十年代造起来的,也许更早一些,但是作用和功能是一样的。谢青云想着,苦笑了一下,一个老而又俗又蹩脚的故事,一种被千百万人讲过听过编排过咀嚼过的故事……事业与家庭……离婚……就是这样,真是很庸俗很乏味,写出故事拍出电影来也已经没有人想看。从前我看到这样的故事,我就想,这算什么,真是很无聊,想不到这种事情现在轮到我自己了,但是不管你愿意不愿意,生活已经是这样子了,我没有别的办法,我只能接受生活,谢青云想,我无可奈何。我真的无可奈何?她拢了一下被风吹乱的头发,有过路人朝她注目。

这时候下起小雨来,在这个南方的小城,雨季总是很长很长,在雨季的时候,人们常常会忘记太阳是什么样子,小雨永远也不肯停下。谢青云用手挡着前额,她的留海儿和许多女人的留海儿一样是用发胶粘起来的,不能着水,一着水就像一团糨糊趴在脑门子上,很狼狈的样子。谢青云曾经努力地回想过,但是她永远也回想不起来,从前没有发胶摩丝的时候,她的头发,还有许许多多女人的头发是怎么竖起来的。过去的已经过去,大家总是用这样的话来自我安慰也安慰别人。现在大街上的女子许多人的头发都竖得高高的,谢青云用手挡着雨丝的时候,她突然觉得有点奇怪,现在我怎么还在想着自己的头发,你难道不知道你的生活已经出现了什么样的变化,这个变化有多大,你难道不明白吗?谢青云想,我怎么能不明白,丈夫要走了,还要带走儿子,也就带走了家,带走了一切,全都没有了。如果这时候谢青云感觉到天上掉下来的不是雨而是她的眼泪,这种感觉一定是真的。街上的人行色匆匆,急急地往前奔,谢青云想你们并不一定是因为下雨才往前奔的,不下雨大家也在往前奔。我也是这样,拼命往前奔,可是我不知道我要奔到哪里去,我也不知道我要奔到哪一天,我奔得好累好累,可是我万万没有想到我会奔出这样的一个结局。

第三次法庭调解结束……

法官说,尽量以比较平淡的口吻说话。

但是在谢青云听来,这口吻一点也不平淡。

并不是宣判,不是最后的结局,只是法庭调解,调解是失败的,有第一次的失败,才有第二次的调解,有第二次的失败,才有第三次的调解,现在,第三次调解也已失败,于是将会有宣判……

以法律的名义,宣判……

离婚。

离婚。

这正是乔江要达到的目的。

这就是结局。

是的，今天还不是最后的结局，按法律程序，最后结局还有十五天，但是谁又能说今天不是最后的结局？也许，根本不是今天，是在乔江向法院递交离婚诉状的那一天，不，也不是那一天，是更早的某一天，或者，根本就不是某一天，根本就没有所谓的那一天，结局其实是一个过程，本来就是一个过程，而不是一个终级，这过程从该开始的时候开始，到该结束的时候结束。

十五天后，有两种可能，判离，或者判不准离，这是截然不同的两种结局。

如果判离，怎么样？如果判不准离，又怎么样？结局也许是不一样的，但本质却是一样，走到今天这一步，离与不离，已经没有什么本质的区别了。谢青云的心正是为此而疼为此而破碎……我的生活怎么走到了这一步？

这不应该是我的生活，但是，这确实是我的生活的一种必然的走向，我不知道为什么，我只知道它已经来临。谢青云想着法官们看着她的那种眼神，他们都认为我很坚强很厉害很能干很……我真的如大家想象的那样吗？我若说不，没有人肯相信我，没有人愿意接受我的软弱，为什么你们都不相信我，我并不要做这样那样的事情，我并不要做出很大很多的成绩，可是我偏偏做出来了。人们只看事实，无可辩驳，但是有谁知道我已经一而再再而三地退而求之。我只想平平淡淡，守着丈夫儿子过我的一生，但是这已经不可能。也许并没有谁在和我为难，和我作对，只是生活的安排吧。我反复地说，反复地想，我做错了什么，我没有，我想，我没有做错什么，我真的没有做错什么，结婚十年，我是爱乔江的，我没有对不起他，我不敢说在我的心里没有喜欢过别的什么人，一个人一辈子只爱一个，谢青云想那恐怕是不可能的，我不知道这世界上到底有没有这样的人，大概没有，不会有，可是……我怎么了，这么些年来，我克己，我忍让，我顾全大局，我已经极尽了我的全力，我已经筋疲力尽，我想维护我的家庭，我也常常怨这个家，我也常常为这个家感到困惑感到迷茫，也为这个家的前景担忧，但是，在我的心底深处，我是很喜欢这个家的，我离不开我的家，我不能没有这个家，但是，不能发生的事情到底还是发生了，我没有能力扭转，我尽了最大的努力，我实在没有力量了。

谢青云慢慢地朝前走去。

区法院越离越远。

乔江跟在谢青云后面出来，法院里有人送他，他和他们是一个大系统的。公检法，本来就是一家。乔江在市公安局刑侦处工作，成天和罪犯打交道，在通俗的故事里，常常是做警察的丈夫因为工作太忙而被妻子抛弃，但是生活不是这样的，生活中乔江的角色完全是另外一回事。

乔江也很忙，和所有的通俗故事中做警察的男主角一样地忙，可是事情的结果却和通俗故事相反，结局是警察抛弃了妻子，而不是妻子抛弃了警察。

他们叫我什么，乔江问谢青云，你知道我在局里绰号是什么？谢青云有些心不在焉，乔江再说一遍，谢青云道，什么？绰号？我不知道。乔江有些失落，但还是说了，叫我什么，叫我冷面杀手。冷面杀手？谢青云听进去了，笑了一下，乔江看她笑，道，笑什么，怎么样，这绰号？谢青云道，好，这绰号好啊。乔江道，好吗？你以为这绰号很符合我吗？谢青云看乔江一眼，她有些捉摸不透乔江的意思,是喜欢这绰号呢,还是不喜欢。谢青云道,一般来说,人的外表常常和人的内在的东西相反,这是事物的平衡规律。乔江紧接着道,你的意思,我是一个外冷内热的人?说这话的时候,乔江眼睛里掠过一丝内容,是什么,谢青云一时没有捕捉住它。谢青云再次笑了,就算是吧,人总是把自己往好里想。乔江也笑,那时候,他们已经笑得比较少了,但那一次例外。那例外也许正因为乔江确实是一个外冷内热的人,或者说,乔江应该是那样一个人吧,所以他们在长期沉闷的生活中有了那一次例外的笑。

谢青云不能想到,在那一次的例外以后不久,却发生另一个例外,仅仅只有一次,当然也只能有一次,这是致命的一次,一个人的一生,尤其是一个女人的一生,是不能够禁得起几次这样的例外的。这样的例外,这样的打击,在谢青云走出区法院大门的时候,她已经没有能力来重新回想一下事情的经过。她慢慢地向前走,没有回头看,但她感觉得到乔江正在向她走来,她在心里喊着,乔江,难道你不明白吗?你不明白这致命的一击?

乔江加快步伐走到谢青云身边,说:"下雨了,快点走吧。"

谢青云没有说话,也没有看乔江的脸,她不敢看他,她怕自己一看他就会流下眼泪来,谢青云觉得自己此时此刻最最需要的就是把自己沉重的脑袋和沉重的心靠在一个男人的肩上,歇一歇。

可是没有这个男人了,乔江已经不愿意再做她的丈夫。

乔江也没有看谢青云的脸,他停顿了一下,说:"我的自行车在那边,我,先走了,你……"他又停顿了一下,然后道,"小晶让他在奶奶那儿待一阵,这样对他、对我们都有好处。"

谢青云说不出话来,我没有时间管孩子,我把孩子扔了,我是个什么母亲?

“还有……”乔江犹豫着说，“十五天时间，我们还有时间再想想……”

再想想，想什么，想过去的美好时光？想道德良心责任感？一切都已想透，没有必要再想了，乔江，你若不是把一切都反反复复想过来想过去，你是不会下这样的决心的，这一点我明白你。

“我走了。”

谢青云低垂着眼睛，点点头。乔江走开了，她看着乔江骑上自行车远去，她的心就像被刀子剜去了一块，我的心怎么这么疼，谢青云不由自主地用手捂住心口。

过路的人朝她注目，她本来就是一个很引人注目的女人，不管她愿意不愿意，走到哪里都会有人注意她。

你当然是愿意的，有人注意你，你不会不快活，田茅说。

谢青云，你有什么想法？法官问。

我的想法，还重要吗？不重要了。既然乔江认为已经没有共同生活下去的必要，大概法官们也这么想吧，那么，我的想法，有或是没有，我同意或者我反对，我高兴或者我伤心，还有什么意义？谢青云缓缓地摇头。

你没有什么要说的了？

……

如果法院判决，你能接受？

……

我可以不接受法律，但是我不能不接受事实；我能够抵抗法律，我却不能抵抗生活的安排命运的摆布。

她慢慢地点了点头。

只差在宣判书上签字了，如果今天、现在就要她签字，她会签吗？会的,谢青云当然会签的。

一痛永绝。

谁能真正做到一痛永绝？

没有这样的人,乔江呢？乔江也不能。

你们放心,谢青云看着法官,我不会固执己见的……一切到此为止,她感觉出法官们松了口气,乔江离她远一些,她感觉不到他的感受。

谢青云觉得自己应该能够承受住这一切,她觉得自己表现得很冷静、很正常、很理智,她不会乞求乔江把什么东西再还给她,那东西,走了也就走了,那是要不回来的,即使能要回来,她也不会向乔江去乞讨,也不会向法官们去哀求什么。整个过程中,乔江一直低着头,这是谢青云感觉到的,她并没有朝他的方向看一眼,但是她能感觉到,法官们互相传送着他们的感觉,互相交换着他们的想法,他们的看法比较一致,既然这样……我一定要坚强一些,谢青云想,我要坚持住,人的一生,谁知道,谁能预料,谁能明白。小时候常听外婆道,不看小姐出嫁,要看老太收场,现在的我,既不是小姑娘,也没到老太收场的时候,我还得往前走路,我不能倒下。可是,谢青云在心里向大家说,我真的不是一个坚强的女性,我真的不是,你们都看错了我……谢青云感觉到雨丝已经打在她的脸上,她的泪水可以顺着雨丝一起从她的脸颊爬过。

谢青云的皇冠停在离区法院不远的地方,她朝小车走去,她掏出手帕擦擦眼睛,司机小郭也没有敢看她的脸。等她坐上车,小郭问:“谢总,去哪里?”

去哪里？

谢青云犹豫了一下,她不知道该到哪里去。

回家?

哪还有家?房子还在,没有了人,没有了血肉,没有了灵魂,家还有什么意义。

一具空壳而已。

到公司去?

去做什么?

去干我的事业,去挣钱,去创一片自己的天地。

是的,谢青云就是这样想的,这样做的,她要凭自己的力量,凭自己的努力去开创一片自己的天地,然后,回家,把自己的种种努力把自己的种种辛苦,也把自己在创业中的种种欢乐和痛苦告诉乔江,告诉儿子。

钱小梅评上最佳女配角了,谢青云兴奋地向儿子说,儿子没有听见,他正看动画片,谢青云又说一遍,儿子回头看着她,有些茫然。什么?钱小梅,妈妈的公司推荐出去的女孩子。儿子的眼光又落回电视上,他不明白,在他这样的年纪也不需要他明白,他只看动画片就行,把功课做好,看动画片。但是谢青云还是向儿子诉说,关于她自己的工作、事业,她的一切,不管儿子听不听、懂不懂,她不停地告诉儿子。儿子看她一眼,间或再看她一眼,为什么?

多少年来,她一直是和乔江也和儿子共同分享欢乐共同分担痛苦的,可是现在,乔江走了,儿子走了,她的幸福,她的苦恼,向谁诉说,她的一切努力,还有什么意义……谢青云坐在轿车里失声痛哭起来。

小郭沉默着,把一扇开着的车窗悄悄地关上。

谢青云让眼泪尽情地在脸上流淌。

过了好一会儿,小郭问:“回家去?”

谢青云擦了一下眼睛，说：“我下车走走，你先回去吧，今天不用车了。”小郭没有说话，他又等了一会儿，才慢慢地下车，从另一边帮谢青云把车门打开。谢青云下了车，把脸侧对着小郭说：“你走吧。”

小郭没有动，谢青云叹息一声，慢慢地走开去，走出好一段路，她才听见小郭发动车子的声音。

第 2 章

"我接了一个大案。"

谢青云回家已经很晚很晚了,乔江还没有睡,正躺在床上看一本《刑事侦查的疑难杂症》,床边小柜上放着的烟灰缸里已经塞满了烟头,看到谢青云回来,他坐了起来,眼睛盯着她。

"我接了一个大案。"

乔江又说。

谢青云脱了外衣,说:"真累。"

"我接了一个大案。"

乔江第三次说。

谢青云勉强地"哦"了一声。

乔江又点了一支烟,叹息一声,说:"无聊。"

谢青云回头看了乔江一眼:"你说什么?"

乔江斜眼看看她:"我说了三遍的话你听不见,我只说两个字你倒听清楚了,我说无聊。"

"谁无聊?"

"当然是我无聊。"

谢青云忍了一下："你说什么？"

"你根本没有听我说话。"

乔江一下子兴致全无，重新躺下去看书，不再和谢青云说话。

谢青云愣了一会儿，是我不对，又是我不对，她走到床边，看着乔江，问："是什么案子？"

乔江犹豫了一下，重又坐起来，精神也好了些，说："三个组竞争，给我争到了，是个很大的案子，破出来会很轰动。"

又不知有多少个日日夜夜不能过正常的日子，谢青云想着，嘴上不由地说："你忙。"

乔江愣了一下，不高兴地道："积极？我积极还是你积极？"

谢青云张了张嘴，没有说出话来，谁积极？两个人都一样，你也别说我，我也别说你，闭嘴吧，平时都是这样的，大家忙，就闭嘴，什么话也不说。

乔江再一次拿起书来看，却看不进去，停了一会儿，说："你对我的事情，越来越不放在心上了。"

谢青云说："我是心疼你，看你一天到晚忙得要命，又怎么样？"

乔江说："你说又怎么样，你不也是一天到晚忙得不见人影子。"

谢青云说："忙也要忙得值得，要有同等的价值。"

乔江的脸很不好看，冷冷地道："当然，你忙得有价值，我忙得屁钱不值。你能挣大钱，你多了不起。"

谢青云忍了一下，又忍了一下："好了，不说了，很晚了。"

乔江狠狠地吸烟，吐烟。

谢青云洗了脸，坐在梳妆台前，背对着乔江问一声："小晶的功课你看了没有?”

乔江没有回答。

谢青云又问了一声,乔江还是不说话,她回过头来,说:“乔江,你怎么,小晶的功课你也不管管。”

乔江说:“你管管吧,我没有时间,明天就要汇报案情分析……”

谢青云摇了摇头,到小晶屋里轻轻地把小晶的书包拿来,打开来一看,有两张试卷,是期中考试的,小晶根本就没有提期中考试的事情,也许,小晶说过,可是她没有听见,乔江也没有在意,谢青云看到儿子的考试成绩都是八十几分,一时有些说不出的感觉,她把试卷拿给乔江看。乔江看了一下,似笑非笑,道:“挺不错的了,没有爹娘管教的孩子能考这么好,真不错了,像我的儿子。”

谢青云说:“你说得出,小学低年级,人家都是双百分的,他才考八十几分,你……”

乔江瞟她一眼,道:“那你就花点精力教教他,你不知道人家考双百分,人家的家长花了多少精力。”

谢青云说:“那是的。”

他们两人都沉默下来,过了好一会儿,谢青云说:“长期下去,小晶的功课肯定不行的,最好……”

乔江看了她一眼。

谢青云说:“能不能想想,比如,请个家庭教师。”

乔江道:“那是,你请得起。”

谢青云犹豫了一下,慢慢地道:“或者,或者,前些日子奶奶说她就要退休了,如果奶奶退休了,能让奶奶带小晶一段时间……”

乔江说:“是呀,做父母的不尽责任。”

谢青云说："我也是没有办法。"

乔江说："我母亲做了一辈子教书匠，临到退休，你还不让她清静清静休息休息。"

谢青云说："怎么是我不让她休息，儿子是我一个人的吗？再说，也是奶奶的孙子呀。"

乔江说："那就等奶奶退了休你去跟她说吧，我是开不了这个口。"

谢青云叹息一声："再说吧。"

不知从什么时候开始的，和乔江说话，不是以叹息声结束，就是双方互生闷气，要不就是互不相让，吵一回，谢青云想，这算什么呢？从前那种温馨，那种体贴，到哪里去了？

乔江和谢青云都闷声不响，谢青云关了灯，乔江也没有说话，谢青云久久地睡不着，满脑子里回荡着白天生意场上的紧张激烈的情形，谈判，讨价还价，成交后的喜悦，谈不成的沮丧……忽然，她感觉到乔江轻轻地叹了口气，乔江也睡不着。

乔江向她靠近过来："青云，好久没有……"

谢青云把身子让开了一点："我很累。"

乔江看着谢青云，眼睛里有些雾气似的，不怎么明亮："真的，有好长时间了，我都记不得上一次……"

"我真的很累，实在是……"

乔江叹息道："我可以申请做和尚去了，经得起考验了。"

谢青云心里很难受，她低低地说："你怎么不肯体谅我。"

乔江冷笑了一下，说："我怎么不肯体谅你，又有谁来体谅过我？"

谢青云说："我辛辛苦苦做事情，为了谁，还不是为了你和小晶?”

乔江说:“我看更多的是为了你自己。”

谢青云说:“说话要有良心,我为了我自己? 我挣了钱,还是自己吃了什么好的,穿了什么名牌,我的生活有哪一点侈奢了。”

乔江说:“你要的是另一种侈奢。”

谢青云说:“你真的不能理解我?”

乔江突然古怪地笑了一下,翻过身去,背对着谢青云。

窗帘没有拉紧,有一线月光从缝隙里挤进来,照在床上。谢青云心里突然涌起一股歉疚,她推了推乔江,乔江没有动,谢青云开了灯,摸摸索索从自己的手提包里拿出一张报纸,塞到乔江手里。

乔江看了一下,原来省报上登了介绍形象设计公司的大文章,在二版上,占了大半个版面。

乔江没有看文章,只看了看记者的名字,说:“严萍,女记者?”

谢青云说:“是的。”

乔江说:“跟你很熟吧,写这么大的文章吹捧你。”

谢青云顿了一顿。

乔江感觉到了:“怎么?”

谢青云说:“是田茅的爱人。”

乔江“哈”了一声,说:“她倒很豁达。”

谢青云说:“什么意思?”

乔江说:“没什么意思,随便说说,或者也可以反过来说,是田茅很有本事……”

谢青云说:“你什么意思?”

乔江伸手关了灯,说:“算了,睡吧,只当我放屁。”

谢青云说:“乔江,我们怎么了,难得有时间说说话,每一次说话总是互相攻击，互不相让，为什么，怎么变成这样？”

乔江打了个哈欠，说：“这个问题你已经问过我无数次了，我回答不出，你还是自己好好想想吧。”

谢青云说：“我想不明白，我也许管这个家是管得少了些，可是我并不是自己在外面吃喝玩乐呀，说今天吧，报纸登了这文章，我一下午就接了几十个祝贺的电话，说话把嗓子都说哑了，你听不出来？”

乔江说：“照你的意思，搞话务员的那些女人，就不能结婚，不能做妻子了，她们每天接话的次数要比你多得多吧。”

谢青云说：“有你这样说话的吗？”

乔江说：“我说得不对？”

谢青云说：“我到现在脑子还没有平静下来，因为宣传的作用，许多原来一直定不下来的合同，今天下午都签成了，一下午，真是忙得我……”

乔江说：“苦中有乐嘛。”

谢青云说：“难道你不为我高兴？”

乔江说：“我有什么好高兴的。”

谢青云说：“我的事业也就是你的事业呀。”

乔江说：“不敢，不敢，你的事业可不是我的事业。”

谢青云说：“那什么叫夫妻？”

乔江说：“那我问你一声，你的事业就是我的事业，那么我的事业是不是你的事业呢？我破一个案子我很高兴，你是不是跟着我一起高兴呢？”

从前也有过的。

但是现在没有了。

我真的变了？

是我变了还是乔江变了？或者我们两个人都变了？

沉默了很长的一段时间，谢青云和乔江都知道对方没有睡着。

突然乔江又转过身来，说："向你打听一件事。"

谢青云等待着他的下文，他却不说了，谢青云说："为什么不说了？"

乔江说："是有关田茅的，我一开口，你又会不高兴，两个人又要互不相让了。"

谢青云觉得有些不自在，虽然在黑暗中，但是乔江能够感觉到。

乔江说："田茅的那些事情，他老婆知道不知道？"

谢青云心里猛地一跳："田茅的什么事情？"

乔江又笑了一声，说："你不知道？那就不说了，到此为止，睡。"

转过身去再不说话。

谢青云心里乱成一团，脑子里千回百转，乱七八糟，自己也不知道自己到底要想些什么问题，又过了一会儿，她朦朦胧胧感觉到黑暗中有人在看她，她吓了一跳，借着月光仔细一看，是乔江。

乔江坐起来，脸正对着她。

谢青云心里一热，拉拉乔江，说："睡吧。"

乔江没有动弹。

谢青云说："你接了个大案，是什么案子？"

乔江没有作声，过了好半天，乔江说："少女失踪。"

谢青云心里莫名其妙地抖了一下。

第 3 章

“现在宣布,乔江诉谢青云离婚案第三次法庭调解结束……”

结束。

结束。

结束。

早就结束了,怎么等到现在才宣布,法律程序有时候是让人哭笑不得。

谢青云沿着大街往前走,她低着头,怕路上的人看见她的眼睛,走进街心公园的绿树丛的时候,谢青云突然愣住了,她看到一个人。

高继扬。

他正站在树丛那一边,默默地注视着她,谢青云从他的注视中读出了同情,读出了安慰,也读出了更多更深的东西,那种深深的东西,深入她的灵魂,谢青云的心猛地一抖,眼泪一下子又涌了出来。

高继扬朝谢青云走过来,他高高的身材在人群中显得很突出,但是此时此刻,高继扬却全无往日的光彩,他目光暗淡,神情沮丧,看上去好像老了十多岁。

他是为了谁?

高继扬走近谢青云,他向谢青云伸出手来,好像要搀住她。

她真想扑到他的肩上大哭一场。

高继扬伸出去的手又慢慢地收回去,他知道谢青云不会让他搀扶的,谢青云的心,高继扬是能够明白的,他没有用双手去扶她,他用目光用心去扶着她:"你,还好吧?"

我不好。

谢青云怎么也忍不住眼泪。

高继扬说:"擦一擦。"

谢青云擦了一下。

高继扬盯着她的眼睛,过了一会儿,问道:"乔江还是坚持?"

谢青云的眼泪又往外涌。

"调解了三次,一点用也没有?乔江怎么说?"

有什么可说的,乔江说不说话,法官都能理解他,他们都同情他。

"你怎么说的?你有没有说自己的想法?"

我说也好,不说也好,没有人会相信我,因为……因为我……

你太招惹人,你自以为你从来不去惹人,其实你已经惹了不少人,你看到许多人,他们面对你的都是笑着的脸,可是在你的背后,你看得见他们的脸吗?你看不见,于是你就以为他们永远是为你而生,为你而笑的。田茅曾这样嘲笑着说过她。

不,我从来不这么想,我从来没有认为人都是为我而生,为我而笑。

你不是吗?你再把自己的内心看一看清楚。田茅还说过,谢青云想。

你为什么老是要逼视着我?

因为你总是不肯承认事实。

高继扬见谢青云不想说话,也跟着沉默了一阵,后来终于憋不住,又说:"为什么? 乔江到底要干什么?"

谢青云只是摇头,什么话也说不出来。

高继扬说:"真的到了不可挽回的地步?"

挽回? 挽回什么?

高继扬看了看谢青云的头发,轻声说:"走吧,头发湿了。"

谢青云点点头,他们一起往前走,并不是朝着谢青云的家,也不朝着高继扬的家,他们并不知道要往哪里去,只是往前走罢了。其实,往前走也是雨,小雨到处都在落下来。

高继扬默默地注视着谢青云,他说:"到底为什么,怎么会这样子,怎么会弄到这一步?"

到底为什么? 我也不知道,我真的不知道。

高继扬说:"有什么话不能跟我说吗,你不信任我了?"

我怎么会不信任你,从前除了乔江,我最信任的也许就是你了,你难道不知道、不明白? 不,你是知道的,你是明白的,现在,乔江已经走了,只有你了,你也会离我而去吗?

一个离了婚的女人。

"乔江怎么会……这样……"高继扬说,"我能不能……我能不能问问他,到底为什么?"

到底为什么? 谢青云忍不住看了高继扬一眼。

高继扬感觉出谢青云的目光的分量,我也要让你感觉到分量,感觉到依托,感觉到别的许多内容。

我感觉到了。谢青云想。

“我听人说，也许，是瞎说，有人说是为小钱老师？”

摇头。

乔江也说，小钱老师只是事情的一小部分，即使乔江不这么说，谢青云也能感觉到。

“听说，听说有人给乔江寄了照片？”

谢青云愣了一下，你也相信有照片的事情？

“是我和另一个男人的照片。”

“是谁？”

我不知道是谁，我很想知道是谁。照片到底是什么样子，我很想看一看，我从来没有和别的男人拍过不应该拍的照片，怎么会有照片，我不相信，我实在不能相信。乔江坚决不给我看照片，为什么？法院是不应该的，既然乔江向他们出示了照片，为什么不给我看，我有权利了解一切，可是法院的人相信乔江，不相信我，我可以坚持我的想法，我相信我能赢的，但是赢和输已经没有什么实际意义了，我再也不能赢得乔江的心，我彻底地输了。

高继扬指指路边一家咖啡店：“进去坐坐？”

也好。

到哪里都一样。

谢青云随高继扬走进咖啡店，高继扬到火车座找一个空位。这是情人座，谢青云苦笑了笑。

等咖啡的时候，高继扬说：“现在有人专做拼接照片的下流事情，会不会有人存心要害你？”说这话的时候，高继扬眼里充满担忧，还有一种说不清的东西，好像有些虚幻，又有些害怕似的，谢青云分不清，她现在全乱了，心乱了，人也乱了。

有人要害我？谁要害我？我从来没有和谁过不去，我的生意也做得和和气气，我的人事关系也搞得顺顺当当，我的公司上上下下都很和谐，我的社交四面八方也都摆得平平整整，除了我自己的家没有弄好，别的我都努力了，都努力成功了，只有我的家我努力不起来，我失败了，但这是我自己的事情，和别人没有关系，没有人要害我，不可能有谁害我，害我离了婚，他又有什么好处？我想不出这样的人来，根本就没有这样的人，高继扬怎么会有这样的想法，高继扬不是一个习惯想入非非的人。

谢青云看了高继扬一眼，你怎么了？

服务小姐端上咖啡，高继扬说："请再来一杯粒粒橙。"

我确实是喜欢喝粒粒橙，别的饮料我都不喜欢喝，他每次都给我点粒粒橙，乔江好像不知道我喜欢喝什么饮料，他从来不给我点粒粒橙，但是，谢青云想，但是，他们是不一样的，乔江是我丈夫，高继扬不是。

高继扬说："你想想，你的公司，做这么大的事情，也可能无意之中得罪了谁，妨碍了谁的利益……"

高继扬虽然是在问谢青云，可是谢青云从他的神态中，好像觉得高继扬是在对一件事情做出他的判断。

这不可能。

高继扬不可能对这件事情作出准确的判断。

有人陷害？

这是说不通的，做生意总是你争我夺，这很正常，但是，寄照片是不正常的，我知道不是这些原因，我说不出为什么，但是我的感觉告诉我还有别的原因。

高继扬看谢青云始终低着头，他叹息着，他的眼睛里有许多许多的关切，虽然蕴含得很深很深，但谢青云能够感受到。

“既然，”高继扬说了两个字，停顿下来，他好像在考虑要不要把话说下去，他犹豫了一会儿，还是说了出来，“既然已经到了这一步，也只好……”他又看了看谢青云的脸，说，“你还是想开一点，虽然我自己也觉得现在说这样的话很虚伪，但是我还是要说，你要坚持……”

坚持什么？

为谁而坚持？

坚持了又怎么样？

高继扬继续说：“你还有你的事业，你还有你的许多朋友，我们，我们大家都关心你、了解你、信任你，我们都可以为你说话。”

为我说话，说给谁听，说给乔江听吗？已经迟了，他已经不想听有关我的什么事情了，我的一切已经与他无关了……乔江，我真的与你无关了吗？你在听到法官宣布第三次调解结束时那一瞬间的表情，我永远也忘不了，我永远记在心头。

高继扬喝了一口咖啡，咖啡还很烫，他看谢青云也想喝，说：“还烫，小心烫着。”

谢青云看着他，他慢慢地把自己的手伸向谢青云，谢青云愣了愣，也把自己的手伸给他，她感觉到高继扬的手既有力又柔和，这是一个可以依靠的男人，她下意识地看看高继扬的肩，宽宽的，厚厚的，她可以在那上面靠一靠歇一歇，可是……我不能，我不能……阿飘，虽然我很想很想把我的头靠在你丈夫的肩上，我真的很想很想，但是我不会这样做，阿飘，你相信我。

谢青云，阿飘，温和。

我们三个人曾经一起在戏校读书，我们一起练嗓子，一起压腿，一起上台，一起出洋相，一起笑，一起哭，一起开心，一起苦恼，我们三个人形影不离，大家说，你们三个人难道连心也是连在一起的吗？他们确实是有这样的感觉……

这是好多年以前的事情了。

后来就发生了变化，变化是必然的，许多年不变的生活那不叫生活，生活就意味着变化。

我们一起爱上了戏校的政治老师，他叫田茅。

那是爱情吗？

一直到现在，时间已经过去了十多年，谢青云也还是说不清楚那是不是爱情。

为什么我们三个人会同时喜欢上一个人，真是很奇怪，难道我们三个人的心真的连在一起？

如果我们的心真的曾经连在一起，到后来我们就慢慢地分开了，都是因为田茅。

田茅有什么好？

现在再也想不明白当初怎么那样的迷糊，戏校的老师，男的，英俊的，神气的，有才能的，有本事的，虽然不是很多，但多多少少也有那么几个，足够女孩子们喜欢的，为什么我们三个人偏偏去喜欢一个不唱不跳，只会耍嘴皮子的老师。田茅最大的特点就是油嘴滑舌，最大的本事就是对人冷嘲热讽，他专拣女孩子内心最隐秘最怕人知道的东西来寻开心、来嘲笑，戏校的女孩子几乎没有一个不被他挖苦，不被他当面开销弄得哭鼻子流眼泪的，田茅生下来好像就是为了和女孩子们作对的。

我就是喜欢上了这样的一个人。

莫名其妙。

更莫名其妙的是我发现阿飘和温和她们也一样喜欢田茅。

我们都没有成功，他根本看不上我们，后来他到大学的干部班读书去了，我们失落得直想哭，但是我们没有办法，我们都是小女孩子，我们还不懂得怎么为自己争取一点什么，就这样我们毕业了，分配到三个不同的地方戏剧团唱戏。

值得欣慰的是我们又和好如初，是不是因为我们中间谁也没有得到田茅？我不知道假如我们中间有一个人和田茅结了婚，以后的事情会怎么样发展，我不知道，我想象不出。

事情没有朝那一个未知的方向发展，而是朝着这一个方向走过来。

以后，我们都长大起来。

再以后我们都有了自己的小家庭，有了我们的孩子。

谢青云——乔江。

阿飘——高继扬。

温和——江晓星。

……

我已经没有了乔江，我绝不会再让阿飘失去高继扬，阿飘，我绝不会，虽然我知道高继扬的心，我知道高继扬的想法，但是我不会那样做，我绝不让你也承受到如我现在正在承受的那种剜心的疼痛。

谢青云慢慢地从高继扬手中抽回自己的手，高继扬能够理解她的心情，他并没有表现出什么失望，只是默默地看着她，他并不多说什么，就像平时一样，不说什么，只有一种默默的凝望，我的心，就是被你的这种凝望融化了的，谢青云心里泛起一股说不清的滋味，她想着三个男人，乔江、田茅、高继扬，她心里很乱很乱。

高继扬把自己的两手绞在一起，他一直没有再说什么，只是默默地看着谢青云，什么话都在其中了。

谢青云平静了一些，她问高继扬："阿飘她还好吧？"

高继扬淡淡地说："她不好。"

谢青云关切地说："还赌？"

高继扬点点头："家里什么事也不管，孩子也不管。"

谢青云心里抖动了一下，她听出高继扬内心的痛苦，但是她无能为力，阿飘，你怎么的，你有这样好的丈夫，他的体贴，他的同情心，他的责任心，他的一切的好处，你怎么能视而不见。阿飘，你真是辜负了高继扬，难道你也要像我一样，等到失去以后再追着后悔？阿飘，我不说有这样的丈夫你应该知足这样的话，这话是不对的，爱情本来不应该说什么知足不知足，但是你怎么能……

高继扬说："还有，还有，她……"他好像有点不能启齿的样子，脸上有些不自在，谢青云也听说过一些阿飘生活上的事情，她不明白阿飘怎么会走得那么远，是什么原因使她走得那么远，那个率真诚实的阿飘到哪里去了。谢青云注意到高继扬的眼睛有些湿润，这真是一个好丈夫，她想着，心里又是一阵揪痛，乔江也是一个好丈夫，但是好丈夫和好丈夫是各不相同的，乔江从来没有像高继扬体贴妻子那样体贴过她，谢青云并没有因此而怨乔江，每个人的生活都有自己的特点，阿飘，你要珍惜。

"阿飘，一定有苦恼，你……"

谢青云说了一半，看到高继扬痛苦的脸色，她不再往下说。

高继扬盯着谢青云，他平时很少这样直直地看她，现在他似乎有点控制不住……你在我心里的位置有多么重要，你知道吗？

我知道。

每个人都有每个人的苦恼,每个家庭都有每个家庭的麻烦。

他们慢慢地喝完了咖啡,谢青云把粒粒橙也喝了,高继扬说:“走呢,还是再坐坐?”

谢青云说:“走吧,坐到什么时候呢,总是要走的。”

高继扬点点头,付了钱,他们一起走出来,小雨还在下着,还是那样淅淅沥沥,不大,也不停。高继扬走了几步,突然停下来,转过脸来对谢青云说:“我想,我想,”高继扬看着谢青云,犹豫着说,“也许,也许真的有人在捣鬼,你怎么想不到这一点?”

谢青云摇头。

“你为什么不朝那个方面想一想,你想想,会不会……”高继扬说话时显得很紧张、很急切,这和他平时的神情不一样,谢青云感觉到了。

这是因为我。

他为我心疼。

谢谢你。

“你真的没有朝那方面想一想,你信任所有的人,所有的人你都相信。”

谢青云没有说话。

即使有人跟我捣鬼,我有什么办法,不管怎么说,他已经赢了,我已经输了,没有什么好说的了。

高继扬说:“你看,要不要我……我或者,或者能帮你打听一下,查一查看。”

查什么,查出来又怎么样,查出来乔江就会回心转意,家庭就能重新组合,裂痕就能重新弥补吗?

不可能了。

“我不管你怎么想,我要帮你。”高继扬眼睛里的担忧和虚幻更明显了,他停顿了一下,又说,“总是和你有往来的人,或者是生意上,或者是别的方面,和你的工作生活关系比较密切的人。”

和我的生活有密切关系的人?

“你回家吗?”

我不回家,家是什么,家里什么也没有。

“我送你回公司。”

谢青云点点头。

高继扬把谢青云送到形象公司门口,高继扬说:“有什么事情,需要我做什么,给我打电话,我马上就来。”

我知道,我一叫你,你一定会立刻来的,我知道无论让你干什么你都会尽自己最大的力量帮助我,但是我不能让你为我做什么,谢青云忍着眼泪,向高继扬挥挥手,看着高继扬远去的身影,谢青云想,他是特意到法院门口等我的,他知道我今天到法院去,他给我送来安慰,送来力量。

谢谢你。

第 4 章

事情发生得很突然，开始的时候谁也没有料想到在阿飘的生日宴会上会闹出些事情来。

高继扬系着围裙在厨房忙着，阿飘在客厅陪客人聊天说笑，谢青云听着厨房里的动静，有些于心不忍，看阿飘并没有过去帮助高继扬的意思，谢青云说："阿飘，要不要我去帮帮小高的忙？"

阿飘看了她一眼，似笑非笑，说："其实不必，你又不是个做家务的人，装什么样子。"

大家一笑。

阿飘又说："进去了你会弄吗，红烧清炒你会几样呀？"

谢青云有些窘。

温和看谢青云尴尬，上前说道："阿飘，我们三个你也不说我，我也不说你，我们都不是围着锅台转的女人，铲刀也拿不起来，针也捏不住的，你说不是吗？"

阿飘意味深长地笑，说："那是，我们的命看起来都不错呢，嫁的男人都会做女人做的事情，只是从前有句老话，男做女工，越做越穷……"

大家又笑,说阿飘占了便宜还卖乖,谢青云说:“你自以为嫁了个好男人呀。”

阿飘又看她一眼,说:“不敢,不敢,在青云面前我们怎么敢称自己命好,青云才是真正的好运呢……”阿飘说着,停顿一下,认真地看看谢青云的脸,说,“看看,心不在焉了,”又笑了一下,说,“小高一个人是挺忙的,也没个人做下手,你很想去,是吧,那你去就是,做做下手总做得起来吧。或者,什么也不需要你做,你陪他说说话,他干劲就足了。”

谢青云反倒有些难堪了,一时不知进厨房还是不进。

阿飘又说:“其实你自己进去就是,问我做什么,有人做帮手总是好的,尤其是你。”

大家都笑了一下,谢青云也笑了一下,她应该从阿飘的话语中听出些什么,但是她没有在意,她进厨房帮高继扬弄菜,听到阿飘夸张的笑声传进来,她对高继扬说:“阿飘很开心。”

高继扬没有说话,谢青云以为他累了,也就没有多说什么。

上桌时,阿飘问谢青云:“你们乔江呢,为什么不来,对我有意见呀?”

谢青云奇怪地看着阿飘,愣了愣,说:“不是已经告诉你了吗,那天电话里就说了,刚才我进来也说了。”

阿飘笑:“说什么?”

谢青云说:“乔江有任务,出差了。”

阿飘环顾别的客人一下,回头又盯着谢青云,说:“乔江很忙呀,青云,说实在的,他是不是不把你放在心上?”

谢青云说:“阿飘你又没有喝酒,瞎说什么。”

阿飘笑了一下,说:“好,不说,不说,不过,我看他真的不把你怎么样，不是我调拨你们夫妻关系，乔江从来不陪你出来，是不是？”

谢青云很难说话。

温和说：“阿飘，”有些责怪的口气，“乔江的工作性质就是这样，你又不是不知道。”

阿飘怪怪地一笑：“是呀，谁让青云找个警察做丈夫。”

温和笑了，说：“也不是青云找的吧，人家警察穷追猛求的呀。”

阿飘说：“那是，像青云这样的女人，谁见了能不穷追猛求呀，换了我，若是个男的，也追。”

大家又笑，只有谢青云感觉出气氛里有些怪怪的意思，但又捉摸不透是什么，闷闷地不说话。

高继扬送菜上桌的时候，阿飘说：“青云，早知道乔江不来，我就把田茅叫来了。”

阿飘这么说，大家都朝谢青云看，谢青云脸上有点红，想反驳阿飘一句，却说不出口来，一时又愣住了。

阿飘说：“青云今天怎么的，连话也不会说了，乔江不在，田茅也没来，你怕谁呀，难道怕我们小高呀？”

高继扬站在谢青云对面迅速地看了谢青云一眼，眼光里满含苦涩，谢青云的心一抖，撇开目光，阿飘，你做什么，你在演什么戏呀？

阿飘看高继扬放了菜并不走开，对他说：“你听我们的话做什么？”

高继扬勉强地一笑，走开了。

谢青云看了阿飘一眼，你怎么这样对待小高？

到高继扬做完了菜,到桌上来坐的时候,还没有动筷子夹一口菜吃,阿飘突然发难了。

阿飘站起来,手指着高继扬,问道:“你说,昨天晚上,你到哪里去了? 和谁在一起?”

大家都愣住了,不知道怎么回事,想劝阿飘,又不知从何劝起。

高继扬也愣了愣,过了好一会儿,缓缓地说:“昨天加夜班,就在局里,我告诉你的。”

阿飘说:“你告诉我,我就相信你了? 你们相信不相信,文化局还加什么夜班,弄得像工商局税务局似的忙呀!”

高继扬低了头,声音很轻,说:“你不相信我,我也没有办法,我确实是在局里加夜班。”

阿飘说:“你一个人?”

高继扬说:“我一个人。”

阿飘说:“这就是说你没有证人可以证明你。”

扯得上证人不证人吗? 夫妻之间的矛盾,为什么要摆到外人面前呢? 大家都不明白阿飘的意思,开始还以为她是和高继扬闹着玩的,后来越说脸色越冷漠,才知道不是开玩笑的,大家都有些尴尬,不知说什么好。

阿飘说:“你说呀,是不是,你没有证人,没有人能为你作证?”阿飘很愤怒,脸上通红,“你这个伪君子,你没有证人!”

高继扬不作声,沉闷着。

阿飘继续说:“你再骗人呀,你再随口编一个人来给你作证呀,你们文化局传达室的人呢,没有看见你进去加夜班。你们局长呢,你加夜班他们不知道呀,你说不出来,你没有证人,没有一个人能给你作证。”

高继扬仍然低着头，不说话。

阿飘说："你到底有没有证人？"

高继扬说："我没有。"他顿了一下，看了看阿飘，又说，"其实，我就是找一百个证人来，你不相信我，又能怎么样？"

阿飘也顿了一下，眼睛盯着高继扬，慢慢地说："你这个人，我真是看不透你，你到底是怎么回事？"

高继扬摇了摇头。

阿飘说："你说，谁能证明你昨天是加夜班的，有人能证明你，我就相信你。"

高继扬苦笑着又摇摇头。

谢青云看不过去，说："他是陪我去找王副市长的，我们开办形象公司，很麻烦……"

在场的人都愣住了，半天没有说话。

高继扬的眼睛有些湿润，他看了谢青云一眼，迅速地收回了自己的目光。

阿飘张着嘴，很滑稽地看着谢青云。

谢青云说："是我求小高陪我去的。"

阿飘想了想，说："真的？"

谢青云说："真的。"

阿飘又愣了一会儿，突然冷笑了一声，谢青云心里一抖，随后又听她哈哈大笑起来，笑了半天，好像笑够了，阿飘说："青云呀青云，你这是做什么呢？人家说，为人不做亏心事，半夜敲门心不惊。你又没做亏心事，我敲我的门，你心虚什么呢？"

谢青云说："阿飘，你说什么？"

阿飘说："其实根本就没有什么加夜班的事情，昨天小高和我一直在家里，怎么可能陪你跑到王副市长家去了呢，分身术呀，这原是我和小高事先商量好的一出爱情游戏，本来是寻寻开心的，看看你们到底偏袒谁，哪知你倒……哈哈哈……笑死我了……”

谢青云惊得说不出话，她已经分辨不出阿飘的话哪一句是真哪一句是假，她朝高继扬看看，高继扬痛苦地皱眉头。

阿飘回头对高继扬说：“小高，你很幸福呀，看起来除了我，还有别人知道疼你。”

高继扬说：“到此为止吧，你也够了。”

阿飘不理睬他，又对谢青云说：“怪不得男人都喜欢你，你真是讨人喜欢，心地善良，心肠软，模样又好……”

谢青云有点生气，说：“阿飘，你怎么能这样？”

阿飘过去搂住她，说：“对不起，行了吧，向你赔罪，行了吧。”

谢青云说：“你为什么要这样？”

阿飘说：“我为什么要这样？我变态，我发神经，我没事找事，我活得不耐烦。”

大家见阿飘果真有点失态，不知下面还会闹出些什么事情来，先后告辞了，阿飘把他们一一送到门口，回进来看到谢青云也准备走，说：“你也走？”

谢青云心里隐隐约约地感觉到一点什么，但是她不敢往深里想，她点了点头，忽然发现站在阿飘身后的高继扬正默默地注视着她，谢青云心里搅动了一下，她感觉到高继扬的眼睛在和她说话。

你为什么要给我作证？

我……我不知道。

阿飘推推高继扬：“小高，青云一个人走夜路，你送送她。”

高继扬和谢青云都不能说话，他们不知道阿飘下面还要做什么,阿飘看看他们,说:“怎么,小高,你不敢送?”

高继扬停顿了一会儿,说:“走吧,我送你。”

谢青云想推辞一下,可是这地方的气氛使她觉得透不过气来,她走出来,开了自己的自行车,高继扬也推着车子过来,阿飘站在家门口看着他们,一直到走出阿飘的视线,谢青云才松了一口气,她侧着脸悄悄地看一下高继扬,高继扬两眼向着前方,谢青云说:“挺远的,我们骑吧。”

高继扬没有说话。

谢青云不敢再看他的脸,他的脸上有一种叫人心悸的表情。

过一会儿,高继扬说:“这么走走不好吗?”

谢青云想说,走走也好的,可是阿飘在家……但她没有说这样的话,却换了一句话,问道:“小高,阿飘到底怎么了,她心里有什么想法?”

高继扬摇了摇头。

谢青云说:“阿飘心里很苦,不是吗? 你知道为什么?”

高继扬停下来,认真地看着谢青云,阿飘心里很苦,是的,阿飘心里是很苦,我知道为什么,你难道不知道?

谢青云说:“走吧,别太迟了。”

高继扬说:“迟早都是一回事。”

谢青云说:“不该让你来送我。”

高继扬说:“不管该不该,我都会来送你的。”他眼睛里还有一句话,你不信?

我信,我完全相信,我没有理由不相信。

一直走到谢青云家附近,已经能够看到谢青云家的窗户,看到里边的灯亮着,他们不约而同地停下了,高继扬说:“怎么,乔江在家?”

谢青云心里酸酸地说:“不……在。”

为什么灯亮着?

是小晶,怕黑,开着灯睡的。

高继扬盯着谢青云的眼睛。

你为什么要给我作证?

我……我不知道。

高继扬说:“我走了。”

谢青云点点头:“谢谢。”

他们道别,谢青云站在自己家门口看高继扬推着车子远去,消失在夜色中,她不知道高继扬为什么不骑车,一直这么推着。

你为什么要给我作证?

我……我不知道。

第 5 章

谢青云走进自己的公司,大家都不看她,谢青云却一一朝他们注目,谢谢你们,我明白你们对我的关心,谢青云这样想着,差一点又要掉下眼泪来,我怎么了,我已经好多年没有这么多的眼泪了,有一度我曾经怀疑我的泪腺是不是出了什么故障,当然不是,因为那时候我不想哭,我没有理由哭,我一帆风顺,我志得意满,我初出生意场就赢得了满堂红,名利双收,我笑都来不及,我当然没有眼泪。

谢青云没有像往常那样一一和大家打招呼,她穿过外面的写字间,走进自己的办公室,坐下来。一切还是老样子,桌上有一大堆文件,都是急等着拍板的事情,下属虽然很着急,生意场上每分每秒都是金钱,是谢青云的钱,也是他们自己的钱,但是他们没有像往常那样谢青云一到就追进来催促,谢青云遇到的事情,一个人一生能遇到几次?他们虽然不很清楚事情的来龙去脉,也不知道谢青云夫妇到底谁是谁非,但是他们对自己的总经理都有着一份感情,有着一份敬重,谢青云虽是女流之辈,她在公司的三年时间里为自己树立了一个相当完整相当好的形象,这一点就连最挑剔的女职员也是心悦诚服的。

办公室里静悄悄的，这地方隔音条件比较好，外面写字间的声音传不进来，太静了，静得她都能听见自己的心跳。谢青云浑身松软地坐在椅子上，她要仔细地想一想发生的事情，可是此时此刻她感觉到的是一片空白。

她环顾她的世界，这一大间办公室，就是她的世界，是她自己亲手创造出来的，如果说这地方每一寸每一角都浸着她的心血和汗水，这样说绝不过分，形象公司开办的时候，她租借一家平房办公，漏雨，透风，根本没有形象，或者，完全是一种破败的形象……

谢青云心里空空地环顾她的世界，这不就是我的努力方向吗，我达到了自己的目标，可是同时，我也失去了自己，失去的比得到的更多、更重，我失败了。

形象公司。

我是一个失败的人。

形象设计公司，这个主意是谁先想出来的，是田茅，是高继扬，还是阿飘、温和，还是别的什么人，或者是她自己，反正不是乔江，乔江那一阵正忙于破一个大案……大案，大案，他总是大案……谢青云记不清那是一个什么案件，她只记得乔江一连几天没有睡觉，她看到他的时候，吓了一大跳，脸色铁青，胡子拉碴，眼睛陷得好深好深……我要开一家形象公司，谢青云说，乔江根本没有听见，我要开一家形象公司，谢青云又说，乔江看了她一眼，他不知道她在说什么，我要睡觉了。

谢青云叹息一声，乔江已经睡着了。

我要开一家形象设计公司。

乔江不听她说，他连做梦也在破案。

谢青云从来没有想到自己有一天会走上这一条路，在大家谈论转业做生意的时候，谢青云总是想，我是不适合的，我是不行的，我这个人只能过平平淡淡的生活，我经不起大起大落，我没有能力，我没有力量，我很弱，我承受不起。

但是她到底还是走上了这条路。

命运的注定。

你们三个人走了三条不同的路，你是不是以为你是最成功的，你很了不起。田茅永远是一脸的嘲弄之色，他为什么总是把调侃人作为一种乐趣？

天性如此？

你真的以为你是女中豪杰？

你真的以为你很了不起？

你真的以为你能力超人，你真的以为你是靠自己的力量站起来的，你真的把自己当成一个形象了，是不是？

我没有。

其实还是有的，你嘴上不承认，其实你心里是这样感觉的，这也难怪你，和你经历相同的人，阿飘、温和，还有许许多多的女孩子，她们哪一点也不比你差，但是她们无声无息，你却大红大紫。

我没有大红大紫。

但是你心里确实在想我真的大红大紫了，你在想虽然我的能力以及我所有的一切的能量并没有达到这一步，但是生活对我特别的好，上帝对我特别的顾惜，我的运气真好，你就是这样想的。

我没有这样想。

我真的没有这样想吗？

你表面上看起来很淡然地面对这一切，但是你的心里并不淡然，你很得意，你很欣喜，你觉得你原来是多么的了不起，你突然发现了一个完全不同于你自己想象的你，而且，你还觉得你的潜力很大很大，还可以挖得很深，发挥得更充分……

为什么田茅总是能把我的内心看得很透。

你为什么总是把我的内心世界一点一点地揭开来，难道我连保存一点点内心的隐秘的权利你也要彻底地剥夺掉吗？

你是一个恶魔。

或者，你是一个天使，却是一个凡人难以接受的天使。

高继扬也能明白我的心，但是他明白的是我内心的需求，是我内心的情感世界，田茅明白的却是我内心的见不得人的东西，他一定要把它们挑出来，让我自己看得清清楚楚，我自己本来并不想看清楚它们，可是他一定要我自己看，为什么？

大家都知道田茅有些背景，其实并不需要去了解田茅的什么背景，田茅的生活道路就可以证明这一点。他没有赶上大学的末班车，于是就有了好像是专门为他们这批人设立的干部班，他很快就有了大学文凭，毕业的时候，他愿意回戏校，就很顺利地回了戏校，当了副校长。校长是一位七老八十的名演员，实际上是不管什么事情的，戏校的大权就是田茅一人掌握。谢青云怀疑过，像田茅这样的人，怎么能把戏校交给他管，戏校虽然不是什么重点学校，但毕竟是一个完整的部门，是要培养人才的呀！倒不是因为田茅的水平和能力不够，谢青云总是觉得田茅在一个部门当家是不很合适的，到底为什么会有这样的想法，谢青云自己也说不清楚，是因为他那张嘴，还是因为别的什么原因？

你有野心，女人有野心很不好。

田茅说这话的时候他在笑着，他的笑很难看，田茅本来就是一个很难看的男人,他不笑的时候还耐看些,一笑起来,简直让人说不出话来。当然男人并不靠长相活着,不像女人,许多女人至少有一半以上的生活要靠自己的长相和自我的肯定,男人不是这样的,至少男人不应该是这样。田茅常常拿自己的长相来开自己的玩笑,这是田茅的优点还是缺点,是他的自尊还是他的自卑,谢青云常常弄不明白,一个爱和别人开玩笑的人,也常常是开涮自己的,这说明他的内心很充实呢还是很空虚,谢青云不知道。

我没有野心。

你真的没有?

也许你从前确实没有,但是后来呢,后来你的形象公司很像样子了。

我并不是自己要做形象公司的总经理。

田茅完全明白这一点。

地方戏剧团没有饭吃了,这就是谢青云出来做事的前提,如果没有这个前提,我不会改行,我不会出来做所谓的生意,我不热爱生意经,我热爱的是唱戏,毕竟我从很小的时候就开始唱戏,我已经把我半辈子的生命交给了艺术,可是,有一天我不能唱戏了,我怎么办……一直到谢青云的事业发展到今天的地步,谢青云也还是坚持这么想,地方戏的路似乎已经走到了尽头,谁也看不到她的未来,她自己也找不到自己的前途,前景暗淡,没有人写戏,没有钱排戏,排出好戏来也没有人看戏,甚至连演戏的场所也没有了,这样的戏,还能再继续下去吗?到处都呼吁向文化事业投资,到处都在嚷嚷救救地方戏,救救传统艺术,可是事实却救不了,谁都知道这个结果。

阿飘先走了,她去做了公关小姐,凭阿飘的机敏和漂亮,阿飘完全可能做成一个出色的公关人才，可是阿飘不多久就退了出来，谢青云曾经问过阿飘什么原因，阿飘只说了一句，没有意思，没意思极了，就这一句话，从此阿飘就待在家里，靠高继扬养活，但是没有人相信这一个事实，高继扬只是在文化局做一个小小的科长，他那一点点工资，能养得好阿飘和他们的女儿？阿飘一定是在做别的什么事情，只是她不愿意告诉别人，包括最要好的朋友，谢青云和温和她们都不知内里。

接着就是谢青云离开剧团。谢青云的离去，并不像阿飘那样干脆，阿飘说走就走，今天提起这个话题，明天就办手续，这和阿飘的性格完全符合，但是谢青云不能这样，她和阿飘不一样，她不是一个拿得起放得下的泼辣女人，她优柔寡断。

我的生命的前半段都给了艺术，现在要我一下子义无反顾地离开她、丢弃她，我实在是下不了这个决心，我已经三十多岁了，记得我第一次出演主角的时候才十八岁，那是一出大戏，角色需要我从一个十二岁的小姑娘一直演到老太太，我演得很成功，多少人向我祝贺，他们说我的艺术魅力一定会永久不衰，那时候我的心里真是涨满了激情，那么美好的未来在向我招手，理想就在眼前，我是多么的幸福……可是一转眼十多年过去，我上台的机会越来越少，许多地方戏的演员改行唱通俗歌曲去了，我没有去，我想坚持下来，可是我到底坚持不住了，我的青春年华一天天在流逝，我的演员生涯的黄金时代也已经过去了，我还在傻傻地等着，一直等到有一天我突然醒悟过来，我想我大概再也等不来了，即使来了个好戏，主角也不会再让我演了，每年从戏校毕业一批又一批的学生，她们青春年少，她们又有强烈的现代意识，她们见多识广，主角应该让给她们了。何况，这一出好戏还不知道在什么地方，也不知要等到哪年哪月才能等来，我的生命已经走过了一半，我不能再等下去，当我从镜子里发现自己眼角的鱼尾纹越来越明显的时候，我想十多年前我出演大戏的时候大家说这个小姑娘演得真好，她一定很有前途，我想现在轮到我称别人小姑娘了，我再也不能回到那个时候去，这种心情真是叫我说不出话来。一个想演戏的人没有戏演，就像，就像什么呢，就像……我实在是不能准确地描述我的心情，但是这种心情我已经体验了好多好多年，我不想再继续体验下去，我的青春，我的生命不能永远在这一种酸涩的体验中煎熬，我的心终于开始动摇，我找我的朋友们商量，他们给我出主意，给我想办法，他们都鼓励我出来做点事情，高继扬甚至为我设计了种种具体而详细的方案，最后我到田茅那里去，虽然我很害怕田茅那张嘴，我怕他的讽刺挖苦，但是在对一件大事情做出最后决定的时候，我也不知道为什么，我一定要去听一听田茅的意见。

好呀。田茅说，仍然是一脸的嘲笑。

你真的认为我能干些事情？

不是我认为，是你自己很有信心。是吧，你很有信心。他满脸的笑意，但是很难看。

我没有别的办法。

那你就去试试，人生本来就是由千百种试验组合起来的。

他不相信我的能力，他就是不相信我。谢青云觉得有些沮丧，其实我做什么事情并不一定要得到他的同意和支持，他对我信任或者不信任难道真的对我有很大的影响吗？怎么可能，不，不应该有。如果是乔江反对我，或者是高继扬反对我，我也许会重新再考虑再斟酌，田茅的话，我为什么要把它放在心上呢？

田茅说："你可以试试，或者就成功了，或者就失败了。"

你总是冷嘲热讽。

田茅说:“你一定会成功的。”

谢青云很意外地看了田茅一眼。

“你是天时地利人和,以你的知名度,在我们这地方,要办些事情,谁还能不给你一点面子。”

你为什么总是那么尖刻?

“从市委书记市长到各大企业的企业家再到各个部门的局长处长,他们都喜欢你。”

谢青云脸红了一下,说:“你以为我是什么人?”

田茅并不因为谢青云的微微不快而改变自己的思路,他继续说:“你要什么东西,找到他们开口就是,一个关系找一回,你就是大老板大富翁了。”

谢青云说:“我是相信你,才来找你,想听听你的意见,你怎么,你为什么老是把我当儿戏?”

田茅眯着眼睛笑起来,说:“你本来就是儿戏呀,你以为你长大了是不是,在我看来你还是当年刚进戏校时的那个小女孩子呢。”

谢青云犹豫了一下,她想站起来走出去,可是她没有这样做,并不是因为不好意思,不知为什么,在田茅面前,不管他怎么挖苦她,她总是有一种坐下来就站不起来的感觉。

田茅又点了一支烟,这已经是第四支烟了,他们总共才坐了十来分钟,满屋子的烟雾。田茅抽烟抽得很厉害,他深深地吸进一口烟去,吐出来的时候却只剩下一点点。田茅笑了一下,谢青云想,又要说什么讥讽的话了,不料田茅却说:“想好了没有,搞什么公司?”

谢青云一愣。

田茅看看她，又笑，说："我看你的形象很好，就叫形象公司。"

你开什么玩笑。

想起来了，形象设计公司就是田茅最先提出来的，可是后来怎么会记不清了呢，因为田茅的话太多，冲淡了他说话的质量，还是别的什么原因？

田茅说："我没有开玩笑，别的话都是开玩笑的，这一句话是真的，形象公司，不开玩笑。"

谢青云的心被触动了，形象公司，非常符合她的理想。

田茅又说："你的公司要有一个托付，就托付给我们戏校，怎么样？"

你怎么突然关心起我来了，你是不是想从中得到些什么？

田茅说："你放心，我不管你的事情，公司是你的，不是我的，这一点你尽管放心，你要是不相信我，我们可以签一个合同，我只是让你的牌子有个地方挂一挂而已，要不要随你，你也许早已经找到了比戏校更好的地方。"

我要。

"不过，"田茅狡猾地一笑，说，"我也不是一无所求的，我也有我的目的。"

谢青云看着田茅，等他的下文。

田茅说："我的学生现在出路很困难，我为她们着想，你的公司办得好，我的学生也可以沾点光，至少一部分学生的出路你是能够解决的。"

田茅真是一个精明的人。

谢青云笑起来。

你现在笑得如此灿烂，如此天真，如此无忧无虑，以后不知你还能不能笑出来。

田茅说：“我可以不管你的事情，你有什么需要我做的尽管吩咐就是，不过，文化局也许要管一管你的，你要有准备。”

高继扬就是管这些事情的。

我的运气真好，谢青云激动起来。

这就是形象设计公司，附设在戏校，经营范围：整容美容，健美训练，代培时装模特，代培广告模特，代培礼仪小姐，时装设计，组织时装表演和时装发布会，媒介电影电视方面需要的人才，室内装潢……

田茅说：“在这方面你能成功。”

什么叫在这方面，他特意强调“这方面”三个字，是什么意思？

“你的公司一定名声大振，不出三年，你就很了不起了。”

你又开玩笑，拿我寻开心。

你喜欢我说这些话，这些话能满足你，其实我并没有开玩笑，我说的是真的，我能预测未来，我有这样的本领。

田茅真的能预测未来，三年过去了，形象设计公司真的名声大振，戏校的一部分学生经过公司的再培养，有的当了时装模特，有的到了影视界或者到一些新潮歌舞团体去了，也有的成了公关人才，戏校的名声跟着好了起来，戏校在两三年中，从门庭冷落的局面中走了出来。

全靠谢总助我们一臂之力，田茅笑着说。

你开什么玩笑。

田茅说：“你嘴上这样说，你心里却在笑着，我听见你心里的笑声，但是你在笑的时候你有没有想一想笑不出来的时候？”

你好像在等着我哭的那一天，为什么？你难道不希望我成功？你如果真的不希望我成功，你又为什么为我出这么好的主意？你到底是一个什么样的人？我不明白，我认识你已经有好多年了，我一直没能了解你，以后，还有很长的日子，我能了解你吗？

我不知道？

田茅歪着嘴说："你会得到很多很多，但同时，你一定会失去很多很多，其中也许会有你最宝贵的不愿意失去的东西，你想到没有？"

丑话说在前，这是田茅的特点，从来都是这样。谢青云笑了，说："如果我反过来说，我必将失去一些东西，但在失去的同时，我会得到另外一些东西，得到一些意想不到的东西，这样看问题不是令人愉快些吗？"

当然。田茅好像被堵住了，不再说话，只是眯着眼睛看谢青云。

三年过去了。

谢青云真的得到了许多东西，许多意想不到的东西，可是她也失去了许多东西，正如田茅当初说的，有些东西是她最宝贵的最不愿意失去，她已经失去了，她曾拼命地想夺回来，但是她失败了，她明白必将失去的东西，是夺不回来的。

田茅真的有预测未来的本事？

谢青云想，田茅，你果真有预测未来的本事，你是不是早就知道我会走到今天这一步，如果是，你为什么不帮我？你为什么不在我开始走第一步的时候就拉住我，对我说，你走不得。

如果田茅拉住我，我会听他的吗？我不会，我所走过的路并不是某一个人安排的，这是生活的必然之路，田茅拉不住我，谁也拉不住我。

第 6 章

“妈妈病了。”

谢青云对乔江说。

乔江正对着镜子刮胡子,没有作声。

谢青云又说一遍,乔江还是没有回答,他已经将胡子刮干净,可以回答谢青云话了,可是他仍然不说话。不知从什么时候开始,谢青云和乔江说话,或者反过来乔江有什么话要向谢青云说,不说三遍,谁也不会听进去,谁也不在意对方在说什么。

“和你说话真累,”谢青云抬高了嗓门,“乔江,妈妈病了,我们今天一起回去看看她。”

乔江终于开口了,冷冷地说:“别这么大嗓门,有损你的形象,我听到了,第一遍就听到了。”

谢青云说:“听到了你怎么不说话?”

乔江说:“听到第一遍的时候,我在动刀子,不便说话。听到第二遍时,我在动脑子,也不便说话……”

谢青云叹口气,说:“怎么的,斗嘴好玩是不是?妈妈病了,不是什么开心的事吧?今天我回去看妈妈,你也好几次没回去了,今天能不能……”

“今天不行，我有任务。”乔江毫无商量的余地。

谢青云有点伤心，停了停说：“并不是我要叫你去做什么，妈妈病了，她一直念叨你的，你真的一点同情心也没有？”

乔江眼睛里闪过一丝东西，但很快就过去了，说：“我改日自己会去看老人家的，老人家对我好，我心里明白。”

“为什么不能一起去？”谢青云已经知道乔江不可能和她一同回乡下去，但还在做着最后的努力。

“今天有任务。”乔江仍然不动声色。

“什么重大的事不能放一放？”

“更多的时候是我这么问你的，什么重大的事不能放一放，你从来没有放弃过。”乔江说。

谢青云再不说什么，一个人回乡下看母亲去。

因为下午还有个会议，小郭将车开得很快，一路上谢青云看着公路两边的田野急速后退着，心里涌起万般感叹，二十年了，她离开自己的家乡已经二十年了，虽然中间也回来过几次，但每次都是匆匆而过，她总是很忙很忙，在戏校的时候，忙于练功忙于学习，到了剧团，又忙于演出，办了形象公司以后，更忙了。开始几年，母亲还常常出来看看女儿，后来母亲渐渐老了，走不动了，身体也越来越差，谢青云多少次想放弃一切的忙，回家去陪母亲住几天，可是她没有一次能够实现自己的愿望。过了一年，又过了一年，大哥让人捎信来，说母亲病了，希望她和乔江一起回去看看，可是乔江……他宁可自己独自去看母亲，乔江说出这话的时候谢青云是很生气的，其实在她的内心深处，她似乎早就知道会是这样的结果，乔江不会和她一起回去，乔江总是有事情，乔江空的时候，她就有事情，他们总是走不到一起。

谢青云叹息了一声,怎么了,我和乔江,我们怎么了?

不想也罢,在家乡的土地上,不想这些吧。

家乡,我又见到你了。

一片水,连着一片庄稼,又一片水,又连着一片庄稼,这就是谢青云的家乡,水乡的一个小村落。多少年过去了,屋后的一片小竹林还在吗?门前的河水还那么清冽吗?当年谢青云就是在这条小河里坐着一只小船出门去远方的,如今的公路已经修到了家门前……

二十多年过去了,家乡的一切我还都记得,我记得我的小伙伴,我记得我们一起玩闹的情形……我们沿着大运河一起往小镇上去,我们到镇上的布店看花布,我们从来不买,因为没有钱。那个时候,我们没有钱,却谁也不曾为没有钱而不高兴,我们永远开开心心。我们走在乡间的小路上,一边是永不停息的运河水,一边是桑地,我们在早晨出门,桑树叶上的露水还没有干,如果是有桑枣的季节,我们就钻进桑地摘桑枣吃,紫紫的桑枣,也有的时候,桑枣还不很成熟,红红的,也忍不住就吃了,弄得满嘴大红大紫,身上湿漉漉的。我们继续往前走,开始讲鬼故事,越讲越怕,越怕越要听,我们尖声叫着,我们快活无比,其实我们一点也不怕,没有什么可以让我们害怕的,我们无忧无虑,我们自由自在,多好。

终于到家了,听到汽车声,村里人都过来了,他们亲热地唤着谢青云的小名,谢青云的眼眶一下子湿润了,大哥大嫂他们也出来了,接着,谢青云看到白发苍苍的母亲也走了出来,谢青云扑了上去叫了一声。

母亲搂住女儿,泪眼昏花,喃喃地道:“终于看到你了,终于看到你了,我以为我看不到你了。”

谢青云扶住母亲，说："妈，你怎么了？"

母亲说："前几天，我梦见你爸爸向我招手，要我随他去了，我想我是差不多了，我怕哪一天突然就闭了眼，去了，就再见不到你了，便叫你哥给你捎信去，我想你，我想看看你……"母亲仔细地看着女儿，叹了口气，又说："你瘦了，日子过得好吗？"

谢青云点点头。

母亲疑虑地盯着她："乔江呢，怎么又没来？"

谢青云说："有任务。"尽量想说得自然些，可是母亲仍然听出了女儿的心思。过了一会儿，慢慢地说："青云，一切都是假，自己的家才是真呀……"

谢青云含泪点头，一阵心酸。

母亲继续怀疑地看着谢青云："你和乔江，没什么事情吧？"

谢青云说："妈，你放心，我们都好好的，只是大家比较忙，别的没有什么，我和乔江，都是这样的人，你也知道的，怎么会有什么事情。"

母亲慢慢地说："真这样，我也就放心了。说真的，你们几个，虽然你做的事情大些，可是我最不放心的还是你呀。"

吃饭的时候，小郭突然听到外面汽车的声音，以为小孩子在弄车了，吓了一跳，连忙出去看，一会儿进来了，后边跟着两个人，谢青云一看，立即站了起来，田茅。

田茅居然追到乡下来。

"你、你怎么来了？"

谢青云注意到母亲在观察田茅，连忙介绍说："妈，这就是戏校的田校长，您大概不认得了。"

母亲笑了一下，说："怪不得看着面熟，是田校长，你还是老样子。”

田茅笑道:“我还是老样子吗?我应该还是老样子,我一生下来,人家就说怎么生了个丑老头下来,到现在还这样子。”

屋子里的人都笑起来,只有谢青云的母亲没有笑,仍然注意着田茅。

谢青云说:“一起吃饭吧。”

田茅摇摇手:“路上吃过了。”

谢青云问:“你怎么知道我在这里?”

田茅说:“当然是向人打听的。”

谢青云想不出除了乔江还有谁知道她今天回乡下来了,她对公司谁也没有说起,早晨上了班临时叫小郭就上路的,但是,她看着田茅似笑非笑的样子,你为什么要去问乔江,她想,同时,又觉得自己的想法很奇怪,田茅为什么不能去问乔江。

田茅眯着眼睛说:“怎么,我不能向人打听你的去向?”

谢青云心虚地看了一眼母亲和大哥他们,田茅,这是在我的家里,你最好不要随便乱说。

田茅带来的那个人,和田茅年纪差不多,西装革履,见田茅老是不向谢青云介绍他,终于耐不住了,上前一步,向谢青云伸出手去,说:“吴诚一。”一边递上名片。

田茅说:“急了,有什么可急的,以后有的是时间让你们接触。”

吴诚一说:“你带我来,到底是你要找谢总还是我有急事找谢总?”

田茅一笑,说:“你说呢?你想得挺美的,你以为我就是专门为你来找谢总的呀?说不定我想看看谢总,平时没有机会,谢谢你给我提供机会呢。”

谢青云脸色有些往下挂,母亲一直注意着田茅,这使她有一种说不清的感觉,好像是心虚。

我心虚什么?

莫名其妙。

田茅终于长叹一声,说:“看得也差不多了,正式介绍吧,这吴诚一是我中学的同学,后来移居香港,现在回广州办公司,有合作项目急于和形象公司谈,这么急的原因,一个是急于发财,还有,就是明天要赶回广州,所以就带着他追来了。怎么样,够简明扼要吧?做个形象公司的公关先生还可以吧?”

吴诚一笑道:“形象公司要你这样的公关人才,不是把自己的形象污染了吗?”

田茅说:“才不呢,现在走红丑星,再说婚……”他看了一眼谢青云,没有把话全说出来。

小郭在一边提醒谢青云:“谢总,下午四点还有个会,该上路了。”

谢青云看看田茅,问:“你们怎么来的?”

吴诚一说:“打的。”

田茅说:“我让你把出租放走还是对的吧,跟着谢总不愁。”

他们一行出来,田茅和吴诚一先上了车,母亲拉着谢青云的手一直不肯放,谢青云说:“妈,我走了,过几天我再回来,一定多住几天,陪陪您。”

母亲摇了摇头,慢慢地说:“也许没有机会了。”

谢青云说:“妈,您别胡思乱想,我看您气色什么都不错,还有得是日子过呢。”

母亲勉强一笑，说："但愿是吧，青云，你要走了，我再跟你说一遍，家是最要紧的，你别看你大哥他们，虽然不如你出息，可是他们日子过得平平安安，我不希望你怎么样，我只想你能平平安安的，真的，我最是放心不下你了。"

谢青云说："妈，我会平平安安的。"

母亲朝汽车里看看，说："那个田校长，还是戏校的校长吗？"

谢青云点点头。

母亲长叹一声，没有再说什么。母亲的这一声长叹深深地印入谢青云的心灵深处，很久很久一直没有消除。

车子开动了，谢青云看到母亲和大哥他们在向她挥手，一时间眼泪又涌了上来，车子开出好一段，家乡的小村落已经看不见了，她听见田茅在后座上说："儿女情长呀。"

谢青云没有接他的话茬，吴诚一却说："那你就是英雄气短了。"

田茅说："不敢，不敢。"

吴诚一说："刚才你说话说了一半，看着谢总的脸色就不说了，怎么，这不是英雄气短是什么？"

田茅说："我可不是看着谢总的脸色，我是看着谢总母亲的脸色，老太太挺厉害的，谢总不如老太太厉害。"

谢青云气恼地说："你说什么人不可以，说我母亲做什么？"

田茅闭了嘴。

吴诚一却穷追不放，说："既然你不是看谢总的脸色，那你现在可以把话说完了吧，婚什么？"

田茅说："女人闹婚外恋基本上是不讲外表的。"

小郭差一点笑出声来。

吴诚一说："这意思就是说，女人要闹婚外恋，会喜欢你这样的人？"

田茅说："何必把话说那么实在，含蓄一点更好。"

谢青云闭着眼睛不理他们的话，过了一会儿，突然一回头问田茅："你为什么去问乔江？"

田茅拍着胸说："你别吓我，我胆小，你是不是说我不能去问乔江？"

田茅问得是，他为什么不能去问乔江，毫无道理。

田茅说："我还觉得奇怪呢，回娘家该小夫妻一起走呀，怎么乔江不去？"

谢青云说："他有任务。"

田茅想了想，说："也许吧，特殊任务。"

谢青云回头又问："你什么意思。"

田茅说："打扑克算不算特殊任务？"

谢青云无语。

吴诚一又急了，说："田茅，你嘴皮子玩得差不多了吧，这路马上要到头了，还不让点时间给我，就算你想见谢总才带上我来的，但是我的事情到底比你的事情要重大些吧。"

田茅得意地说："不一样，一个是精神的，一个是物质的，一个是无价的，一个是有价的，一个是……"

"吴总……"谢青云终于打断了田茅的话，这个时候，她对田茅的贫嘴实在有些忍受不了了，"吴总，你们希望和形象公司有哪方面的合作？"

不等吴诚一说话，田茅又插嘴了，说："你是问他来做什么的吧，告诉你，他来买家乡的女孩子。"

买女孩子？

田茅你又开什么玩笑？

谢青云再次回头，狐疑地看了田茅和吴诚一一下，两个人都在笑着，内涵却大不一样，只不过谢青云一时分辨不出两种内涵是什么。

吴诚一看谢青云注意他们，连忙说："买女孩子，当然，也可以这么说，虽然话难听了一些，事情却是正大光明的好事情。谢总，我在外面转了好多年，看来看去，还是自己家乡的女孩子有气质，走得出去，所以想回来物色几个，我广州的公司才开办不久，急需公关小姐方面的人才，这次一回来，就听说了形象公司的情况，苦于一直联系不上，好不容易打听到田茅和你们有点关系，才找到田茅……"

田茅说："听清楚没有，这个人不是我给你送上门来的，是他找上你的，关系要弄清楚。"

吴诚一说："谢总，别听田茅胡扯，他是存心不让我们谈成，用心很明显，我们谈我们的，只要形象公司提供的人符合我们的要求，在培训费用上我们一定优厚考虑。再说，我们同形象公司的合作，可以帮助谢总把名声向外扩大，据我们了解，到目前为止，形象公司的业务范围还不是很理想……"

谢青云心里一动，确实如吴诚一所说，公司的名声，暂时还只在少数地区，她早就有向外扩大的打算，只是一时找不到合适的合作伙伴，吴诚一来得这么巧，难道真是一个巧合？谢青云心里又是一动，她没有回头，但感觉到田茅正在背后注意着她。

田茅，也许是你给我的帮助？

你却总是采用特别的手法。

我并没有帮助你，你别把我想得那么好，田茅穿透谢青云的五脏六腑，说：“吴诚一，你可不能做过河拆桥的事情呀。”

吴诚一笑道：“我是那样的人吗？”

田茅说：“恐怕还嫌轻了呢，你不是过河拆桥的人就一定是落井下石的人。”

吴诚一说：“那么，你就是引狼入室的人啰。”

你们在斗什么，斗嘴皮子还是斗心智，谢青云不明白这两个人怎么回事，也许，男人的一些事情，女人永远也不能明白？

小郭突然说：“到了。”大家才发现车子已经停在形象公司门前了。这时候，谢青云心里已经有了两个至少有八九分把握的候选人了。

徐丽丽。

陈燕。

他们一起往公司里去，向培训部周主任打听了一下，知道徐丽丽正在公司的广告摄影棚拍广告，一行人便急急地赶往摄影棚去。

一进那地方，灯光打得特别亮，徐丽丽站在摄影机前，真是仪态万方。谢青云无意中瞥见吴诚一眼睛里闪烁着某种东西，谢青云心里好像也闪过一个念头，但是她没有往深里去想，她自己也被徐丽丽的美吸引了。

“美丽的前程，”田茅突然说，谢青云不由回头看他，她看到他一脸的笑，仍然是那种不正常的笑，既不是嘲笑，也不是冷笑，也不是真心的笑，田茅笑着说，“铺满鲜花的路。”

谢青云最后又听到他说：“但愿不是歧路。”

你又来了。

你是来预测未来，还是来泼冷水？

面对别人的成绩你心里难道永远不能平衡？

第 7 章

谢青云一个人呆坐在气派宽敞的总经理办公室，这里曾经是她闯天下的指挥部，现在仍然是，可是在谢青云的感觉上却已经今非昔比，闯天下，创事业，到底为了什么，她在这里忙得头昏眼花，忙得焦头烂额，忙得不知天有多高地有多厚，但是她的心是平静的，在她的心底深处有一处平静的港湾，外面的世界再乱再烦，她也不觉得可怕，因为她有属于她的一片安静，那就是家，虽然这个家常常空空的没有人在。乔江忙起案子来也常常好多天不回来，儿子上学的时间比在家里的时间更多一些，但是那是我的家，是我的心灵的寄托之处，我可以随意地在那里哭在那里笑在那里做我想做的一切事情，也是我在忙于事业心烦意乱时的唯一可以安慰我的地方……现在，再也不是了，谢青云的心再一次被尖利的刀子剜了一下，她用手捂住了胸口。

她一直坐到下班的时候，外面写字间的人都陆陆续续地走了，有的人隔着玻璃向谢青云点点头，也有的人推门进来问一问谢总有没有什么事情要他们办的，谢青云摇摇头。

没有事情。

很快大家都走了。

也许他们中间有人愿意留下来陪一陪孤独的总经理，但这是不可能的，谢青云绝不会让谁陪着她，谁都能陪她一个两个孤独的夜晚，但是谁也陪不了她今后永远的孤独。

我孤独吗？

我一点也不孤独。

有自己事业的女人永远也不会孤独，谁说过这句话？他一定不是女人。

电话铃突然响了起来。

“谢总吗？”

“是的。”

“我是微机房，有一份广州来的传真电报，刚刚到，我叫人送过来。”

“谢谢。”

不一会儿有人将传真送给了谢青云。

广告模特大受欢迎供不应求如十天内再送到二十名费用增加百分之二十刘等二人明日到吴诚一

谢青云振奋起来，这是个好消息，形象公司向广州方面介绍广告模特成功，预示着形象公司开始走向更广阔的市场，前面的天地将更大更宽，这一点不用怀疑。

徐丽丽和陈燕在广州很快站住了脚跟，走红了。半年后，吴诚一又来找田茅，这一次田茅正好外出招生，吴诚一就和谢青云直接挂上了钩，通过谢青云的形象公司，吴诚一要了十个女孩子，是去做广告模特的，那一回本来也是要周主任送过去的，不巧周主任病了，谢青云自己又抽不开身，正好高继扬出差去广州，谢青云就请他一路护送那十个广告模特到了广州。

吴诚一第三次回来虽然没有来得及带女孩子过去，但是已经和谢青云协商好，要形象公司再准备十个广告模特，谢青云根据这一意向，精心挑选了一批姑娘加倍努力地培养，只等吴诚一来要人，随时就能送过去，谁知吴诚一的电报上一下子把人数提高到二十个，事情倒是件好事情，说明形象公司的信誉开始影响广州了，但是十天之内，哪来的二十个合格的广告模特……谢青云心里有点乱，她抓起电话，拨了一个号，是田茅的，我怎么在紧要时刻总是先想到田茅？可是田茅不在，没有人接电话，谢青云拨了第二个号，是高继扬。

“喂。”

是高继扬的声音，他还没有下班。

“是我。”

“我听得出来。”

谢青云把广州的电报念给高继扬听了，高继扬半天没有说话。

谢青云说：“你怎么不说话？先前谈好第二批准备十个的，现在一下子要……”

高继扬说：“你打算长期和吴诚一合作下去？”

谢青云说：“是，这是对双方都有利的事情。”

高继扬又不说话了。

谢青云说：“你，好像不太、不太……”

高继扬说：“我想，广告模特的事情，也不一定非要和吴诚一他们做，也可以另辟道路……”

谢青云觉得有些奇怪,说:“你是不是觉得有什么不妥,吴诚一和我们公司来往已经是第三次了,前两次的情况你都知道,他们都很守信用,为什么不能和他继续合作下去,另辟道路不是很容易的呀。”

高继扬好像轻轻地叹息了一声,说:“既然……既然……”

谢青云说:“现在公司的人都下班了,培训部的周主任刚刚搬家,电话还没有装起来,我想请你帮个忙……”

高继扬说:“好的,我到老周家去一趟,叫他马上通知原先初选的模特晚上来加班。”

你真的很明白我的心。

“还有别的事情吗?”

“没、没有……”沉默了。

“喂。”

“我听着。”

“乔江,乔江有没有可能再……”

谢青云摇头。

“我本来想,我去和乔江说说,我可以说明一些事情,可是……”

“没有必要,有些事情是说明不了的。”

又是一阵沉默。

高继扬等了半天:“我挂电话了?”临挂电话,又问了一句,“你、你怎么样?”

我?

我还好。

我真的还好吗?

第 8 章

小晶的家庭教师小钱已经来了好些日子,但是基本上没有和谢青云、乔江打过照面,其实打不打照面都一样,小钱确实是位尽职尽责的家庭教师,谢青云每天晚上回来看一看小晶的作业,就明白。

人是谢青云选来的,当时有三个候选人,谢青云挑了小钱,小钱并不比另外两个强些,当然也不差,只是在相貌上小钱略逊一些,谢青云当时没有犹豫就确定了小钱。

小钱是中文系的大学生,但是外语和数学都挺不错,人也挺朴实,谢青云把小晶交给她的时候,一颗心也放下了大半。小钱来了几天,她才有机会把事情告诉了乔江,乔江照例说:“随你的便,反正你有钱。”

谢青云说:“事先没有征得你的同意。”

乔江说:“我同意不同意关系很大吗?”

谢青云有些不高兴,但细想想乔江的话也对,家里的事情,多半是谢青云做主,问不问乔江都一样,她顿一顿,说:“你还没见着她,哪天能不能早些回来,见见面,也互相了解一下。”

乔江道："有这个必要吗？"

谢青云无话可说，既然乔江不乐意，也只能这样了，见不见面，一切由他自己去吧，只要小晶有个着落就行。

这一天谢青云下班早一些，一进门就发现屋里的气氛与往日不一样，小钱还没有走，在给小晶讲课，见到谢青云，立即说："小晶妈妈，明天小晶期中考试，今天加点班，小晶也愿意。"

谢青云很感动，说："你辛苦了，今天就在我家吃晚饭，我弄几个菜。"

小钱抿嘴一笑，说："菜，小晶爸爸已经弄好了。"

谢青云朝厨房一看，果然做好了不少菜，回头问小晶："你爸爸呢？"

小晶说："我不知道。"

小钱说："去买熟食了，我叫他别去买，他非去。"

谢青云"哦"了一声，一时竟说不出话来。

过了一会儿，果然看见乔江手里提着几包熟食走进来，兴致勃勃的，看到谢青云，也不怎么在意，只说了一句："难得，这么早。"

谢青云说："你也难得早。"

乔江没再搭理，提着熟食往厨房去，听到在摆盘子，谢青云看小钱有些发愣，连忙说："小晶爸爸就这样的，说话没有好声好气的，人倒没有什么坏心。"

小钱又笑，点头，看看手表，对小晶说："休息一会儿，现在正有个动画片，你去看吧，看完了再做。"

小晶欢呼而去，根本没有在意谢青云的态度，谢青云倒也没有什么别的想法，觉得小钱人虽年轻，挺能干的，在小晶面前好像威信也挺高,这就是谢青云的目的了,还要怎么样呢。

乔江从厨房探出头来,对小钱说:“小钱老师,饿了吧?快了,马上就好。”

小钱说:“不饿,一点不饿。”

乔江又回厨房去忙。

谢青云对小钱说:“你还不怎么了解吧,小晶爸爸在公安局工作,刑警队的,很忙,难得这么早回来。”

小钱点点头,说:“我知道,你也很忙。”

谢青云心里掠过一丝感觉,正回味着,乔江端着菜出来了,小钱连忙上前帮忙,把桌子布置好,又熟门熟路地找到了碗垫,铺好,谢青云看着,心中那一丝东西又冒了出来,对小钱说:“小晶爸爸今天特地为你做了几个好菜,他的手艺还可以呢。”

小钱又抿嘴笑,笑了一会儿,说:“我知道了,我早就品尝过了。”

谢青云侧脸看了一下乔江,乔江说:“你忙,我们只好自己吃,等你等不到的。”

谢青云忍了忍,但有些忍不住,说道:“你这一阵倒不忙了,没有大案要破了?”

乔江没有说话,再进厨房端菜。小钱说:“小晶爸爸很忙的,他说最近就有个很大的案子在身上。”

谢青云“哦”了一声,随口道:“他都跟你讲了。”

小钱一笑,正要再说什么,看到乔江出来,连忙又迎上去,帮着放好菜,对谢青云说:“小晶妈妈,吃饭吧。”

谢青云突然有了些反主为客的感觉,有些拘谨起来。

吃饭的时候,乔江拿出酒来,非让小钱也喝一点,小钱笑着说:

“我原来是一滴酒也不喝的，现在被小晶爸爸带出来了，不要变成个女酒鬼才好。”

乔江也笑了。

你竟然也会笑，谢青云想，你从前确实是很会笑的，可是你后来再也不愿意向我笑了，现在笑容又出现在你的脸上，但却不是为了我。

谢青云心里泛起一股酸意。

乔江喝了几口酒，就给小钱讲一个破案的故事，小钱听得入神，谢青云往她碗里夹菜她都没怎么在意，谢青云忍不住打断了乔江的话头，说：“乔江，光顾了说你的英雄事迹，这些菜，都不吃？”

乔江说：“菜不菜，主要是一种气氛。”

小钱说：“是的，家庭的气氛，真的，我觉得你们家家庭气氛真的很好……”

乔江和谢青云互相看了一眼，觉得有点儿滑稽。

“真的……”小钱脸上的笑意消退了些许，也喝了口酒，慢慢地道，“我们家，我们家不是这样的，我们家……”叹息一声，好像说不下去，很有些伤感。

乔江问：“怎么啦？像你这样年纪的女孩子，叹什么气，你不是说过，你爸爸妈妈都挺好的。”

他连她家里的情况都了解清楚了，谢青云想。

小钱摇了摇头，说：“我现在的父母，不是我的亲生父母，我从小就被我母亲送给人了，就是现在的人家，他们对我挺好的，可是……”

大家都不出声了。

沉闷了一会儿,小钱突然又笑了一下,说:“其实,我说这些做什么,本来高高兴兴的,一家人一起吃饭,都怪我。”

谢青云注意到乔江一直默默地看着小钱,谢青云闷闷地把饭吃了,小钱进小晶的屋去继续辅导,乔江打开电视看新闻,谢青云好像有很多话要向乔江说,可是乔江并不搭话,谢青云收拾了碗筷,也坐到沙发上,没头没脑地看起电视来,心思却云游到不知何方,根本不知道电视里说的什么,放的什么。

终于小钱辅导完了该辅导的作业,要走了,谢青云看看时间,说:“不早了,要不要小晶爸爸送送你。”说这话的时候,谢青云注意到乔江眼睛亮了一下。

小钱摇手笑道:“不用不用,这算什么晚,我这个人胆子大,从小不怕走夜路的。真的,大家都说我胆子大,我这人只怕一样,水,到水里我就完了,只要是在岸上,我什么都敢。”

乔江“啊哈”一笑,说:“不要是狂犬病啊。”

小钱说:“你才狂犬病呢。”说笑着走了出去。谢青云送到门口看她骑上自行车去了,走进来,对乔江说:“已经很熟了呀,我还想替你们介绍一下呢。”

乔江说:“不客气。”

谢青云说:“情绪好起来了,不冷面了。”

乔江说:“那是,有了新鲜感,自然有情绪。”

谢青云说:“你是对我们的生活厌倦了?”

乔江说:“你不是?”

谢青云说:“是,我也是。不过,我不如你快活,有了崇拜警察的女大学生聊天,难怪每天也不忙了,也能赶回来吃晚饭了。”

乔江说:“说谁呢,是你吧,你以前不也很崇拜我吗?你以前不也天天回来吃晚饭的吗？”

谢青云说：“现在我不了，所以，你另外有了崇拜者。”

乔江道：“你有那么多的崇拜者，难道就不允许我也有那一两个？”

“乔江！”谢青云发自肺腑地喊了一声，乔江一愣，但很快又恢复了冷静，冷冷地听谢青云说，“我们为什么不能好好说说话，你看到我为什么就笑不出来呢？”

乔江说：“你是大人物，我们不敢随便对你笑，对大人物要有另外一套办法。”

谢青云气得眼泪在眼眶里打转，闷了半天，说：“乔江，我知道，你不能忍受我的事业，你不能忍受我的成功，你……”

乔江嘴角咧出一丝嘲笑。

事业？

成功？

有事业吗？

有成功吗？

你以为你真的有自己的事业，你以为你真的成功了吗？田茅说。

什么叫事业？

什么叫成功？

田茅笑问。

谢青云被自己的话问住了。

乔江说：“是，我不能忍受我的老婆比我强，怎么样，我就是这样的伪君子，你说怎么办？”

正说着，有些火药味儿了，小晶从自己屋里探出头来看了他们一眼，两人不说话了，但面对面坐着挺别扭，谢青云想上一下卫生间,念头刚起,乔江已经抢先一步,占领了卫生间。

谢青云胡乱地换过几个频道,也不知道电视里是什么东西,等了一会儿,真有些急了,不见乔江出来,问道:“好了没有?”

乔江没有作声。

谢青云再茫然地看电视,又等了一阵还不出来,又喊了一声,还是没有回音,谢青云有些生气,说:“你就算不想看我,也不用躲在卫生间里呀? 你在里边做什么?”

乔江闷声道:“我在做什么,我在做男人。”

谢青云脸上一红,说:“无耻。”

乔江突然开了门,说:“谁无耻?”

谢青云说:“你应该向崇拜你的女大学生去说。”说完自己进了卫生间,把门关上,也久久地没有出来。

等谢青云出来,乔江已经睡下,无声无息,谢青云在心里叹息一声,也睡了,都不说话,没有话说,就睡,也是个好办法。

夜很静很静。

半夜里,小晶在自己屋里大声地说梦话。

第 9 章

快餐店就在谢青云的公司对面，里边的服务员都认识谢青云，见她进来，都笑，说，谢总又加班，又说，都像谢总这样，我们快餐店也发了。

谢青云实在笑不起来，勉强点点头，没有按老规矩要一份 B 餐，两个鸡腿的那一种，只要了一份 C 餐，很少的量，服务员互相丢着眼色，没有再和谢青云多说什么。

快餐店里人不少，有些乱，谢青云心里烦，很想快快地吃完走开，可是送到嘴边却难以下咽，倒把一小碗汤先喝了。服务员又送上一碗汤来，谢青云感激地点点头，眼眶一下子红了。

对我好的人很多，从来都很多。

可是……乔江。

谢青云在大家的注视下，勉强吃了一点点，扔下一大半，便走出来，觉得哽得厉害，心里很闷，回到公司，犹豫了一下，把茶倒了，重新泡了一杯，她不习惯晚饭后喝茶，晚上喝了茶常常会失眠，可是今天……失眠就失眠吧，睡着和醒着都一样。

谢青云喝口茶，就给老丁打电话，预订十天内的飞机票，老丁虽然说了一大堆的困难,但还是答应尽量想办法。

谢青云放下电话,松了一口气,幸亏有这些朋友。许多人都说生意场上没有朋友,但是谢青云不这样想,老丁和她就是生意场上的朋友。

因为你是女人,你是一个很有姿色很有魅力的女人。

田茅说。

不是这样的,在生意场上谢青云从来没有把自己当成一个女人,真的从来没有过。

但是他们知道你是一个女人。

田茅坚持说。

谢青云不和田茅争辩,但是她不愿意听这样的话,田茅有时候专拣她不愿意听的话说给她听,田茅你为什么要这样,你对你太太也是这样的吗?

谢青云放下电话,听到加夜班的人都来了,高继扬大概连晚饭也没赶得上吃,把该来的人全部叫来了。谢青云看了一下表,七点差三分,果然很准时。谢青云稍稍坐了一会儿,就到排练房去看她们的走步和表演。原来定下来的十个确实很不错,气质、身高、体态、表情、动作,都是一流的,连谢青云都看得入了神,难怪到了广州那么受欢迎。可是临时抽来的几个不是很理想,其中只有一两个还说得过去,另外的一些相差太大,离他们的要求差得太远。谢青云把培训部的周主任叫到一边,问怎么办,周主任说:“这几个实在是不行,但是一时间叫我再找人出来,很困难了,就是找得到外形好的,基本功不过关,还是不行,就像这几个。”

那几个临时抽来的人大概也猜到了谢青云和周主任谈话的内容,走步走得很卖力,节拍也踩得很准,但是给人的感觉却是适得其反。周主任回头看看她们，摇了摇头，说：“经过培训的和没有经过培训的到底是不一样。”

谢青云说：“那是。”

周主任说：“你看怎么办，临时招些人来也不是招不到，但是几天时间想训成她们那样，是不可能的。”他指了指原来定下的十个模特。

谢青云想了想，说：“你们这边先练着，尽量争取，我再想想办法。”

周主任点点头。

谢青云慢慢地走出排练房，我想什么办法，我到哪里去找人。

只有田茅。

我总是逃不开田茅的阴影。

田茅的戏校收了一些非正式的学员，以各种名目招来的为学校创收的短训班、培养班，这些班的学生进出自由，而且她们到戏校，多半就是冲着形象公司来的，田茅完全有可能帮助她，可是，很难说……田茅总是叫她捉摸不透，谢青云把小郭呼来，坐上小车往田茅家去的时候，一想到要见田茅，她的心里突然紧张起来，心跳加快，手心里也冒出些汗来，我是不是有些怕他，我难道很怕他吗？我怎么到今天才发现，我原来是很怕田茅的，真是奇怪的感觉，为什么要怕他呢？因为他做过我的老师？那么凡是做过我的老师的人我都怕他们吗？当然不。因为他的嘴不肯饶人？因为他待人刻薄？因为他总是给人泼冷水？因为他不像高继扬那么体贴随和？因为……我不知道到底为什么，但是我突然发现了我是很怕他的。

这种感觉很真实。

这种感觉很莫名其妙。

到了田茅家所在那个新村，谢青云对小郭说："我很快就出来，你等我一下。"

小郭注意地看看谢青云，她难道已经从下午的悲哀中恢复过来了？

小郭看不出来。

谢青云却看出了小郭的疑问，她的心又被刀子剜了一下。

在新村里，楼与楼大致相同，田茅家谢青云来过的次数并不多，也不知道具体的门牌号码，也没有什么特别的标志，但她很快就找到了他的家，站到田茅家门口的时候，谢青云坚信她不会找错。

敲门的时候，谢青云感觉到自己的手有点颤抖，这个新村住的大都是市级机关的干部，田茅家住三室一厅的大套间，前后阳台，楼层也好，在三楼，在他的那个年龄档次和职务级别上来说，这是比较少的。

谢青云敲了门才发现田茅家是有门铃的，她等了一会儿，没有人来开门，她想是不是要按了门铃才来开门呢，她抬起手正要按门铃的时候，门开了。

田茅看到谢青云，他好像在很短的时间里愣了一下，但是很快恢复了往日那种油嘴滑舌的习惯，说："想不到你会来串门，尤其是今天。"

谢青云知道他指的今天是什么意思，他也知道今天的最后一次法庭调解，大概，失败也是他预料中的事吧，谢青云没有作声，只是忍着心口重又泛起的疼痛。

田茅说："进来坐吧。"

谢青云进去，田茅的儿子从自己的小房间里探出头来，冲她一笑，谢青云心里突然一热，我的儿子呢？我为什么不在家里守着我的儿子，我的儿子已经走了，我再也不能随时随地看到他笑，看到他哭，看到他耍无赖……谢青云勉强地对田茅的儿子回笑了一下，田茅的儿子就回自己房间去了，田茅的儿子长得很像田茅，笑起来也很丑，但是丑得可爱。

谢青云坐下来，不见田茅的老婆出来，问道："严萍呢？"

田茅说："晚上有个什么新闻，采访去了。"

谢青云说："也很辛苦的。"

田茅笑起来，笑了一会儿，说："比你好一些，晚上出去也是难得的。"

你又撕我的伤口，你为什么？

田茅给谢青云泡了茶，端过来的时候他一本正经地说："祝贺你！"

谢青云愣了一下。

田茅说："你快自由了。"

你撕我的伤口，你剜我的心，你把我的心一层一层地剥开来，一瓣一瓣地刺穿，你欣赏我的痛苦，你把我的悲哀当作你解闷的乐趣，你拿我的不幸细细地玩味，你为什么？你到底为什么？我没有得罪过你，我没有对不起你，你为什么要这样折磨我，我为什么还要送上门来让你折磨？我明知到你这里来不会有好话听，我还是来了，我真犯贱，我是为了我的事业吗？

谢青云实在是想指着田茅把这一肚子的话说出来，可是她说不出来，只有两行眼泪顺着她的脸颊慢慢地流了下来。

田茅眯着眼睛看着她，好像在欣赏她的眼泪。

你真是铁石心肠。

我说过哭的时候还在后面，你还记得吗？

你真的希望我不幸，你怎么会这样，是不是在戏校的时候因为我喜欢过你，给你带了一些麻烦，影响了你的什么前途，或者是影响了你的个人生活，你就记恨我了，要报复我？可是那时候我什么也不懂，我只知道我喜欢的东西我要去追，这难道是我的错？那时候，你也没有结婚，你是不是正在谈恋爱我也不知道，你是不是想升官我也不明白，我的眼睛那时候真的像是瞎的，你以外的别的什么我一点也看不见，我想来想去没有犯什么错。再说，除了我，还有阿飘，还有温和，她们都喜欢你，都追着你，你为什么不记恨她们，不报复她们，你为什么专和我过不去，我想不通，实在想不通。

田茅自己喝了一口茶，看着谢青云把眼泪流得差不多，说道："哭是正常的。"

谢青云想，我应该站起来走，走出去，每次我和他在一起都会有这样的想法，这样的冲动，这样的激愤，但是每次我都做不到，总有一天我会做到的，站起来走出去，从此再也不回头，今天，就是今天，我站起来，从他的身边走开，再也不回头……

我还是做不到。

"你是为公司的事情来的吧？如果不是为了公司的事情，现在只会一个人躲在空空的家里流眼泪，你哪里也不会去，今天的失败，对你来说，意味着结束，不是吗？"

是这样的，他总是把我的内心看得一清二楚，这就是我怕他的原因？

"说吧。"

谢青云说了。

田茅半天没有说话。

他果然犹豫，他有能力帮助我，戏校的学生现成的放在那里，条件不会差，这一点她是明白的，可是他很犹豫。

如果是高继扬……为什么我老是要拿高继扬和田茅来比，比他们做什么，乔江才是我应该想到的人，可是他义无反顾地走了，把我的心也带走了。

过了好一会儿，田茅说："什么意思，哪里需要人？"

原来你根本没有听我说，你到底在想什么，你把我当成什么人了，你怎么能这样对待我？

田茅又问："哪里需要人，去做什么？"

广州的一家大公司，要广告模特，怎么，你不相信？你总是怀疑别人，这就是你的特点。

"这个问题要问你自己，最早的徐丽丽和陈燕不是你介绍过去的吗？你的那个老同学吴诚一……"

"等一等，等一等，事情要说清楚，"田茅打断谢青云的话，说，"话要说清楚，吴诚一和我可没有什么关系啊，徐丽丽陈燕是你们和他做的生意，跟我没有关系的，实在要扯上关系，那就是我栽树，你和小高乘凉的关系吧。"

谢青云想，随你怎么说，我不和你计较，小高也不会和你计较。

田茅说："小高现在也厉害起来了。"

厉害的是你，而不是小高。

田茅说："广告模特，不是小高已经送过去了吗，又来要了？"

谢青云说："是的，那边很满意，又来要。"

田茅沉默了一会儿，慢慢地像是自言自语地道："吴诚一，真的做起来了。"

谢青云没有听清楚，说："什么？"

田茅说:“你们和吴诚一的交易……不说交易吧,不大好听,你们的合作,这件事情,吴诚一向你们买女孩子去。”看到谢青云脸色不快,又改口说,“你们的合作,你们向吴诚一提供,提供什么,广告模特?这事情你怎么谈的?”

我怎么谈的,你怎么以这样的口气问我,好像我的形象公司昨天才刚刚开始似的,我们三年都走过来了。

“介绍过去真的是做广告模特?”

不做广告模特做什么,合同上写得清清楚楚,白纸黑字,大红图章。

“合同算什么,一张纸能证明什么,萝卜肥皂都能刻成大红图章,我们当年都做过这样的事情,我在乡下的时候,用一个萝卜骗来一百斤大米,那个萝卜还是个空心萝卜。”

谢青云说:“田校长,我是来找你谈要紧事情的,那边追得很急,十来天内人就要到达,所以才来求你。”

田茅笑了,说:“叫我田校长了,一本正经,很有总经理的风度。”

谢青云说:“如果不行,我就,我走了。”

田茅说:“我没有说不行。”

你总是这样,所以我不能站起来就走,你每次都是先把人挖苦到极点,让人失望让人恨你,你再帮人办事,你怎么会是这样的性情,想我真的不明白你。

田茅说:“不过我也没有说行。”

你还没有完。

田茅说:“我问问小高的意见,他是管我们的。”

谢青云说:“高继扬已经知道了。”

田茅笑了一下，说："那是他和你的交情，他和我的交情是另一回事。"

田茅给高继扬打电话，说了半天，最后一句是："对，她现在在我这里。"

他为什么这样说话，他的口气好像……好像什么？谢青云立时感觉到一种屈辱，她站起来，这一次我一定走，可是田茅对她招招手，说："小高有话跟你说。"

谢青云接过话筒，田茅退到一边去。

"喂，"高继扬的声音充满关切，谢青云听到这声音，心里就有一股热流。高继扬说："你找田茅找对了，他会帮助你的，也只有他能解决你的困难，你好好跟他说，他这个人就是那种样子，尖利得很，不管对什么人都是这样，你不要在乎他的态度和说话……"

其实，我比你更了解他。谢青云说："我知道，我跟他说……"

高继扬说："今天……本来实在是不应该让你……"

谢青云说："没有什么。"

谢青云放下电话，看看田茅，田茅眯着眼睛看着她说："你很相信小高，既然你相信他，我也应该相信他，是不是？"

谢青云说："你应该比我更了解他。"

田茅说："那不一定，他愿意对你说的话，未必就愿意跟我说，他愿意帮你做的事情未必就愿意帮我做。"

谢青云有些不自在，好在她早已习惯了田茅的脾气，她说："是不是可以给我一个答复了？"

田茅说："当然，我哪敢不帮你的忙，我不帮你的忙，恨我的人要排成一大排。"田茅说着又笑起来，"我真不明白，你哪一点比别的女人更出色，为什么大家都喜欢你，都愿意帮你的忙？"

你又来了。

田茅说:“我要是做你的丈夫,我也会大吃其醋。”

我已经……乔江已经不愿意做我的丈夫了,你明明知道这对我的打击有多大,但是你还是一而再再而三地提这个话题。

田茅伸了个懒腰,说:“时间也不早了,严萍也快要回来了。”

谢青云说:“你不是说她去采访,采访怎么知道什么时候回来呢?”

田茅说:“她怎么能放心晚回来,太晚回来万一有人在我这里过个小半夜怎么办?”

这张嘴。

你知道不知道你这张嘴给你自己带来多少麻烦?

戏校是个是非之地,一般的人躲还来不及,田茅倒是待得不肯动身,我就是喜欢女孩子才不肯走,田茅就这样对大家说,田茅一边说一边笑,大家也跟着笑,我看见女孩子就开心,就舒服,就消气,就觉得世界很纯净,像贾宝玉吧,看起来谁也不拿他的话当真,但是谁的心里都往这上面想。

我走了,我不想碰到你太太,我并没有什么可以心虚的事情,但是对你不好。

田茅说:“你后天上午来吧。”

谢青云点点头。

田茅说:“你自己来,还是叫周主任来?”

谢青云说:“我和周主任一起来。”

田茅送谢青云到门口,说:“你回去,说不定家里有人在等你。”

你太残忍,田茅。

“等一等。”田茅突然叫道，声音很大，在夜晚寂静的楼道里显得特别刺耳，把谢青云吓一跳。

田茅想了想，挥了挥手，说：“算了，不说了。”

谢青云看出田茅的犹豫和忧虑，正要说话，有人从楼梯下面上来，谢青云停了，田茅向那人点点头，等那人走上楼去，田茅说：“不送了。”

反身进去关了门。

谢青云慢慢走下楼去，在拐角处，不由自主地又朝上看看，田茅家的门紧紧闭着。

“算了，不说了。”

他想说什么？

谢青云在黑夜里又看到了田茅眼睛里的犹豫和忧虑。

他有什么可忧虑的？

这个人好像从来不知道忧虑。

第 10 章

吴诚一突然又来了，直接走进谢青云的办公室："谢总。"

谢青云有些惊讶："是你？"

"是，一个不速之客，走得急，事先也没有向谢总报告一声，就突然到了，在广州，办事都是急急忙忙的。"

谢青云点点头，是来得很快，徐丽丽和陈燕去了不到两个月，吴诚一又来了。

"田茅知道你来吗？"

吴诚一说："我更愿意和谢总合作。"

谢青云微微一笑，说："但是，你是田茅的朋友。"说着开始拨电话，她在拨号的时候瞥到吴诚一脸上有一丝得意的笑意，不明白这是什么意思。

田茅不在家，出门招生去了，半个月以后才能回来。

吴诚一笑着说："没有田茅我们会合作得更好，谢总，你说呢？"

吴诚一为什么不愿意和田茅接触？

没有田茅就不会有我们的合作，吴诚一难道是那种过河拆桥的人？田茅说，何止过河拆桥，还会落井下石，如果真是那样，那么吴诚一的话也没有错，田茅就是引狼入室。想到哪去了，怎么谈得上，田茅开起玩笑来，常常无边无际，也许，正因为田茅常常给人一种不踏实不可靠的感觉，吴诚一才想避开他？

不管吴诚一是怎么想的，吴诚一的话却句句打在谢青云心上，没有田茅，她做起事情确实很有信心，很有把握，有了田茅，谢青云常常会有缩手缩脚的感觉。

吴诚一，难道你也怕田茅？

田茅有什么可怕的？

怕他那张嘴？

绝不是。

谢青云看吴诚一喝了几口茶，便问道："我们介绍过去的徐丽丽和陈燕，现在好吧？"

吴诚一一听到徐丽丽和陈燕的名字，两眼放光，从身边拿出几张照片递给谢青云："谢总，这是陈小姐的照片。"

照片上，陈燕光辉灿烂地笑着。

"走得急了，徐丽丽的没有来得及拿来，反正，两位小姐都走红，到底是我们家乡的女孩子出色，我的战略目光还是不错的。"吴诚一自我吹嘘着，看得出他很得意。

谢青云注意到照片下方的日期，是近几天的，就是说，陈燕确实在广州大放光彩，比起来，徐丽丽要更强似陈燕些，想来徐丽丽的前途也不会很差。谢青云高兴起来。

吴诚一马上扯上话题，告诉谢青云，他这次来是想招十名广告模特回去，广告模特在南方已经红开了，希望仍然由形象公司向他们提供人选。吴诚一说："谢总，我接触过不少人，和许多人打过交道,但不知为什么,和你一接触,我就觉得我们的合作是能够长期进行下去的,我们会有很好的前途……”

类似这种奉诚的话,谢青云听得并不少,但从一个香港客商嘴里说出来,毕竟还是不一样的。谢青云笑笑说:“我也是学着做的。”

吴诚一的目的达到了,形象公司在最短的时间里让他选去了十名符合要求的广告模特,公司决定由培训部的周主任护送女孩子们到广州,可是临走前两天,周主任突然病倒了,发烧到四十度,谢青云突然听说文化局的高继扬近几天有任务出差到广州去,她向他说明了情况,高继扬默默地听了,最后他问了一句和谢青云拜托他的事情无关的话:“吴诚一是田茅介绍给你的?”

谢青云点头。

高继扬又注视了谢青云一会儿,说:“那他为什么不找田茅?”

“田茅出差了,不在家。”

高继扬顿了顿说:“真巧。”

谢青云看出高继扬不是很愿意接受这件事情,便说:“如果你有困难,或者,你不想去,就算了,我们另外——”

高继扬打断谢青云的话,说:“你很希望我去?”

谢青云看着高继扬,她有些不能直视他的眼睛。

高继扬又问了一遍:“你很希望我去?”

谢青云点点头。

是的,我很希望你去,只有你去我才放心,可是我没有资格强迫你去。

你有资格强迫我去。

只有你有这个资格。

哪怕是狼窝虎穴，只要是你希望我去，我都会去。

我哪来这么大的力量？我也不知道。

高继扬平平静静地说："我去。"

高继扬真的负责起本不属于他的事情，他和吴诚一一起去了广州，把十位姑娘安全送到。

他们出发去广州的第三天，吴诚一的电话过来了，他在电话里向谢青云大大地吹了一通高继扬，说高继扬有能力，头脑清醒，大有相见恨晚的感觉，又说想重金聘用高继扬，可是高继扬不愿意等等。谢青云问到十个女孩子，吴诚一让她放心，关于女孩子们的安排，高继扬回去会详细向谢总汇报的。谢青云想让高继扬说几句话，吴诚一说好，让她稍等一会儿，谢青云抓着话筒等了好一会儿，也没听到高继扬的声音，后来还是吴诚一过来，说高继扬出去逛街了，等他回来，让给打电话，可是谢青云一直没有等到高继扬的电话。

一直到高继扬回来。

高继扬一回来，谢青云赶到他家里，说形象公司为了感谢他，特意请一桌客，请阿飘也去。

高继扬却摇摇头："我不想去。"

谢青云有些意外了，看看阿飘。阿飘说："为什么不去，有的吃，是好事情，你不去，我要去的。"

谢青云说："小高怎么了，是不是累了？"

阿飘说："别理他，阴阳怪气的。"

谢青云仍然坚持："小高，我们是专门请你的，你不去，这饭……"

高继扬叹口气，终于说："我去。"

席间,谢青云注意到,阿飘虽然仍有点儿酸,但情绪特别好,特别兴奋,相比之下,高继扬就显得特别的沉闷,谢青云看在眼里,在席上又不好多问,一直熬到散席。阿飘喝多了些,被人先扶上谢青云的车。谢青云和高继扬走在一起,终于忍不住问:"小高,有没有出什么事情?"

高继扬摇了摇头。

"真的一切都很好?"

高继扬笑了一下,但是笑意里充满苦涩,这谢青云能够感觉得到。

你怎么了,你有什么话瞒着我,你为什么要瞒我,是我们公司的事,还是你自己的事,你为什么不向我说明白?

"小高,你这样子,让我担心,我……"

高继扬说:"真的没事。"

谢青云将信将疑。

高继扬最后说:"我累了。"

我真的累了。

第 11 章

小郭把谢青云送到家，车子刚刚开走，谢青云掏出钥匙正要开门，她感觉到附近有一双眼睛在注视着她，谢青云心里一抖，是乔江？

不是乔江，不可能是乔江。

谢青云看到一双深深的眼睛，在黑暗中闪闪发光。

高继扬并没有走近来，他只是远远地站着，看着她。

你为什么对我这么好，我真是不值得你对我这么好。

谢青云向他走去，她走近他的时候，她看不清他的眼睛里有什么，但是她想象得出。

高继扬低低地说："没有什么事情。"

谢青云没有说话。

高继扬仍然低低地说："我并不想到你家去，我只想远远地看看你，只要看到你，看到你的身影，我的心就踏实了。"

谢青云说不出话来。

高继扬说："你进去吧，天有些冷，不要着了凉。"

谢青云开门的时候，觉得自己的眼泪又要流出来了，她强忍着，让高继扬看到她哭，他会很心疼。

她站在门口，不知道关门还是不关门，高继扬说："你关上门，我走了。"

他并没有走，她也没有关门。

高继扬叹息了一声，再深深地看她一眼，说："我走了。"他慢慢转过身去，朝黑暗中走去。

谢青云一直到看不见高继扬的身影，才关了门，她走到窗前，撩开窗帘朝外看，她看到高继扬又折了回来，就站在离她家不远的地方，默默地看着她的窗。小雨淅淅沥沥地下着，永远也不停息。

电话铃突然响了，谢青云心里猛地一抖，是乔江。

"妈妈，我是谁，你能听出来吗？"

是儿子。

我听得出我听得出，儿子，小晶，晶晶，是你，你爸爸呢？他在你身边吗？应该在的。

乔江一定在边上。

"妈妈，你怎么不说话，是不是有人在你那里？"

谢青云的心一下子揪痛起来，听到儿子声音的喜悦被儿子的这句话冲得无影无踪，是谁在教儿子说话？不会是乔江，乔江虽然坚持和她离婚，但是乔江不会如此无聊。是婆婆吗？婆婆也不会这样的。那又是谁呢？

"小晶，你爸爸在家吗？"

"不在。"

"奶奶在做什么？"

"奶奶在看电视。"

没有人教小晶说那句话，是小晶自己要说的。谢青云抓紧话筒，她的感觉就像抓着一根救命稻草，她带着哭腔说：“小晶，妈妈一个人在家，妈妈想你。”

“妈妈，我也想你，你今天怎么这么早就在家里呢？”

谢青云说不出话来，平时我都是很晚很晚才回来吗？我怎么从来没有想到这一点，我和儿子常常两头见不着，我回来的时候他已经睡了，我起来的时候，他已经上学，要是让生活重新开始，我一定不会这样了，一定不会，可是生活不可能重新开始了，一切都已经走到现在这一步，只能继续往前走下去。

“妈妈，你怎么不说话，我要去做功课了，我明天再给你打电话，妈妈再见。”

“吧嗒”一声，电话挂断了，把谢青云的心也挂断了。

谢青云过了好半天才想起放下话筒，她朝窗帘看看，她很想再看看高继扬还在不在雨中站着，但是她忍住了没有过去，她不能过去，如果他还在，她怎么办？她不知道该怎么办？

现代的女孩子们，一天换一个情人的也大有人在，她们把谢青云们看得过于严肃对付得过于认真的性生活开放到了另一个极致，可是我不是她们，我们不是同一个时代的人，虽然我比她们也不过大十多岁，但是十多年的差别却实在是很大很大。谢青云过去开了电视机，当地的新闻刚刚播完，接下来的是文艺天地之类的节目，谢青云突然在屏幕上看到很长时间没有见到的温和，谢青云精神一振。

温和也脱离了地方戏剧团，但是她没有脱离她的爱好，只是换了一种形式，换了一种专业，她调到歌舞团唱通俗歌曲，一首温和自己作词作曲并且以她自己的名字命名的歌《温和》与温和的形象与温和的气质相辅相成，使温和一夜之间从拥挤不堪的通俗歌坛上脱颖而出，一夜之间，多少个少男少女，齐声同唱《温和》的情形，使熟悉温和的人简直不敢相信这就是温和的走向。

温和确实是一个非常温和的人，她既不像阿飘那样大大咧咧，无所顾忌，也不像谢青云那样明明心里很要强，给人的印象却很柔弱，温和似乎是一个表里相当如一的人……谢青云听温和唱了一支歌，忍不住拿起电话往温和家里打。这时候她看到屏幕上出现了果珍的广告，幸福的一家三口，冬天喝热果珍，从前她是最喜欢看这一则广告，可是现在……谢青云把电视机关了，屋里顿时一片寂静，那边接电话的是江晓星，江晓星听出来是谢青云，说："是谢青云？"

谢青云心里一热，他一下就能听出她的声音："是我，你们好吗？"

江晓星说："好的，你怎么样？"

谢青云抖着声音："我、我……我不好……江晓星，温和在家吗？"

江晓星说："在，你找她？你等等……"谢青云听到电话里江晓星在喊温和的名字以及温和在问，谁呀，江晓星的声音说，小谢，谢青云，温和呀了一声，接过了话筒。

谢青云本来并不指望这时候温和在家，想不到偏偏温和在，温和接了电话，说："青云，你好吧？"

谢青云说："我在电视里看到你，我想你。"

温和笑了一下，温和地说："我不上镜头，很难看吧。"

谢青云很想说几句好话，温和确实是不太适应上电视，电视里的温和不如电视外的温和漂亮，但是温和的歌确实唱得很好，谢青云想说说她的那首《温和》，想说说她的形象公司的小青年们都喜欢唱《温和》,可是谢青云一句也没有说出来,她对着话筒哭了起来,她说:"温和,我要离婚了,乔江他……"

那边温和停顿了一下,后来温和说:"我听说了。"

谢青云不知怎么往下说。

那边温和的声音又传过来:"我只是不知道,我想不到这会是真的,而且,这么快,是不是,青云,已经……"

谢青云无言地点头,她根本没有想到这是在电话里,对方根本看不见她的表情和动作,点头或是摇头,温和能感觉到吗?

温和叫了她一声:"青云。"

谢青云淌着眼泪说:"我不想离,温和,我真的不想离……"她已经泣不成声。

温和说:"青云,我知道你,你不要难过……"温和的声音也失去了控制。江晓星接过电话,说:"小谢,怎么,哭啦?你看看,温和也陪你一起哭呢。唉,离婚就离婚吧,别哭,哭也哭不来什么了,小谢……"电话又被温和拿过去,温和说:"青云,你等着,我马上过来看你……"谢青云正要说话,又听得电话中江晓星的声音,有些沉闷,含含糊糊,听不清说的什么,温和的声音清楚一些,温和在说,这时候,你还和她说这个,你怎么能这样,你不要说……江晓星要和她说什么?

谢青云想,江晓星要和我说什么?温和为什么不让他说?

也许江晓星根本没有把我的离婚当成一个什么事件,是的,我离不离婚,在别人看来,能算什么呢,江晓星也许是有生意上的事情要和她谈,他们有合作关系。

江晓星是一家化妆品厂的厂长,不久前生产了一种新产品,就和形象公司挂上钩,一起宣传,由形象公司的形象小姐做直销和推销工作，效果很不错……

江晓星正和温和争着话筒。

他要说什么？他要告诉她化妆品的事情，在这样的时候？

温和掌握了话筒："青云，我马上过来。"

谢青云说："不要，不要，在下雨。"

"不碍事，小雨。"

谢青云再次听到温和背后的江晓星的声音，不知说的什么，但是谢青云觉得自己应该明白，不，我不能让温和过来，温和难得在家，我不能把她再从江晓星身边拉走。江晓星再次把话筒接过去，说："小谢，别钻牛角尖，你想想，你是一个成功的人，你的公司办得很成功，有几个人能达到你这样的，你想想这个，你会开心些的。我本来，本来正想找你，我们的合作上，有些，有些……"电话又被温和拿走，温和道："青云，别听他的。"

谢青云无声。

温和又说："他没有事情，他是想让你想开些，他不明白你，我来啊。"

谢青云急急地对着电话说："温和，温和，你听见吗？"

温和说："我听着，你说。"

谢青云说："你不要过来，我、我有事……"

温和说："你根本不会骗人，你有什么事，你现在会有什么事？"

是的，温和说得真不错，我现在，还会有什么事，一个人，孤零零地在家里，能有什么事。

谢青云急了，说："真的，你不能来。"

"为什么？"

为什么？为什么？

“我……我这里有人。”

谢青云猛地挂断电话，心里猛地一阵跳动。

再没有一点点声音。

慢慢地，谢青云听到外面的雨声，淅淅沥沥，南方小城的雨季很长很长，雨总也下不大，但总也不肯停。

第 12 章

终于凑到一个日子,谢青云和乔江带着小晶一起去动物园。

天高气爽,风和日丽。

中午,他们在草坪上坐着,谢青云从侧面看着乔江的脸,有棱有角的脸,她突然有些冲动,很多日子没有这样的感觉了。

“乔江……”

谢青云低低地喊了一声。

乔江正呆呆地朝天上望着,心思不知云游在何方,没有听到谢青云的声音。

谢青云没有再叫第二声,他们就这么默默地坐着,也许比说话更好,谢青云看着小晶在草坪上奔来奔去,终于奔累了,过来坐在父母身边,喝饮料,过了一会儿,要求谢青云和乔江带他再去别的地方。谢青云说:“爸爸妈妈都有些累了,你也歇歇吧。”

小晶没有回嘴,只是轻轻地叹息一声,也朝天上看看,突然说:“小钱老师来了就好了,上次她带我去了好多地方。”

谢青云问:“小钱老师也带你来过动物园?”

小晶说:“上次爸爸带我来,碰到小钱老师,我们就一起玩了,玩得真开心。”说完觉得休息够了，又跑开去。

谢青云朝乔江看看，乔江不再向着天上看了，眼睛看着前方，很平静地说：“她和她的一帮同学也来玩，碰上了，小晶要她跟我们走，就跟来了。”

谢青云根本就想不起来是哪一天，也许，他们到家的时候，她还在外面忙着、应酬着，根本不知道小晶在哪里，也不知道乔江在哪里，更不知道小钱在哪里，小钱会在哪里呢，大学生也玩动物园吗？

谢青云不知道，也许吧，现在的大学生，怎么说呢，谁知道他们想干什么。

“玩得很愉快？”

乔江不置可否。

谢青云想忍住不说，但是实在忍不住，说：“这么巧碰到了。”

乔江说：“在大门口，正在买门票，小晶先看到的……”说着看到小晶一头大汗向这边跑过来，乔江突然说，“你可以问问小晶，孩子不会说谎。”

谢青云突然笑了一下，我还不至于如此。

小晶跑过来，夸张地说：“累死我了！”一屁股坐在地上，随即又躺下来，手脚伸展开来，说，“真舒服。”

谢青云将脸稍稍撇过去一点，不使自己的眼睛对着乔江的眼睛，慢慢地说：“三个一起玩了一天，熟人看到会怎么想……”

乔江反问一句：“你说会怎么想？”

小晶忽地坐起来，对乔江说：“爸，你为什么老这样跟妈妈说话？”说完又跑开去。

谢青云心里酸酸地，说：“你也不怕别人说闲话。”

乔江道："你怕了吗？你做许多事情都和男的在一起，你怕了吗？"

又来了，没有谈下去的必要了，也用不着解释，解释得已经够多，也不用证明，证明毫无意义。

他们一起坐在草坪上，眼睛都随着小晶的活动在转动，看上去真像一对恩爱夫妻。

过了好半天，乔江突然说："你不会因此辞了小钱吧。"

谢青云说："你说呢？"

乔江说："我想你也不至于，你向来是个很大度的女人，只是有时候大度得你的丈夫也受不了。"

谢青云说："乔江，我们不说了好不好，难得带小晶出来，孩子也不愿意我们这样。"

乔江说："我也不愿意我们这样。"话音刚落，腰间的 BP 机响了起来，乔江看了一下，说，"局里有事，我得先走。"说着把中文显示的机子给谢青云看，谢青云并没有看，也没有说话，把小晶叫过来，说："爸爸有事情要先走了。"

小晶说："那我和妈妈怎么回去？"

谢青云说："我们坐三轮车。"

小晶笑道："上次小钱老师也和我一起坐三轮车回去的。"

谢青云朝乔江看看，乔江眼睛向着别处。

小晶说："爸爸骑车跟着我们，他没有三轮车快，三轮车可快了……"

乔江脸上有一种奇怪的表情。

他是有意做给我看的？

乔江走了，谢青云和小晶坐着三轮车回家，刚到家，乔江的电话就来了，谢青云听到他“喂”一声，心里突然涌起一股热流，谁知乔江却说：“到家啦，向你打听个事情。”

谢青云的心凉了。

“什么？”

电话那边好像犹豫了一下。

“什么事？”

乔江说：“也许你会不高兴，对不起了，是打听一下田茅……”

什么？田茅？局里刚刚把他呼叫回去难道是为了田茅的事情，谢青云的心一下子又提了起来：“田茅，怎么了？”

“你很急？”

我急什么？我为田茅急什么，田茅也用不着我为他着急。

“你放心，没什么事情，只是打听一下，田茅是不是有一位表兄移居香港的？”

田茅的表兄，怎么问我，我怎么知道田茅的表兄，真是莫名其妙。

“我不知道。”

“你怎么会不知道，姓吴的……”

吴诚一，怎么变成田茅的表兄了？

“怎么，一提到田茅你就不肯说话了？”

是的，我没有必要和你说话。

“怎么，连玩笑也开不起了……”

没有答复。

“喂！”乔江确实有求于她。

我向你求助的时候你是怎么对待我的……

“乔江，请你帮个忙。”

形象公司被纠缠到一桩经济案件中去了。

……

“中院的刘庭长你认得吧，我们有桩经济纠纷在他手里，听说他倾向于对方，能不能请你——”

……

“乔江，你听到没有，喂……”

“我听到了，我正在想，很奇怪，像你这样神通广大的能人，怎么求到我这么个小警察帮忙呢？”

“乔江，事情很急，一出一进，我们公司要损失很大一笔，不开玩笑……”

“我没有开玩笑，我和刘庭长虽然认得，但是我不能找他，有来有往，我这次找了他，他下次来求我放掉一个罪犯，我怎么办……”

“……你，真的不肯……”

乔江干笑一声：“我倒有个建议，有个人你可以去找。”

“谁？”

“市里的分管书记呀，他不是对你挺关心的吗，你找他，让他给法院院长打个电话，刘庭长还敢怎么的。”

谢青云再没有说话，“吧嗒”挂断了电话。

乔江还在电话那头“喂”，谢青云已经挂断了电话。

突然一片寂静。

谢青云呆呆地看着电话机，很想重新抓起来，再给乔江打电话，告诉他些什么，可是，她没有这样做。

我不愿意。

小晶过来，朝母亲看看，问道：“是爸爸打电话来？”

谢青云说："是的……"她看小晶疑惑的眼神，补充说，"他问我们有没有到家。"

"你瞎说，骗人！"小晶说完跑回自己屋去，关上了门。

我瞎说，我骗人，我的生活怎么会过得这样，我怎么走到了这一步。

我不能明白。

第 13 章

醒来的时候不知是几点钟，窗帘拉得很严，看不清外面是不是已经发亮，只觉得四周一片寂静，只有小雨仍然不停地下着。谢青云注意听着外间的动静，每天早晨乔江去买了早点和菜，回来和儿子一起吃早饭，再送儿子上学，他们尽量把声音放低，但是只要谢青云醒着，总是能听到他们一点动静，乔江催促儿子快吃，或者儿子说吃不下了，这时候谢青云心里就会有一种温暖熨帖的感觉，不管前一天她曾经忙得怎样焦头烂额，也不管这新的一天还有多少麻烦等着她去处理，但是只要在早晨醒来的时候听一听父子俩的声音，轻轻的声音里充满了对她的爱和关切，她的心就会很平静很坦然，觉得什么样的麻烦也不可怕。

这就是家。

谢青云没有听到外间有任何细小的声音，是不会有声音了；他们都已经走了，从此以后的每天早晨，乔江和儿子只能在同一个城市的另一座屋檐下发出那些曾经温暖过她的心的声音，这时候他们在做什么，乔江早晨也不需要赶着去买菜买早点了，奶奶会把这一切安排得妥妥帖帖，甚至连小晶上学的事情也不一定烦着乔江了，奶奶是退休教师，身体也很好，她完全能够照顾好她的儿子和孙子，这些事情本来应该是一个做妻子和做母亲的人承担起来的。

我确实没有能做一个好妻子好母亲，我还在舞台上的时候，我照顾不了家庭，我办了形象公司以后，回家的时间更少了，也许，我选择错了，决定从舞台上下来的时候，我应该选择另一条路，我也可以在剧团搞些行政工作，我也可以换另一个轻松些的事情做做，可是我到底还选择了比演戏更忙的事情。

这就是我的悲剧的开始？

田茅暗示过我，可是我不相信，我绝不相信。

有许许多多的女子，她们既能把自己的事业干得火火红红，又能处理好家庭的事情。

我佩服她们，我羡慕她们，我嫉妒她们，我也曾经以为我能做到这一点，但是我错了，我极尽了全力，我还是做不到。

我有了自己的事业，大家都知道一个女演员成了一个女商人，而且，很成功，可是我的代价太大太大了，我失去的是我的依靠，是我赖以生存的支柱。

我没有家了。

小雨淅淅沥沥地下着，在雨声中别的一切都显得格外的宁静，宁静到几乎没有一点声息。谢青云只觉得心头泛起一阵又一阵的孤独，她开了灯，看了一下表，才凌晨四点多钟，谢青云记得睡的时候已经快两点了，夜里她躺在床上辗转反侧，怎么也睡不着，到快两点的时候爬起来吃了两片舒乐安定，才慢慢地睡去，睡去的时候，谢青云想，让我多睡一会儿，让我把我的伤心事睡去吧。

天不亮就醒来了，满心眼里都是伤心事，我怎么办？

谢青云在床上一直熬到天大亮，她起来走到阳台上，看着楼下小街上的行人，他们匆匆忙忙地去买菜去上班，男人骂孩子，女人骂男人，或者他们互相吵架，他们也互相问好，互相帮助；居民老太太在门前生煤球炉，白烟袅袅地升上来。不远的地方就有一个小小的菜市，大家为了菜价菜的斤两争争吵吵，给小街的早晨增添了许多新鲜的活气。平时逢到乔江出差，谢青云也起来到菜市买菜，总是急急忙忙，也不问菜价斤两拿了就走，从今天开始，我每天都要买菜了，但是，这和从前的意义完全不同了，谢青云想我从前难得买菜还有些怨言，现在我想给乔江和儿子买菜也已经没有机会了。

我真的太不懂得珍惜。

谢青云愣愣地在阳台上站了好一会儿，后来她感觉到胃部一阵空疼，才回进屋来，她不想下楼去买点心，只是冲了一杯奶粉喝了。时间还早，小车说好八点半到，还有将近一个小时，谢青云不知道自己应该怎么办，在这新的一天里，她知道自己有许多事情要做，九点钟新招聘的职员见工，她要对他们当面进行考查，十点钟……

不，我再不想这些事情，我做这些事情，还有什么意义？

但是，我又不能不做，日子还得继续过下去，公司还得继续办下去，生意还得继续做下去。谢青云在听到法官说出最后一次调解结束的一刹那间，她曾以为地球已经停止转动，生命已经消耗殆尽，她以为日子不会再往前走了，可是现在，一夜之后，谢青云才知道，地球还在转着，日子还在往前，无论谁碰到什么样的事情，他都得硬着头皮走过去。

就是这样。

这是谢青云早晨醒来后的第一个感想，也是她觉得最难以忍受却又不得不忍受的事实。

谢青云心里闷得厉害，房间虽然很宽大，但是她却感觉这屋子太狭小，她在屋子里憋得透不过气来，谢青云再一次走上阳台，漫无目的地向楼下看，突然，谢青云心一跳，她看到高继扬推着自行车，正站在她的阳台下不远的地方看着她的家，看着她的阳台。

谢青云的眼眶一下子湿润了。

高继扬看到谢青云走上阳台，他并没有推着车子走过来，他只是向着谢青云的方向看着，因为距离比较远，谢青云看不清他的眼神，她看到他向她挥挥手，又站了一会儿，才骑上车子远去。

他上班走不到这条路，他是特意绕过来看我的，他怎么知道我早上会站在阳台上，我平时早晨根本没有时间往阳台上站，高继扬也许只是想感觉一下。

走在这条路上，你就感觉到了我的身边？

谢青云的心又一次被搅动。

到了八点一刻，谢青云实在待不下去了，她没有听到小郭的喇叭声，准备先下楼去等小郭，刚要出门，突然听得有人敲门，开门一看，谢青云差一点叫出声来。

是温和。

温和进屋来，一把拉住谢青云的手，盯着谢青云看。

谢青云的眼泪一下子又冒了出来。

温和说："青云，青云，你不要这样，你不要这样……"温和的眼睛也红了。

谢青云不能控制自己，她放声大哭起来，温和拉着她的手陪她一起掉下眼泪来。

这时候小郭在楼下按喇叭，温和抹了抹眼睛，问谢青云："是不是你的车子来了？”

谢青云摇着头，说：“我不去，我不去，我哪儿也不去了。”

小郭按了几下喇叭，大概估计谢总能听到了，就不再按了。温和说：“你有事情，你去吧，我回头再过来看你，今天我已经请了假，本来就是来陪你的。”

谢青云看着温和，说：“温和，乔江要走了，他把儿子也带走了。”

温和握紧谢青云的手说：“我知道了，我知道了。”

谢青云说：“温和，我怎么办？你告诉我，我应该怎么办？”

温和不说话。

谢青云说：“谁也不知道怎么办，一切都已经太迟了，我怎么会这么糊涂，我还以为法院根本不会受理，等到我清醒过来，一切都已经迟了，来不及了……”

温和说：“已经这样了，你要想开一点。”

谢青云说：“我真的一点也没有想到，我一点思想准备也没有呀，我坚持说我和乔江感情没有破裂，但是他们不相信我，他们相信乔江，我怎么这么笨，我怎么想不到他们都是偏向乔江的……”

温和静静地听谢青云说，要让她说，等她把心里的东西全说出来，就会好一些。

谢青云说：“温和，我和乔江的感情真的没有破裂，你相信不相信？你不说话，你也不相信我？”

温和说：“我相信你。”

谢青云说：“我，我没有做对不起他的事情，我真的没有。”

温和点点头。

谢青云说：“可是他为什么这么狠心？为什么，我真的不明白，乔江怎么会这么狠心……”

总是有原因的，温和看着谢青云，如果在十年前，哪怕是五年前，你说的一切我都会相信，但是现在，我很难完全相信你，不是因为你自己的原因让我不能完全相信你，而是因为我自己的原因让我不能完全相信你，你知道这些年我自己也经过多多少少……

温和，你怎么不说话，你说话呀。

“青云，有一句话我跟你说，你不要激动，也许跟你没有关系……”

“你说。”

温和顿了一下，慢慢地说：“那天我碰到了阿飘，阿飘告诉我，她也可能要离婚了。”

谢青云吓了一跳，脱口说：“为什么？”

温和叹了口气，摇了摇头。

谢青云盯着温和：“你一定知道为什么，你不能不告诉我。”

温和犹豫了一会儿，说：“你其实也知道为什么。”

谢青云拼命摇头，我不知道为什么，我不知道为什么，你们不能这样对待我，我和高继扬真的没有什么，我要怎么说你们才能相信，难道真的要把我的心挖出来你们才能看清楚吗？

温和正要说话，楼下小郭又在按喇叭，温和改口说：“你走吧，事情还是要做的。”

谢青云突然感觉到头晕目眩。

温和关切地说：“青云，你脸色很不好，是不是病了？”

谢青云笑了一下，我没有病，我怎么会有病，我是一个压不垮打不倒的女人，我这样的女人也会生病吗？当然不会。

她对温和笑了一下，说：“谢谢你，温和，谢谢你来看我，也谢谢你对我的……信任。”

温和看着谢青云，说：“我晚上来看你。”

谢青云说：“晚上我有事情，很晚才能回来，你不要来了，有什么困难我会找你求助的，我们是多年的好朋友了，是吗？”

温和说：“青云，既然我们是多年的好朋友，你就不要把我刚才说的话放在心里了，你的心已经够重的了，如果刚才我说的话你再加进去，你会承受不了的。”

你知道我承受不了，你为什么还要跟我说，而且你宁愿相信阿飘也不愿意相信我。

温和说：“我想，你也许应该找阿飘说说。”

谢青云愣了一下。

温和再一次握紧了谢青云的手，盯注着她，过了一会儿她说：“青云，其实我并没有把阿飘的话看得很认真，为什么，你知道吗？”

我不知道，我现在只感觉头晕目眩，别的什么也不知道。

温和突然笑了一下，她说：“因为我知道你心里的人是谁。”

谢青云的心猛地一跳，谁？温和说的是谁？谢青云突然一阵心慌，你在问谁呢？你自己心里最清楚，你难道还不明白你自己的心，你总是自己骗自己，这是做什么，自己和自己过不去？

谢青云看着温和有些古怪的笑意，她突然想，天哪，温和原来也还没有忘记过去……

小郭等不到谢青云下楼，不知发生了什么事，跑上楼来，看到谢总眼睛红红的，一时为自己的莽撞有些不安。谢青云说：“小郭，对不起，我马上下来。”

小郭说：“见工的人九点钟到。”

谢青云说:“我知道。”

小郭回下楼去继续等。

谢青云重去洗了脸,化了一下妆,温和看着她,说:“青云,你还是老样子。”

谢青云苦苦地一笑。

温和说:“我不行了,你看我脸上,化妆过敏,越来越厉害,皮肤越来越粗糙。”

谢青云说:“你少化些妆。”

温和说:“怎么行,上台不化妆,简直不能见人。”

谢青云换个话题:“江晓星……我们合作得挺好,他跟你说过吧。”

温和点点头:“说过,他对你,印象也挺好,他说他想不到乔江会提出和你离婚,他一点也没有想到,他说……他说像你这样的好女人,世界上并不多……”温和说着一笑,又道,“还记得那天在阿飘那里过生日,阿飘说……”她停下来。

谢青云知道温和指的阿飘的哪一句话,她不想再和温和说话了,突然一阵重重的悲哀侵袭过来,笼罩了她的全身,她说:“我上班去。”

温和一愣,过了一会儿说:“怎么,我说错了什么?”

谢青云摇摇头:“没有。”

温和说:“你的心事越来越重。”

谢青云说:“虽然我们和江晓星有合作关系,不过,多半是他们厂的供销人员来谈的,我也有很长时间没有见到他了,昨天听电话里声音好像有些沙哑,是不是太疲劳?”

温和说:“也没有什么疲劳的,可能烟酒过量的原因吧。”她看了一眼谢青云，好像不愿意再说江晓星的事情。

她们一起下楼来，谢青云要温和搭她的车送她一段，温和说她还要去买点东西，就在楼下告辞了。

一路上谢青云一直在想着温和说的阿飘的话，她心神不宁，车子到了离阿飘家不远的地方，谢青云终于忍不住叫小郭停车，小郭说："谢总，已经八点五十了。"

谢青云说："你停一停，我去一下马上就来，不会误事的。"

小郭好不容易找了个可以停车的地方，看着谢青云下车急急忙忙向前跑去。

谢总完全变了一个人。

难道女人真的不能没有男人，小郭想着，心里有一种奇怪的感觉。

谢青云一路小跑到了阿飘家里，敲了半天门，是保姆来开的门，一看到谢青云就"嘘"了一声，说："还在睡觉，轻一点。"

谢青云说："晚上睡得迟？"

保姆点点头，做了一个搓麻将的动作。

谢青云叹息一声，看看客厅的墙上挂着阿飘结婚时她送的一件挂饰还挂在老位置上，谢青云心里很是感慨。

保姆看看谢青云，低声问："你等她，还是……"

谢青云摇了摇头。

保姆看出谢青云心事重重，说："要不要喊醒她？"

谢青云说："不用了，我走了，有时间再过来看她。"

保姆说："她平时很少在家的，倒是高先生管着这个家，小孩子的功课什么的都是先生弄的，城里人和我们乡下人是不一样，女人真是享福。"

谢青云说:“她现在还上不上班?”

保姆朝房间看了一下,听到没有什么动静,压低声音说:“上什么班呀,全靠男人养着,自己吃吃玩玩,麻将,跳舞……还是你好,我常常听先生说起你,说你有本事,能干大事情,阿飘背后也……”

谢青云不想再听下去,说:“我走了。”

保姆送她到门口,说:“我告诉她你来看过她?”

谢青云说:“随便。”

“阿飘最近怎么样?”有一天乔江突然问谢青云。

谢青云从乔江的神态中感觉出了什么,她反问乔江:“是不是阿飘有什么麻烦?”

乔江说:“麻烦不麻烦,关键在她自己。”

阿飘到底怎么了?

第 14 章

第一次法庭调解。

庄严的法庭,谢青云面对法官头顶上方的国徽,突然觉得有些奇怪,我怎么到这里来了,这是什么地方?

“原告乔江。”

“是我。”

“被告谢青云。”

我成了被告,我成了被告,离婚案的被告。

“……下面,请原告陈述你的理由。”

谢青云没有朝乔江坐的地方看,但是她感觉到乔江准备说话了,他要陈述他的离婚理由。

不,乔江,你没有理由,你说不出你的理由,不可能。

……

你认为你们的感情已经破裂?法官为乔江的话作了总结。

是的。

请陈述事实。

事实一,二,三,四……

……

法官看着谢青云，他们的态度是和气的，眼光却是锐利的："现在请谢青云，请您说说您的想法……"

我的想法，我有什么想法，我的想法就是我们的感情没有破裂。

请陈述事实。

事实一，二，三，四……

在乔江陈述事实的时候，谢青云没有插嘴，法官对此很满意，现在，乔江也和谢青云一样，对谢青云陈述的事实他也没有插一句嘴，不动声色，他相信法官，他当然相信他们，他完全可以相信他们。

……

第一次法庭调解结束，请等候第二次法庭调解的通知。

等候通知，通知什么，通知我们之间的感情状态吗？这种事情也能通知？

他们一起走出法院，乔江走在前面，谢青云追上前："乔江，你到底要做什么？"

乔江没有看她，淡淡地说："没有什么，要离婚。"

为什么？

你说为什么？

重复了多少遍的话，谢青云突然浑身发软，再不想说话，没有什么可说的了，乔江要离婚，他认为她知道这是为什么，她却认为自己不知道，根本无法判断，也根本无法判决的事情。

他们在路口分手的时候，互相对视了一眼，他们互相从对方眼睛里看到一条可怕的毒蛇。

厌倦。

乔江坚持要离婚,谢青云坚持不离婚,但是他们谁都不能否认一个事实,在他们中间,有了一条毒蛇。

厌倦。

谁说过,生命就是慢慢地走向厌倦。

谢青云心里猛地抽搐起来。

第 15 章

谢青云到公司迟到了十分钟，见工的几个青年人都坐在办公室外的椅子上等待，心情都有些不安。谢青云先向他们道过对不起，走进办公室坐下来，按顺序排在第一号的就进来了。

这是一个年轻的姑娘，穿着打扮什么都很自在脱俗，给人一种天然去雕饰的感觉，谢青云对她的第一印象很好。

谢青云看出姑娘虽然很大方，但是多少有些紧张，她笑了一下，看了一下表格，说："刘小桐，你的名字有没有什么特别的意义？"

刘小桐笑了一下，一下子就放松了自己，说："我爸爸妈妈都是学的林业，他们对桐树很有感情，就给我取名叫刘小桐。"

谢青云说："我很喜欢这个名字，朴实大方，看上去女性的味道淡一些，但是仔细想想，却是充满柔情的，是不是？"

刘小桐又笑了，现在她一点也不紧张了，这个女总经理真好，就凭这一点，我也要争取到她的公司来做事。

每次公司招聘新职员，谢青云都要自己过问，最后定夺。凡初试合格的人来见总经理，谢青云总要向他们提一些问题，有常规的,也有临时想到的一些不是常规性的很随意的问题,这一次也同样如此,谢青云事先做了一些准备,因为这一次招的都是大学毕业生,所以谢青云的准备还是比较充分的。在她看起来,见工并不是单方面的,我要见他们,他们也要见我,我们的地位是平等的,我可以不收他们,他们也可以不选择我。谢青云看着刘小桐慢慢地放松下来,很随便地问了一句:"刘小桐,你对大学生自找出路的事情怎么看?"

刘小桐想了一下,说:"我觉得这很正常,没有什么特别的想法,学校告诉我们自找出路,我就自己出来找了。"

谢青云点点头,她觉得刘小桐虽然年轻,但是她的思维方式她的语言表达都比较得体,虽然才对上一两句话,她心里已经开始喜欢这个女大学生了。

刘小桐毕业于纺织工学院服装设计专业,来见工之前,她做好了充分的准备,准备回答总经理提出的关于时装、关于服装设计方面的各种问题,可是谢总却只字不提服装设计的事情,她只是让刘小桐简单地说说自己的经历。以刘小桐的年龄,当然不会有很复杂的经历很曲折的道路,和许多女孩子差不多,高中毕业考上了大学,在大学即将毕业的时候,自己出来找工作。如果说刘小桐这样的女孩子和以前的女大学生也有一些不同的话,那就是踏上社会的这最先的一步有所不同,早几年是社会为大学生安排他们的人生道路,而现在,刘小桐他们开始自己为自己寻找人生的路了,这种变化应该说是很大很大的。但是在谢青云对刘小桐的感觉中,确实如刘小桐自己所说,并没有什么特别的感觉,谢青云也确实没有感受到刘小桐对这个问题有什么特别的想法,好像在刘小桐看起来,一切都是正常的、应该的,以前的学生包分配,轮到他们毕业不包了，刘小桐并没有觉得有什么不妥，既没有觉得委屈，也不觉得很得意，谢青云觉得一个年轻的女孩子能这样对待走向生活的第一步是很可贵的，所以无论她的专业水平怎么样，在谢青云心里已经接受刘小桐。她听刘小桐说了自己简单的经历后，不经意地看了刘小桐一会儿，突然问道："刘小桐，你对我的看法如何？"

刘小桐也许对一百个甚至几百个问题都做了充分的准备，她也许可以把那些问题回答得很有水平很有分寸，但是她绝没有想到谢总会提这样一个问题，于是便有些发愣。

谢青云笑了一下，说："随便说说，说说第一印象就行，就像我，对你的第一印象就很好，自然，不雕饰。你也可以说说我，你对我怎么想的就怎么说。"

刘小桐犹豫着。

谢青云又笑了一下，说："如果说不出，就不勉强，这不算是见工考察中的问题，不会扣你的分。"

刘小桐也笑了，往后拢了一下披到前额来的长发，说："我可以说的，我对谢总的第一印象，怎么说呢……我说我的感受，谢总您不会不高兴吧？"

谢青云说："我要是不高兴，我怎么会问你这个问题呢？"

刘小桐说："谢总很能干，不过，我的感觉，谢总的笑好像很沉重。"

谢青云心里动了一下，连刘小桐这样一个还没有踏上人生道路的女孩子也能看出我的沉重，谢青云下意识地摸了摸自己的脸。

我已经尽了最大的努力做出一种轻松的样子。

你知道我昨天经历了什么？

刘小桐说:“我不知道是为什么。如果因为您是总经理就笑得这么沉重,我想我宁可不做。”

现代的年轻人真是和过去不同,敢说自己想说的话,像刘小桐这样一个看上去也还是比较柔弱的女孩子竟然能在见工的时候对一个公司的总经理这样直言不讳,谢青云真是有万分的感慨。

假如时光倒流,我现在真的愿意重回戏校去做学生,那么,我人生的路,我的情感世界,我的一切,应该是什么样子?

谢青云朝刘小桐看着,叹息了一声,说:“是的,沉重。”

刘小桐说:“我心情不好的时候就喜欢听港台歌星的歌,那些歌词,实在是好。”

谢青云忍不住笑了一笑。

刘小桐说:“真的,谢总,您要是听一听,您一定会喜欢上的,那些歌词,真是太好太好了。”

谢青云说:“我就是唱戏出身的。”

刘小桐说:“我知道,我们都知道谢青云的大名,不瞒您说,我就是冲着您的名字来的,您的形象设计公司,在我们同学中间,影响很大的,大家都希望能见一见您这样的女强人。”

刘小桐,这一回你说错了,我不是女强人,我真的不是。

刘小桐注意到谢青云的神色,说:“谢总刚才说的第一印象,其实我第一眼见到您,就是我想象中的那个您,您的气质,您的年龄,您说话时的神态,甚至包括您的衣着,都和我想象的差不了多少。”

这是我的荣幸还是我的悲哀?

为什么我的形象已经被人固定在某一个框子里,我就是人们的想象中的我,那么真实的我呢?还有没有真实的我?

刘小桐继续说："不过，我……"她说了一半，停下了，想了想，问道，"谢总，您每次找见工的人都谈这些吗？"

没有，从来没有。

每一次见工，基本上都是就事论事，双方都做好准备，该问什么问题都是事先拟定好的，今天我为什么要问这样的问题，我自己都有些莫名其妙。

谢青云正不知怎么回答刘小桐的这个问题，看到人事部的向主任推门进来，朝谢青云和刘小桐看看，也没有说什么话，又退了出去。谢青云看了一下手表，知道和刘小桐的谈话时间超过了规定的时间，见工只有三刻钟时间，十点钟还有一个会，等着她主持，刘小桐后面的等着见工的大学生都等急了。谢青云对刘小桐说："说了半天废话，你一定觉得这个谢总怎么回事情，有些莫名其妙是吧？"

刘小桐笑着说："没有，我觉得很正常。"

谢青云说："一直也没有提到你的专业，这不符合规矩了，你有没有作品？"

刘小桐说："有，报名的时候都交过了。"

谢青云说："那好，就这样吧，我再看看你的作品，你回去等通知。"

刘小桐退出去，换进来的是一个男大学生，看上去要比刘小桐更小些，进来的时候脸有些红，低着头，谢青云让他坐下，他就坐下了，不好意思正眼看谢青云，只等着谢青云发问。

谢青云看了他的表格，说："张剑，是吧？"

张剑抬头一笑，虽然笑得很腼腆，有点女孩子气，那一双眼睛却像蕴含着许多东西在里面，谢青云看着他笑，心思又走开去了，高继扬就是这样笑的，从不张扬，从不癫狂，只是默默地凝望着……我今天怎么啦，我怎么不能控制自己的思维了，我从来都是一个能够控制自己的人，我怎么会变成这样？

谢青云努力地收回纷乱的思绪。

谢青云正要按着常规对张剑提问题，门突然被推开了，向主任和老周他们和一个老太太拉拉扯扯一起进来，老太太一看到谢青云，就说："你还我的女儿！"

谢青云认出来是徐丽丽的母亲杨老太太。

谢青云叹息了一声。

徐丽丽和陈燕自从到了广州以后，渐渐地走红，开始还常常有些信息传回来，后来就很少给家里写信，有消息也是托这边去广州出差的人转回来，一般不定期给家里带些物品什么，陈燕家的人倒没有什么不满意的，觉得只要女儿在广州有前途，少写几封信倒也不觉得有什么不好，但是徐丽丽的母亲正在更年期的时候，本来就在家里闹不太平，女儿一走，没有信息，越发加重了她的病情，开始还能够忍耐克制一点，最多到戏校找田茅问问情况，或者到形象公司来问问情况，看看公司有没有女儿的信息，后来就很不正常了，有事没事，常常要到形象公司来闹一闹，公司上上下下见了她都头疼，又拿她没有办法，跟老太太原来单位也说过，请单位做做工作，原来的单位却说，她要的是女儿，女儿是从你们这里走出去的，跟我们单位没有关系。公司没有办法，托人带信给徐丽丽，把她母亲的情况说了，让她多写信回来，可是徐丽丽仍然没有信来，只是托人转告母亲和公司，她在那里很好，实在是忙，没有时间写信，并且寄来了照片，公司把这话说给老太太听了，把照片也给了老太太，老太太拿到照片，好了几天，可是几天过去，她又旧病重犯，一次次往形象公司跑，怎么跟她说也不相信，一会儿说女儿一定是出了什么事情，一会儿说女儿被形象公司带坏了，没有良心了，要形象公司赔她从前的那个孝顺女儿。形象公司向主任他们正要想一个两全其美的彻底的办法解决这件事情，谁知道老太太又吵来了，直往总经理办公室去，怎么挡也挡她不住。

谢青云见到杨老太太，迎上前请杨老太太坐下。杨老太太说："我不坐，你们不把我的女儿还给我，我死也死在你们公司了。"

向主任他们连忙把见工的几个大学生带到另一间屋子，通知他们改日再来。

周主任对谢青云说："老是这样怎么办？"

谢青云说："徐丽丽也真是的，这么跟她说了，叫她写信回来，就是不写，弄得我们……"

杨老太太突然哭起来，说："丽丽到底出了什么事情？丽丽是不是已经不在了？你们要告诉我，我不怪你们，你们要对我说实话，丽丽是不是不在了……"

向主任朝谢青云苦笑笑，说："老太太你怎么想得出的，怎么会有这种事情，前天文化局的王科长从广州回来，还说起见到了徐丽丽的，说走红得很，连和家乡人说话也说不上了。"

杨老太太精神一振，说："真的？"

向主任说："那当然真的，我们这里往广州去的人很多的，常常有人过去，过去的人都见到徐丽丽的，这怎么假得了。"

杨老太太听了这话，平静下来，再没有说什么，喘了口气，说："你说是文化局的王科长？"

向主任说："是。"

杨老太太说："我不打扰你们了，我走了。"

杨老太太走后,谢青云问向主任:“王科长真的在广州见到徐丽丽了?”

向主任说:“我也是听小纪说的,不知道王科长是不是自己见到还是听别人说的,反正王科长有徐丽丽的消息带回来就好,让老太太跟他去纠缠一阵,放松我们一些吧,吃不消了。”

谢青云叹了口气,说:“真没办法,下次我们公司谁去广州,一定要找到徐丽丽,好好跟她谈谈。老太太虽然有些不正常,蛮缠,但是做女儿的怎么能这样。”

向主任说:“这一次送二十个人过去,事先都要跟家里签好合同。”

谢青云说:“那当然,不过合同只能管法律方面的事情,管不到家庭和个人感情的事情。”

向主任说:“我们有合同,我们就不怕别人怎么样。”

谢青云说:“尽量把合同写细一点。”

向主任说:“是的……”停了一下,又说,“对了,这次广州你去不去?”

谢青云想了想,说:“我还没有决定,等广州来了人谈了再说。”

向主任说:“好的。”

向主任刚走出去,又进来说:“高科长来了。”

谢青云一抬头,正碰上高继扬的眼神,默默地凝望,永远是这样。

高继扬从提包里拿出快餐盒饭,说:“我只能请你吃这个。”

你又替我想到了。

高继扬说:“吃吧,要凉了。”

谢青云说:“等一等。”

高继扬感受到谢青云办公室里忙乱的气氛,说:“我来看看,广州的人来了没有,有没有要我帮着做做的……”

谢青云指指桌上的一份电报,说:“电报来了,下午四点到,我去接机,安排在江南宾馆,晚上请他们吃饭……”谢青云顿了一下。

高继扬说:“是不是有什么困难?”

谢青云说:“本来下午约好要到工商局去一趟的,只好改日了。”

高继扬说:“要不,下午我去接机,工商局的人也很不好约的,你还是按日程活动。”

谢青云说:“你,你有时间?”

高继扬点点头:“我那边都安排好了,下午没有事。”

谢青云说:“那太好了,广州来的两位客人中有一位是刘先生,你认识的。”

高继扬说:“我认识,上次我去广州,就是他陪同。”

谢青云说:“那正好。”

高继扬说:“我去接了他们,直接陪到江南宾馆,你到吃晚饭时过来就行了。”

你总是把一切都给我安排得好好的,你总是不多说话,但什么事情都想得这么周到。

高继扬犹豫了一会儿,说:“还有没有别的什么事情?”

谢青云说:“没有了,所有的事情你都能想得到。”

高继扬不再说话,只是默默地注视着谢青云。

谢青云稍稍避开他的注视,电话铃响了,接起来,是江晓星打来的:“喂,小谢。”

“是我。”

“这会儿有空吗?”江晓星停了一下,又说,“我过来一趟?”

谢青云看一眼高继扬,高继扬并没有注意她的电话。

我莫名其妙,我看高继扬做什么。

“好的,我等你。”

江晓星没有马上放下电话,又停一会儿,说:“是生意上的事情,出了点小问题。”

谢青云说:“你过来说吧。”大概不只是为了生意上的事情,谢青云想。

她又看高继扬,高继扬注意到了,仍然不说话,默默地看着她,谢青云说:“是江晓星,有些合作上的事情,要过来谈一谈。”

高继扬没有很在意江晓星来不来的事情,他一直默默地看着谢青云,谢青云再次移动一下目光,她想起温和的话,忍不住说:“你,和阿飘,到底怎么了?”

高继扬犹豫着,过了好一会儿才说:“没有什么,真的。”

谢青云摇摇头,说:“你不肯说?”

高继扬苦笑了一下,你应该知道的:“她,大概有些怀疑……”

谢青云不能再往下问,愣愣地不知说什么好,阿飘怀疑她和高继扬,阿飘怎么怀疑起来的?阿飘的怀疑有道理还是没有道理?

高继扬说:“不要管她吧,反正她就是那个样子了。”

谢青云说:“早晨上班时,我路过你家进去看了看。”

高继扬好像有点紧张,问:“你见着阿飘了?”

谢青云说:“没有,她还没有起来呢,听保姆的口气,好像对阿飘也有点那个……”

高继扬叹气。

谢青云也叹气。

当初,我们三个人,温和、阿飘,还有我,我们是多么地无忧无虑,我们对各自的丈夫又都是那么地满意,那么地倾心,那时真好。

再没有那样的好时光了。

高继扬说:“我们不说阿飘了。刚才,我好像看到徐丽丽的母亲从公司出去了,是不是又来闹了?”

谢青云点点头,说:“真不知道拿老太太怎么办,这一次你要去广州的,你一定要找到徐丽丽,跟她说明白,要不然我们公司受不了了。今天正好是见工,把几个大学生吓了一跳呢,不要让人以为我们公司在做什么呢。”

高继扬有些沉重地点点头说:“我尽量动员徐丽丽,最好请她回来一趟。”

谢青云说:“那是最好不过,老太太也不好再说什么了。”

高继扬说:“那,这一趟你不去了?”

谢青云愣了愣,我不去了,我哪里也不去,我只要回到我的家里去,我的家里什么也没有了,但是我还是要回去,我要回到那里去等待。

等待什么?

乔江回来?

儿子回来?

不可能了。

我还是要等待。

乔江会给我打电话的。

儿子会给我打电话的。

你的心思，我知道，可是我没有能力帮助，我能给你的帮助只是帮助你的外在的形式，我帮不了你的内在的需要，高继扬想。

“我走了。”

“你……”谢青云没有留他，“晚上见。”

高继扬走出去的时候，碰上江晓星，他们在外面说了几句话，谢青云的办公室门开着，她听到了他们说话。

我猜到你会在这里，江晓星说。

是不是出了什么事情，没有大事吧？高继扬有些担心。

没有什么大事，本来我也可以不来的，别人来谈也行，但是我来了，想看看小谢，小谢很不容易。江晓星说。

是的。高继扬的声音低到几乎听不见了。

然后他们分头，一个走了，一个进来。“小谢你好。”江晓星说。

谢青云点头，勉强地笑了一下，说：“请坐。”给江晓星泡了茶。江晓星喝着茶，说：“看上去你还好。”

谢青云说：“我没有办法。”

江晓星说：“我来看看你，昨天听电话里你很激动，和今天不是一个样子，若你是今天这样子，我也不一定来。”

那你觉得我今天该是什么样子？哭哭啼啼，或者长吁短叹，或者一脸的哀怨，或者满腔的悲愤。

“不过，也别以为我真是找个借口来看看你，我确实有事情，我们厂那产品，出了点问题，质检的时候，没有摆平，被捅出来了。”

谢青云吓了一跳，质检被捅出来可不是小事情，现在化妆品泛滥，正愁找不到下刀的，江晓星却轻描淡写，若无其事，即使他不为自己的厂着急,谢青云也要为自己的形象公司担心,形象公司推荐的化妆品若是破坏了人的形象,形象公司会被砸牌子。谢青云急道:“什么问题?问题大不大?”

江晓星点着一支烟,慢慢地说:“说大不大,说小也不小,激素比例过大,原以为查不出来的,没放在心上,偏偏被查出来了。”

谢青云说:“没有补救的办法?”

江晓星摇摇头:“本来是可以,可惜我们手脚迟了一步,人家捅到新闻界去了,说日内见报。完蛋了,我们这厂,也就靠这个牌子在撑市面,一见报,我们关门得了。”轻轻巧巧,掩饰着万分的焦虑。

谢青云想了想,问道:“见报的事,是真的,确实?”

江晓星点头,脸色开始沉重,再也做不出轻松的假象,谢青云明白江晓星这时候来找她的目的了,昨晚的电话里他已经要向她说,被温和挡住了,温和,谢谢你对我的关心,可是你关心我,却已经不信任我。江晓星盯着谢青云,等她的下文,谢青云想,这不怪你,不能因为我的私事,把更重要的事情耽误了。

我的私事。

对任何别人来说,只是一次普普通通的离婚事情,没有什么大不了,稀松平常,见得多了,不能因为这样一件小小的私事,就停止了所有的正常工作。

我的私事,对别人来说小得很,但是对我来说,不小!

江晓星注意观察着谢青云的脸色,慢慢地说:“很对不起,在这样的时候,来找你说这事情,本来我是不想来,可是……你知道……”

谢青云竟然笑了一下,我还能笑出来,可见事情并没有到绝处，早着呢，说："什么叫这样的时候，这样的时候，正是工作的时候，你不来找我，是你对工作的不负责，对你自己的不负责，也是对我的不负责。是哪家报纸？"

江晓星说："是日报。"

谢青云说："我马上去找他们的老总。"

江晓星歪了一下脑袋，说："你真是……温和说你不会有心思管这些了，温和看错了你。"

谢青云心里又被刀子剜了一下，不，不是温和看错了我，是你看错了我，是你江晓星，你不明白我。

"那我……"江晓星站起来，犹豫着说，"我先走？"

谢青云说："我会尽力的，我们是绑在一起的。"

江晓星说："那我，什么时候听你的回音？"

谢青云看看手表，想了一下，说："下午我给你打电话，三点钟左右。"

江晓星走出去，从外面带上门，正是午餐时间，外面写字间职员都在吃饭，谢青云才想起高继扬替她买的盒饭不知放在哪里了，找不见，正奇怪，办公室张主任进来了，捧着盒饭，说："刚才你说话，饭凉了，我替你去换一份。"

谢青云接过热乎乎的盒饭，电话铃又响了，张主任说："谢总你趁热吃。"边去接电话，"喂，是，形象公司，找谢总，您哪儿？"一边向谢青云看着，"噢，是乔……"他愣了一下，脸上既紧张又有些激动，"是乔江，在，在，您等等。"

谢青云接电话时，手颤抖着。

第 16 章

小钱老师不在了，从这个世界上彻底消失了。

本来是为人父母的谢青云和乔江的责任，现在却转到了小钱老师的身上，这不是一般的转嫁，这是生命，是只有一次的东西。

小学里组织一次由家长一起参加的春游活动，谢青云没有时间，乔江也没有时间，小钱老师说，我空着，我去吧，行吗？

当然行。求之不得，把小晶交给小钱，真是再合适不过了。

小钱感激地一笑，谁也想不到这竟然会是最后的一笑。

当小晶掉下河的时候，小钱大概根本没有来得及考虑任何的结果，她也跟着跳了下去。

其实，小钱老师可以不下水，同时跳下去救小晶的还有好几个男人，他们都是会水的，只有小钱老师不会水，但是她根本没有想到自己会不会水，她跳下去，向小晶扑去。

小晶很快被救了上来，谁也没有注意到小钱老师在哪里，因为小钱老师跳下去的时候，速度很快，基本上没有人注意到那是个女孩子。

小晶惊魂甫定，突然大叫起来："钱老师！"

小钱老师已经走了。

我胆子很大的,我别的什么都不怕,我就是怕水,一到水里我就没戏唱了。

可是你忘记了你自己说过的话。

本来是谢青云的事情,是乔江的事情,却让小钱老师承担了,承担了一切,所有的一切,生命。

还有什么比生命更宝贵的?

乔江沙哑的嗓音把她吓了一跳:"出什么事了?"

乔江冰冻似的话语直穿谢青云的耳膜:"我问你,小晶今天春游,学校要家长去,你知道不知道?"

怎么了?乔江,怎么了?我知道的,你也知道的,我们一起请小钱老师代替我们的,难道你忘了?

"乔江,你怎么了?你说什么?谁死了?"

"小钱老师死了!她是代我们去死的,死的应该是我、是你,是我们这样做父母的!"

谢青云浑身突然瘫软下来,乔江已经挂断了电话,谢青云还抓着话筒不停地叫着,张主任走进来,发现谢青云脸色不对,连忙喊了一声,谢青云才清醒了些。

张主任问:"谢总,怎么了?有什么事情?"

谢青云呆呆地看了张主任一会儿,突然站起来,说:"叫小郭。"

张主任问:"去哪里?"

去哪里?去看小钱老师,看已经不存在的小钱老师,可是乔江根本就没有告诉她小钱老师现在在什么地方,谢青云尽量使自己平静些,想了想,决定先到学校去看一下。

到了小晶的学校,问了几个人,都不太清楚,只知道春游的学生出了事情,死没死人还不知道;再问在什么地方,搞了半天才弄清是在第一医院。谢青云急急赶到第一医院急诊室,心里还存在着一丝希望,到了急诊室,向护士说明了情况,护士说哪里有什么病人,那个女的送来时就是死的了。谢青云只觉得自己的心往下沉,再沉,她硬撑着,勉强地问出了最后一句话,现在什么地方?护士说,能在什么地方,停尸房。

谢青云感觉到自己一步也走不动了,但是她还是走到了停尸房,她走到了停尸房的长长的空旷的走廊上,她愣住了,她看见有一群人正向她走来,乔江拉着小晶的手走在前面,他们越走越近,谢青云扑了上去:"小晶!"

小晶脸上挂着眼泪,没有说话。

大家都冷冷地看着她,没有人说话。

谢青云转向乔江:"在哪里,小钱在哪里?"

乔江仍然不说话,他们拉着小晶的手往走廊尽头走,一群人跟着,默默地,一点动静没有。

谢青云拉住小晶,大声叫道:"小晶,我是妈妈!"

小晶哭着说:"我要小钱老师。"

乔江终于说:"她说过,她最怕水,其实她一点也没有怕。"

说完这句话,他又开始往外走。

所有的人都从谢青云身边慢慢地走过去,把谢青云一个人扔在长长的死一般寂静的停尸房走廊上。

谢青云一个人站在长长的空旷的走廊上,心中一片茫然。我在这里做什么,我是来看谁的,谁死了?突然,她看到一位老太太慢慢地向她走来,不知老太太是从什么地方走出来的,好像突然冒出来似的。谢青云吓了一跳,老太太走近了,谢青云看清了她的脸,泪眼昏花,但是谢青云一下子就看出来这是小钱的母亲,她们有着非常相像的眼睛。

“您,老人家,您是小钱老师的母亲?”

“生母。”

想起来了,小钱说过,她从小被母亲送给了别人家。

谢青云点点头,慢慢地说:“您别太难过……”说着话自己的眼泪已经控制不住。

老太太却没有哭,向谢青云摇摇头,一字一句地说:“我不难过,我只是后悔,我对不起孩子……”

谢青云完全能够理解一个母亲的心。

“我把她送给了人家,我没有尽到一个母亲的责任,我本来,本来想到她大学毕业的时候向她说明白一切事情的,可是,来不及了,我太迟了……该尽责任的时候我没有尽,现在……我没脸去见她,我,我也要走了……”老太太说着果然慢慢地向走廊尽头走去。

我没脸去见她,我没脸去见她,老太太的话敲打着谢青云的心,她原以为老太太会责怪她、骂她、痛斥她,可是老太太像根本不知道她是谁,不知女儿就是为了她的孩子而去死的。谢青云很想追上去告诉老太太,骂我吧,可是她走不动,她突然觉得老太太的话比骂她痛斥她更厉害十倍百倍……

走廊里空无一人,死的沉寂,死的安宁,死的恐惧,死的……解脱。

谢青云一个人站在停尸房长长的走廊里,久久地站着。

第 17 章

形象设计公司在江南宾馆设宴招待广州客人。江南宾馆是这座城市最高档次的宾馆,宴席自然也是第一流的,广州客人十分满意,赞不绝口。大家喝了一点酒,生意又谈得比较顺利,谢青云也陪着大家一起说笑,不知内情的人并不知道她内心的重负,大家都很兴奋,唯有高继扬,始终沉闷着,基本上不说话,也不喝酒,只是默默地坐在一边,有时无言地凝望着谢青云,或者低着头,什么也不看。广州客人感觉到高继扬的情绪,不停地向他敬酒,高继扬只是沉默。培训部的周主任有些看不下去,向谢青云投去询问的目光,谢青云微微地摇摇头,她不能确切地琢磨出高继扬的心思,她只能从高继扬深深凝望着她的眼神中感受到高继扬对她的关心,这一点谢青云是能够明白的。

但是,高继扬,你不必这样,你也不应该这样,我自己尚且在继续生活着,难道你不能继续生活下去,和从前一样?

高继扬看着谢青云,是的,我不能,乔江的离去,对你的打击有多大,我是能够理解的。

所以,我不能,我笑不出来,我勉强不来自己。

酒足饭饱之后,大家看起来还没有散去的意思,意犹未尽。周主任看看谢青云,谢青云有些犹豫,过了一会儿,说:“是不是,请各位,再到歌厅坐坐?”

广州客人立即呼应,公司来陪客人的小姐们也挺乐意,谢青云看着高继扬,高继扬避开她的注视,谢青云有些尴尬,正不知怎么办好,广州的刘先生突然说话了:“高先生是不是对我们和形象公司的合作有什么不同的看法,是不是觉得我们……”

高继扬猛地清醒过来,勉强笑道:“刘先生,怎么会,我怎么会有什么想法。再说,我到广州,你们那么热情……”

谢青云也说:“是呀,我们的合作很成功,不会有别的想法,只希望继续下去,越办越好。”说话时,她瞥了高继扬一眼,发现高继扬仍然是忧心忡忡,也不及再往细里想,只道,“那就这样,请各位到楼上歌厅坐,这也是我市最高档次的歌厅。”

大家站起来,谢青云走在后面,对高继扬说:“小高,能不能你陪他们,我,我就不去了。”

高继扬不说话,只是看着谢青云,眼睛里蕴含着企求。

谢青云说:“小钱小李她们都是能唱会跳的,我就不参加了。”

广州客人马上表示出深深的遗憾,借着酒意说了许多话。

高继扬看着谢青云,愣了好一会儿,说:“你就去坐坐。”

“好吧。”谢青云应道。高继扬的眼神逼得她不能不去,我怎么啦,谢青云想,我不应该这样,我不能丢下小高一个人陪他们,接待广州客人本来是形象公司的事情,高继扬忙前忙后招待客人,他到底为了什么……

此时此刻我如果站起来走开,高继扬不会多说什么,但是我知道他的心里会很难过,他希望我留下来,正如他所说的,什么也不做，不愿意唱就不唱，不愿意跳就不跳，在歌厅里坐坐就行，对这一小小的要求，我能拒绝他吗？

我不能。

谢青云再一次说："好吧。"

高继扬对广州客人说："谢总这几天身体心情都不好，希望你们谅解。"

刘先生说："只要谢总在场，我们看着也是开心的。"

广州客人说这话的时候，谢青云发现高继扬朝她看了一眼。

我正是这样想的，你哪怕在一边坐坐，我看着你也是好的，高继扬想。

他们一起上大楼顶层，歌厅因为消费标准比较高，人并不很多，服务人员一律是跪式服务。乐曲声一起，小钱和小李就被两位广州客人请出去了，老周闷着头喝茶，高继扬坐在谢青云对面的沙发上，不说话，只是默默地看着谢青云。

你很想和我去跳一跳，可是你知道我的心情不好，你控制着自己的愿望和感情，你真是善解人意……这个时候，灯红酒绿，我不想别的，我只想一个人在这个黑暗的角落里静一静，让我安静一些。

我知道你此刻的心情，你想一个人独处，你不希望别人打搅你，但是我硬是把你拉来了。

高继扬站起来，去请邻座的一个女孩子跳舞，老周也去请了另外的女孩子，现在真的只剩下谢青云一个人独坐，可是一会儿就有另外的舞客过来打扰她，谢青云很想拒绝，却又说不出口，被那位先生一带就带起来了。

一曲完了，高继扬走回谢青云身边坐下，过了一会儿，他低声说:“我不应该走开的,可是我怕你嫌烦。”

谢青云笑了一下,一曲跳下来,使她郁闷的心情缓解了些,她对高继扬说:“那下一曲你带我跳。”

高继扬似乎有点不相信谢青云的话,朝她看了看,想说什么,却没有说得出来。

下一曲是一首快四,再下一曲是华尔兹,高继扬带着谢青云连跳两曲,跳得炉火纯青,成了这一夜舞场上最突出的一对。

走下来的时候,小钱小李和广州客人都为他们鼓掌。谢青云说:“出汗了。”

高继扬看着她:“擦一下。”

谢青云点点头,掏出手绢擦汗,高继扬一直看着她,看着她的每一个动作,小钱和小李在一边挤眉弄眼,笑,广州客人好像也看出几分意思,下面的舞他们没有来请谢总跳。

跳了一会儿舞,接着就有歌星唱歌,让大家稍事休息。歌星唱了几首歌,又开始换新花样,请各位先生小姐上台和歌星同唱,于是小钱小李她们一起喊起来:谢总唱一个。

满场的人朝这边看,谢青云推托不掉,只好去和男歌星同唱了一首《东方之珠》,也许是男歌星有意放低了自己的声音,或者确实是谢青云唱得比歌星更有味道些,满场的人都被谢青云的歌声所打动,谢青云唱完了走下来的时候,许多人都朝这边张望。

男歌星说:“刚才那位小姐,唱得好不好?”

大家说:好!

男歌星说:“再请她唱一首怎么样?”

大家说:好!

也有人说:“既然是你请她唱,这一首就应该免费,大家说对不对?”

大家说:对!

又有人说:“不仅应该免费,还应该奖励。”

大家又起哄。

这时候歌厅的一位负责人走上台去,接过歌星手里的话筒,说:“我在这里向大家透露一下刚才那位女士的身份,想起来谢女士不会不高兴吧?”

大家又朝谢青云他们这边看。

歌厅负责人说:“她就是我市大名鼎鼎的谢青云女士,著名女演员,现在是形象设计公司的总经理,大家一定熟悉她。”

歌厅里热闹了。

当舞曲再次响起的时候,就有许多人跃跃欲试,想来请谢青云跳舞,但是都被高继扬婉言挡住了,谢青云虽然没有再上台跳和唱,但是她内心的情绪却被激荡起来,这种被观众捧场的感觉,已经有几年没有体味没有感受了,现在忽然重新又回来了,谢青云不能不有所触动,她觉得自己脸上很烫很烫,心里很热很热……

女人的虚荣心。

你永远摆脱不了。

田茅说。

男人就没有虚荣心,你反驳他。

男人当然有虚荣心,男人的虚荣心常常使他们表现出争强好胜,表面化,可是女人的虚荣心常常隐藏在女人的小心眼儿里,你不承认也得承认,这是事实。

这是事实。

我承认。可是为什么别的男人总是小心地维护着女人的这种小心眼儿里的虚荣心，你这个男人却总是要刺激它、丑化它，生为一个女人，如果连一点点虚荣心也没有，这样的女人正常吗？

没有虚荣心的女人世界上恐怕也是少见的，没有虚荣心的女人确实不是一个正常的女人。我并没有刺激，也没有丑化，我并不觉得虚荣心有什么不好，我只是说你摆脱不了虚荣心，说错了吗？

没有错。

“还想不想跳？”高继扬发现谢青云又走神了。

谢青云摇了摇头，说：“你去跳吧，那边，你看，有好几个女孩子等着。”

高继扬说：“我不想跳，和别人跳，我总是……”他没有再往下说。

谢青云当然能够明白。

和别人跳你就没有情绪，但是高继扬你不能这样，我不希望你这样，一个人的生活应该是丰富多彩的，何况，何况，你还有阿飘……

青云我知道你在想什么，你在想着阿飘，可是你知道不知道阿飘已经完全不是从前那个阿飘了，你要是了解了现在的阿飘，你一定会改变你的想法，但是我又不能跟你把话说得很明白，阿飘到底怎么样，我不能告诉你。

谢青云把话题扯开去，她说：“你有没有问一问徐丽丽她们的情况？”

高继扬说：“还没有来得及。”

谢青云说：“等他们歇下来问一问。”

高继扬说：“好的。”

等广州客人歇下来，高继扬说：“刘先生，我们第一批去的那十位小姐，现在都好吧？”

刘先生说：“好呀。”

高继扬说：“还有，去年跟吴先生先去的徐丽丽和陈燕，她们怎么样？”

刘先生说：“更好啦，市面大得很呢。”

高继扬说：“怎么老不写信回来，特别是徐丽丽，她家里很着急，她母亲精神上有点病，希望她常常有信回来。”

刘先生笑起来，说：“女孩子到了那地方，开心，就不想家了，我们回去跟她们说说。对了，高先生这一次你也要去吧，到了那里见到她们，你自己可以和她们说说。”

高继扬笑了一下，说：“这一次我不一定去了，上一次我也是顺带帮帮忙的。”

刘先生说：“高先生这一次要是不去，我们老板会很失望的，吴老板和你很谈得来呢。”

谢青云看看高继扬，注意到他有点愁眉不展，谢青云对他说：“要不，你再跑一趟，能不能抽出时间来？”

高继扬十分犹豫。

刘先生说：“当然，要是谢总能亲自去，那是再好不过了。”

高继扬朝谢青云看看，说：“谢总，恐怕走不开……”

刘先生说：“很遗憾呀。”

谢青云说：“我还没有决定，我再安排一下，这一次去的人比较多，我想我送一送她们，她们家里的人也许更放心一些，不过，我还没有……”

高继扬张了张嘴，欲言又止。

刘先生说：“如果谢总是因为不放心才要去广州，那倒是对我们的不信任了。其实谢总你尽管放心，如果高先生去，你应该比对谁都放心的，是不是?"

高继扬说："你不一定去了吧，我争取去。"

谢青云点点头，是这样的，如果高继扬能去，她完全应该放心，可是田茅的话一直在她的心头徘徊着，我为什么总是把田茅随便说说的话看得那么认真呢，有的时候明明知道是田茅的嘲讽，我也会很认真地想一想。

高继扬看出谢青云已经有点坐不住了，对她说："你想走就先走吧，他们再玩一会儿，只要小钱她们愿意。"

谢青云说："好的。"

高继扬上场子去和刘先生他们打过招呼，刘先生他们在舞池中央向谢青云挥手告辞，高继扬就陪着谢青云走了出来。

出大门一看，小郭的车子还没有到，高继扬说："我进去打个电话。"回进大厅给小郭打电话。

谢青云也跟着回进去，不过她并没有到服务台上去，只是站在门厅一侧看高继扬打电话，过了片刻，她猛一回头，差一点叫出声来，她看到了乔江。

"是我。"

谢青云接电话的时候手颤抖着，听到乔江的声音，她的心也抖起来："乔江，是你……"她的眼泪在眼眶里转着，我真是没出息，我怎么的，我和他的关系，只差一纸宣判了，在乔江心里，我们的关系大概已经走到了尽头，以后，再过几天，等那一纸宣判下来，我们的关系就更远了，一个是孩子的爸爸，一个是孩子的妈妈，既然如此，我哭什么。

“是我,你好吧?很忙吧?”

我能好吗?乔江你虚伪。也许不是虚伪,但那是什么,我不懂,你是虚伪还是别的什么,与我都已无关。

“喂,怎么,不说话?”

有什么可说的,或者,有许多要说的,可是不必说了,“小晶好吧,没什么事吧?”

“没有什么事,我想向你打听一下,今天晚上你是不是有客人要接待?”

“是的。”

“哪里的客人?”

……什么意思?

“没什么别的意思,你别多心。”

是我多心还是你多心?

“你别多心,小晶快过生日了,本来想和你商量商量怎么弄,随便聊聊,听说你今晚有任务,改日吧。”

和我商量小晶生日?突然想到和我聊聊?

你要打听什么,我全告诉你:“我们接待的是广州客人,两位,一位姓刘,另一位姓张,是广州腾飞发展有限公司的,住江南宾馆,和我们商谈广告模特的事情,还有什么要汇报的……”冷言冷语又回来了,接电话时那满腔的激情消失了。

“谢谢。”

毫不犹豫地挂断了电话。

是毫不犹豫吗?我能想象出乔江的神色,一脸的冷漠,现在还是这样吗?

我怎么啦,我不是日日夜夜等着他的声音,等着他来找我,等着他和我说话,可是一说话,我怎么……

想和我商量小晶的生日,和我聊聊?

或者,想打听我的客人?

也许两者都是借口,他想干什么?

乔江穿着便衣,正和另一个人一起站在门厅外侧说话,当谢青云回头看到他的时候,乔江也已知道谢青云看到了他,他侧脸朝谢青云看了一眼,因为乔江站在暗处,谢青云站在明处,谢青云不能看清乔江的眼神,谢青云心里一阵激动,她正想出门去,乔江却转身走开了。

谢青云心里一刺,他避开我,他躲着我,乔江,难道我真的那么讨厌吗?

是的,乔江你也许是对的,你不必再靠近我,也不必再和我多说什么,我们已经离开了,形同路人,想不到我们最后的结局竟会是这样。

谢青云强忍住眼泪,看到高继扬向她走来。

高继扬注意到谢青云的眼神,他朝外面张望了一下,说:“刚才是不是……”他停顿了一下,看着谢青云的眼睛,又说,“好像是乔江,是不是……”

谢青云含着泪摇了摇头。

既然他不愿意见我,我为什么还要想着他。

高继扬却显然没有相信谢青云的摇头,他犹豫了一下,说:“他不应该这样,即使以后真的分了手,也还是……”

谢青云说:“你不要说了,不是乔江。”

高继扬张着的嘴一时收不起来,愣愣地看着谢青云。

真是对不起，你很少说话，刚说了一句就被我阻拦，我有什么权利不许你说话？

高继扬果然就不说了，只是轻轻地叹了一口气，指着前面说："小郭来了，上车吧。"

谢青云坐上车，还是忍不住回头张望了一下，黑黑的夜，什么也没有。

乔江好像根本就没有出现过。

第 18 章

我很卑鄙。

是的，我想我是这样的，我给你打电话，我问你广州客人的事情，到底为什么，我早已经了解了广州客人的住所，我完全不必打电话给你，问你，并且找个小晶过生日的借口，但是我还是给你打了电话，拨号的时候，我的手在抖着，你知道吗？你一定知道，接电话的时候你的手也一样抖着，我相信。

可是，没有用。

我只是为了听一听你的声音，你的声音我听了许多年，突然就从我耳边消失了，我接受不了，所以我给你打电话，我这算什么，假公济私呢，还是假私济公？

那一天执行任务，在人民大戏院门口，正碰上你们演出结束出来，你站在高高的台阶上，慢慢地往下走，那么光彩照人，我心里就想，我就要讨这样一个人做老婆。

你突然腿一软，从台阶上滚下来，我忘记了我正在执行任务，不顾一切地冲过去托住了你。

这就是缘分。

后来我为此受了批评，谁都知道我因小失大，我可是占了个大便宜。

那是什么时候的事情了？

好像已经很久很久，久得好像是上个世纪的事情。

乔江在江南宾馆大门前的黑暗处，看着谢青云的车子缓缓地驶出大门，他能看到谢青云坐上车后还在四处张望，但是这已经没有什么意义了，一切都已经过去。

我不是一个小心眼儿的男人，我也不是不理解你的工作性质，我也没有对你和别的男人过多的交往有什么特别的想法，我始终是相信你的，甚至到现在我还常常怀疑是不是我错了，但是我又不能不相信事实，我最痛恨的就是撒谎，可是你一而再再而三地对我撒谎，为什么？

青云，你不是这样的人，你不应该是这样的人。

从前的人常常说，人一阔脸就变，我从来不相信这样的老话，但是你的言行，逼得我相信你变了，自从你做了什么总经理，自从你的事业成功以后，你就开始对我撒谎。你说你对他只是有过一种朦胧的感情，你说那绝不是爱情，而且现在你心里早已经没有他了，可是你说的是假话。

开始的时候，我还以为这只是你自己保留在心底的一块小秘密，我想我没有权利，我也不应该干涉你的内心世界，我注意到每次提起他的名字，你的眼睛就会移向别处，你不敢看我的眼睛，你为什么要这样？我虽然心里酸溜溜的，但是我觉得我还是能够容忍你的这一点小小的心眼儿，可是我万万没有想到……我最不能容忍的是你说谎，不断地说谎，你死不承认，你为了维护他，宁可牺牲自己,这说明你的心已经全部被他占据了,再不会有我的位置。

为了我,你肯牺牲自己吗?

你不肯。

有时候我有紧急任务临时要出发,求你放一放手头的工作,管一管我们的家,你怎么说,你说你也有你的事业,你的口气,完全是一种居高临下的意思。

为什么?就因为你是总经理,赚大钱,而我,只是一个小警察,忙得没日没夜,收入却寥寥无几?

你真的感觉不到,你变了,你再不把我放在你的眼里,放在你的心上,我在你的心目中再不是从前那个乔江了,可你却愿意为了他而牺牲自己,这样的生活,对我来说还有什么意思……也许我的做法是狠心了一些,可是对你来说,这也许是个一痛永绝的最好的办法,对我,又何尝不是这样……

我曾经以为一痛永绝对你对我都是一种最好的办法,其实我错了,法院最后调解失败的那一天,我从法院出来,我看到你在前面慢慢地走着,看着你消瘦的背影,我的心一下子就破碎了。在那一刻,我突然明白是我做错了,我一下子觉得我不能没有你。那时候我走到你的身边,极其冷静地对你说了两句话,其实你知道不知道,那时候我最想说的就是,青云我们一起回去吧。

这不是开玩笑吗?

不是开玩笑,这就是我的心。

我恨你,恨你为了另一个人欺骗我,但是一旦你离我而去,我才明白,我原来是不能没有你的。但是一切都已经太迟了,我难道再返回法院说,我不离了,我收回诉状?或者,我们可以像根本没有发生过这事情一样重新开始?

这都是不可能的了，即使可能，即使我们重新又回到一起，以后会怎么样，以后你还是现在的你，你做你的大事业，你高高在上，你心里根本没有我，却有另一个男人。

而我，也还是现在的我，我只能忙于我的任务，我的心里虽然有你，但那没有用。

青云，现在你彻底地走开了，离我而去，我知道，虽然最后的宣判还没有下来，但是我知道法院的意思，他们支持我的想法，而不是你的。

所以，你我心里都明白，结局确实已经到来，不是在宣判的那一天，也不是在调解失败的那一天，甚至也不是在我递交诉状的那一天……

许多日子以来，我一直在想着结局的这一天，如今，这一天已经来临，真的到了这一天，我会怎么样？

我不知道我以后的日子应该怎么过，刚才在江南宾馆大堂，我知道你想过来和我说话，可是我躲开了你，我不和你说话，这对你的伤害大吗？

但是我是出于无奈，我很想再走近你看一看你，自从那天在法院门口从侧面看了你最后一眼，我的眼前就一直浮现着你的影子，如果不是因为执行任务的需要，我一定会在宾馆的大堂和你说话，好好地再看看你。

我的任务，我的任务难道比我们之间的感情更重要吗？

我以前常常这样责怪你，你的事业，你的事业难道比我们之间的感情更重要吗？

现在回想起来，这话也应该问问我自己。

我们都应该好好地想一想自己，再想一想对方。

“乔江,你怎么了？愣着做什么?”搭档小关推了乔江一下,说,“刚才看到谁了?”

乔江说:“没有看到谁。”

小关说:“算了,你一看到那辆车子开走,就像掉了魂似的,我还不明白你,几年的档白搭了。”

乔江没有说话,他说不出话来。

第 19 章

“你想让我再去一次广州?”

高继扬问。

谢青云说:“你不想去?”

高继扬在心里叹了一口气,我确实不想去,我不是一般的不想去,我是非常非常的不想去。我也不是不想去,根本我就不能去,可是我还是得去。我知道你希望我去,而且,我也不能不去。

我怎么走到了这一步?

“我去。”

我看得出你心里不大愿意去,我不知道为什么。

“既然现在是我和吴诚一接上了关系,我应该把这件事负责到底。”

本来是田茅的事情。

车子到了谢青云家门口,高继扬和谢青云一起下了车,他好像犹豫了一下,说:“今天晚上,田茅没有来,你是不是……”

谢青云心里一动。

高继扬说:“我给他打电话,他不肯来。”

谢青云心里又是一动，过了一会儿，她说："他不会来的。"

高继扬叹息一声，慢慢地说："他还是不来的好。"

为什么？你有什么心思，不肯说，除了对我的这种感情，你别的还有什么，你瞒着我，也瞒着所有的人，也许，阿飘是知道的，可是阿飘现在……"小高，如果你不愿意再管这件事情，你可以……"

高继扬摇了摇头，没有再说什么，他站在小车旁边，看着谢青云上楼去。

谢青云到了自己家门口，才发现屋里灯亮着，她心里猛地一跳，是乔江回来了？随即出了一口长长的气，不可能的，乔江明明在江南宾馆执行任务，还会是谁呢？谢青云掏钥匙的时候，里边的人就给她开了门。

是婆婆。

谢青云一眼看到儿子已经在床上睡着了，她眼眶一热，说："妈妈，是你？"

婆婆看了她一眼，说："这么晚才回来，小晶等你等了好长时间。"

谢青云说："来了两个广州客人，陪了一下，不知道你和小晶晚上来，要是知道，我也不会陪他们了。"

婆婆又看她一眼，谢青云看不出婆婆是相信她的话还是不相信她的话。

婆婆说："小晶吵着要来看你，我就陪他来了。"

谢青云走过去在儿子脸上轻轻地吻了一下。

婆婆说："我带着小晶在你这边住几天。"

谢青云简直不敢相信婆婆的话，一种失而复得的念头突然占据了她的整个心,她说:“妈,是真的?”

婆婆不动声色地说:“你们虽然闹离婚,不管最后是离还是不离,但是儿子是两个人的,永远是。我嘛,到你这里住几天,想起来你也不会嫌我烦,我还能给你管着点家。”

谢青云愣了半天,说:“是不是,乔江,是不是他叫你和小晶……”

婆婆说:“这和乔江没有关系,他最近有个大案背在身上,可能这几天要出远门,我想,小晶天天要想见你,与其我守着他,不如过来住两天。”

谢青云深深地看了婆婆一眼,谢谢你。

婆婆笑了一下,正要说什么,电话铃响起来,把正睡得香的小晶吓了一跳,睁眼看了看谢青云,迷迷糊糊地喊了一声“妈妈”又睡着了。

谢青云在婆婆的注视下去接电话,手都有些发抖。电话是田茅打来的,一开口就说:“给你打过三次了,有个老太太接的,是你婆婆吧?怎么,和乔江又和好了?”

谢青云说:“请你不要乱说。”

田茅笑起来,说:“好好,不说这个,我管你家的事情做什么,轮到我管吗,是吧?我只问你,我给你提供女孩子,你请客倒没有我的份了,在江南宾馆是吧?一顿要花四位数以上吧?还有歌舞厅,高消费呀,就想不到我啦?”

你是这样的人吗?偏要这么说,我就算恳求你,你也不会来的,这一点我自信对你还是了解的。谢青云完全可以这样对他说,揭穿他的假面具,可是谢青云不说,她在田茅面前,总是说不出什么厉害的话来。停顿了一会儿,谢青云注意到婆婆在观察她,便对田茅说:“很晚了,你有什么事情就说吧。”

田茅说:“没有什么事情就不能给你打电话?你和小高天天一起进一起出,你倒不怕人家讲闲话,和我通通电话你就心虚?”

谢青云说:“你没有什么事情我就挂电话了。”

田茅突然又正经地说:“怎么没有事情,没有事情我会给你打电话,我是那样的人吗?”

你不是那样的人。

田茅突然问:“吴诚一来了没有?”

谢青云说:“没有,是一位姓刘的先生,是吴的助理。”

电话那头田茅顿了一下,说:“我想告诉你一下,请你们明天早一点来,上午十点钟我还有事情。”

谢青云说:“我通知老周小钱他们一早就到的。”

田茅说:“那就好。”

谢青云说:“人选有希望吧?”

田茅说:“这话应该由你说,我怎么知道你要什么样的人,你来看了就知道。”

谢青云说:“好吧。”

田茅说:“没有别的了,就这句话,你跟我没有话说,我挂电话了。”

谢青云犹豫了一下,她没有看婆婆的脸,婆婆离她很远,但是她能感觉到婆婆对她的关注,谢青云说:“挂吧。”

她听到电话那头“吧嗒”一声。

婆婆说:“就是这个人,已经来了三次电话。”

谢青云说:“是公司的事情。”

婆婆没有说话。

谢青云耳边老是回响着田茅挂电话的声音,“吧嗒”。

第 20 章

难得有一天在吃晚饭前就到了家，谢青云一路上想着能和乔江和儿子在一起舒舒坦坦地吃一顿晚饭，心情好起来，不知乔江有没有做几个好一点的菜，也不知小晶的功课……一想到小晶的功课，谢青云的心就紧缩起来，小钱的死，给小晶的心灵留下了严重的创伤，小晶的功课一下子落了下来，整天萎靡不振，昏昏沉沉的，老师再三向谢青云乔江说明了这一情形，希望家长配合一起做孩子的工作……快到家的时候，谢青云突然想，如果乔江在家，晚上没什么事情，也不必再忙着做饭了，不如一家三口一起同去吃一顿饭，让小晶也散散心，乔江的情绪越来越差，也许，今天晚上是个机会。

乔江，我们……

开门的时候，谢青云注意地听了一下屋里的动静，没有听到什么声音，她突然有了一种不好的预感。

开门进去，不见小晶在家，只有乔江一人在厨房里弄着什么。

“小晶呢？”

谢青云放下提包，朝里屋看看，仍然没见小晶。

乔江没有作声。

“小晶呢？”谢青云再问。

仍然不作声，乔江从厨房里出来，只端着一碗方便面，另一只手拿着一袋榨菜。

谢青云看他一脸冷霜，一腔的愿望又没了，问道：“怎么的，小晶呢？”

乔江冷冷地看她一眼，说：“放奶奶那里了。”

“为什么？”

“不为什么。”

“你又要出发？”谢青云耐心地问。

乔江无言。

“你怎么三天两头出发？以前，好像没现在这么忙……”

“只许你忙，不许我忙？”

谢青云愣住了，停了好一会儿才说：“我难得早些回来，本来想一家人快快乐乐吃顿晚饭……”

“你不觉得太迟了？”乔江开始吃方便面。

谢青云尽量不去计较他说话的态度，说：“你怎么只吃这东西，就算一个人吃，也不能这么马虎。”

乔江冷笑一声：“你到今天才知道我只吃方便面呀，你早在哪里？”

谢青云说：“乔江，有什么话我们好好说不行吗？非要这样唇枪舌剑，非要这样冷言冷语？”

乔江说：“我们之间，到底谁对谁唇枪舌剑，到底谁对谁冷言冷语？”

谢青云说：“乔江，我知道你对我的工作有些想法，我管这个家确实是管得太少,我对这个家付出的确实很少很少,可是我也是没办法,你不理解,还有谁能理解我呢……”谢青云说这话时,几乎要声俱泪下了。

可是乔江无动于衷,再次冷笑,说:“理解你的人多的是,到处都有,何苦再要我们这样的没名没声的小警察理解你。”

谢青云说:“你什么意思?乔江,你不要这样,你真的不要这样,从前你不是这样的,你变……”

乔江说:“我是变了,只是我自己也不能明白,我怎么会变成这样,开口就是冷言冷语……”

和我一样,谢青云想,我也是这样,不见乔江的时候,只是想着该怎么对乔江好一些,再更好一些,老觉得欠着他,很多,一旦到了一起,面对面了,却又没有个好心情了,说话就变味,好好的事情不是说得酸了就是说得辣了。谢青云也努力过,想调整这种情形,可是她没有力量。

“我忙,也是为了公司的事情,都是正事。”谢青云说,连自己都觉得自己的语言苍白无力。

乔江突然回头盯了她一会儿,然后一字一句地说道:“正事还是歪事,谁知道,我虽然做警察,却没有跟踪你的任务,也没有这个权利,你在外面做什么,我怎么能知道?”

谢青云心里一刺:“你难道,怀疑我?”

乔江不再说话,一脸的鄙夷之色,三下两口把方便面吃了,端着空碗又进厨房去。

谢青云浑身乏力,一点精神也提不出来,她走进房间,看到桌上有一张纸,走近了一看,顿时觉得脑子里“轰”的一声响。

乔江写了一份离婚协议书。

谢青云冲出房间,一直冲到乔江面前,颤抖着问:“为什么,乔江到底为什么?”

乔江很平静地看她一眼:“你自己应该明白。”

不,我不明白,我不可能明白。

乔江开始收拾东西。

谢青云挡住他:“乔江,你现在就要走?”

乔江说:“我明天出差,协议书你先看看,有没有意见,有意见可以修改,没有意见就签字,我回来后我们一起到民政局办理。”

不!

谢青云说:“我不离!”

乔江后退了一步,说:“既然已经走到这一步,再一起生活下去,也没有什么必要了。”

谢青云说:“什么叫已经走到这一步,已经到了哪一步?”

乔江说:“又回到老路上去了,纠缠这个问题实在没有多大意义,你自己心里明白的事情,非要逼着我说出来,何苦?”

谢青云呆呆地看着乔江,离婚,她好像不认得他了,你是谁?你怎么能和我离婚,谁离婚?

反正不是我。

乔江说:“我出去这几天,你再好好考虑考虑,协议离比上法庭好些,也免得让人看笑话,好合好散……”他犹豫了一下,又说,“如果,你坚持,不同意,也许,就只有上法院这一条路了。”

法院?

“法院也要讲理,我们之间并没有什么实质性的矛盾,法院是不会判的。”

乔江愣了一下,说:“也许吧。”

谢青云看乔江有些和缓的意思，连忙上前一步，问道："乔江，到底为什么，是不是你一直想着小钱老师的死？"

"你还记得小钱老师？"

"你真是为了她？"

"也许是……但她只是原因的一部分，一小部分……"

还有更重大的原因，我却蒙在鼓里，一无所知，乔江认为我心里什么都明白，我明白吗？我不明白！

"乔江，告诉我，还有什么？"

乔江说："如果真的上了法庭，你迟早会知道。"

谢青云再说一遍："法院凭什么受理你的无理要求？"

乔江道："法院是重证据的。"说完这句话，乔江动手在外间的长沙发上铺自己的睡处，谢青云激动地追着他："乔江！"

乔江回头看看她，谢青云几乎就要从这一眼中捕捉到他的一丝后悔了，可是这一丝东西很快一闪而过，乔江又是一脸冷漠，到卧室抱了自己的被子出来，往沙发上一扔，打了个哈欠。

谢青云的心彻底地凉了。

这世界怎么了？

我怎么了？

我疯了？

或者是乔江疯了？

也或者，我们俩都疯了？

谢青云上前拉住乔江："你说清楚！"

乔江冷静地拨开谢青云的手，慢慢地道："你太激动了，我出去，让你平静一下。"说着真的走了出去，临走时，又扔下一句话，"记住，法院是重证据的。"

说完就走了,扔下谢青云一个人反复地咀嚼这句话。

法院是重证据的。

法院是重证据的。

什么证据?

乔江难道掌握了我的什么证据?

我有什么证据?

什么叫证据?

一直到很晚很晚乔江也没有回来,他不回来回答谢青云。

第 21 章

上了车谢青云对小郭说:“往右拐,接一下老周,再到戏校。”

小郭从反光镜里看看谢青云,说:“接老周? 怎么往右拐?”

应该往左拐,我怎么会说出往右拐,谢青云愣了一下,我心里想往那条路上去,就这样,她停顿了一下,说:“我说错了,是往左。”

小郭不再说什么,到拐弯口就往左转。车子沿着这条大街往前开,正是早晨的高峰时间,车很多,人也很多,车子开不快,你并不希望车子开得很快。小郭从反光镜里再一次看出谢青云的心思,她正侧着脸朝自行车道上看着。

我看什么,我想看到什么人?

是乔江吗?

可是乔江上班不走这条道,如果刚才从路口往右拐,我有可能会看到乔江,我想往右边那条路上去,所以,我对小郭说往右拐。

小郭是不能明白的,他从反光镜中疑惑地看着谢青云。

现在车子走了一个相反的路线,她不可能看到乔江,她和乔江如果真的在同一水平线上,那么现在他们只能越走越远。

既然乔江已经……我怎么了,我为什么还一心想见他?

女人你的名字叫……什么?

车子到了老周家附近,远远地就看到老周站在路口等着,一边在看着手表,听到汽车声音,急忙走过来上车。

老周坐在前面的座位上,回过头来看看谢青云,说:"谢总,还好吧?"

谢青云点点头。

老周说:"戏校那边怎么说?"

谢青云说:"田校长让我们去看人。"

老周笑了一下,说:"田茅……"他没有再往下说,也不知他下面想说田茅什么。谢青云从后侧面看老周的脸,笑得很有些意味,她不能确切地明白老周是什么意思,但是多少能感觉到一些,大家对田茅的想法就是这样的,要女孩子,就找田茅,田茅如果不做戏校的校长,大家还会有这样的想法吗?也会的,田茅就是有这样的能力,女孩子都听他的话,就像我,就像我们当年,政治课是最最枯燥的课,可是他一来我们就笑,现在回想起来,真不知有什么好笑的,哪来的那么多的笑,就连田老师做一个小小的鬼脸,扮一个小小的怪相,也能把我们笑得喘不过气来,有时候他什么表情也没有,一脸的严肃也能让我们笑上半天,真是有点莫名其妙……

为了女孩子的事情,田茅常常被人告,或者是写一封匿名信什么的,可是田茅好像永远有一个护身符,有一把保护伞,有一座靠山,或者,他有的是一种永远不败的精神。

到了戏校,在门口看到培训部的小钱和小李都已经骑了自行车先到了,正在等着他们。小郭说:"你们来了多久?"

小钱说:"有一会儿了。你们怎么,堵车了?"

小郭含糊了一下,把车开进戏校,小钱、小李也跟了进去。谢青云下车来问小钱:"你们先来,怎么不先进去?"

小钱和小李都笑,小钱说:"我们不敢去见田校长,我们吃不消他那张嘴,等你来,你好代我们抵挡一下。"

谢青云不由也笑了一下,说:"我能抵挡什么?"

小钱说:"那到底不一样,田校长只有看你,才开心,看到我们,一嘴的挖苦。"

谢青云有些不自在,真是这样吗?

根本不是这样,你们实在是不怎么了解我,也不怎么了解田茅,也许是因为在别人面前田茅不怎么说我,这倒是真的,但是只有我和他两个人的时候,他哪一次不把我的心挖开来看清楚了才能称心如意?

他们一路说着话,到校长办公室,田茅正在等着他们,见了就说:"听到了汽车的声音,好车子车声也温柔多情。"

谢青云看田茅要准备泡茶的样子,说:"不喝茶了吧,人有没有到?"

田茅说:"我本来没有准备给你们倒茶呀,我们戏校太穷,茶叶也买不起,总经理哪天赞助点茶叶来,下次你们来我就泡茶。"

小钱小李又笑,连老周也笑起来。谢青云正要说话,田茅走到门边,做了一个请出门的动作,说:"走吧,看起来总经理心里没有别的想法,只有工作。"

谢青云拿田茅一点办法也没有,每次田茅在场,她就觉得自己完全变了一个人,变得口笨舌拙,变得呆板,变得毫无自信,变得毫无办法,我在我的公司可不是这样的,我要是这样,公司里那么多的能人,他们怎么能服我,为什么到了你的面前我就不再是我了?

田茅已经把一切准备工作做好了，在训练房里，女孩子坐成一长排焦急地等待着，一看到谢青云他们出现，女孩子们兴奋起来，叽叽喳喳的声音更大了。田茅拍了一下手，大家马上就安静下来。

田茅真有他的一套，谢青云下意识地看了老周一眼，她觉得老周一定也是这么想。

谢青云听到小钱悄悄地跟小李说："到底谢总面子大，上次我和老周来找田校长，才没有这么好的事情呢，他在办公室和一个女学生谈话，把我们晾了老半天。"

小李觉得这话被谢青云听到了，小心地看了谢青云一眼，对小钱暗示了一下，说："少说……"

小钱也意识到了，说："不说了……"

谢青云心里一阵抽搐。

田茅让谢青云老周他们坐下，对谢青云说："先走走步看一看。"

谢青云说："好。"

音乐声响起来，女孩子们开始走步，田茅对谢青云说："总经理真是事无巨细，事必躬亲呢，连女孩子走步你也要亲自过问，亲自定夺。"

谢青云很想回敬他几句，可是她一句厉害的话也想不出来，只是勉强地笑了一下，说："那也不一定，我不来也可以，老周小钱他们完全可以定夺，他们都是专家，我是外行。"

田茅说："那好，我们出去说说话。"

谢青云点点头，让老周他们看女孩子走步，自己跟着田茅走出来，他们就站在训练房门口，有一些女学生走过看着他们，田茅朝她们笑，等她们走远去，田茅说："时间真快，当年你也就是这样子吧。”

谢青云突然感到一阵心酸。

田茅说:“这几天晚上,你好像很忙。”

谢青云看着田茅,不知道他又要说她什么。

田茅说:“看得很紧呀。”

什么意思?

“才分开一天呢,老太太就过来把守电话了。你们到底怎么回事,别的人家,为了生儿子,为了分房子,为了别的什么什么的,就弄个假离婚,你们不会也是这意思吧?”

你若和我说这些,我怎么能够听得下去,我还是进去看她们走步,谢青云想。

田茅做了个阻止的动作,他完全明白她心里想的什么:“昨天打电话,老太太已经把守着了,前天你又挺忙,真是一点机会也不给我呀?”脸上永远是一丝嘲讽。

前天?前天……法庭调解失败,意味着什么,我是知道的,也许,前天晚上我不该到你家去,你说,这样的时候你还来找我,我不应该去找你,但是我去了。

就是这样,这是事实,我去了。

“前天晚上你从我家里走后,我给你挂了两次电话你那边都占线,真忙。”

谢青云狐疑地看着田茅。不可能。前天晚上总共用了两次电话,一次是儿子打过来的,不到一分钟,再就是我打给温和的,也不过几分钟,难道田茅给我打两次电话正是在那两个几分钟里,不可能,没有这么巧的事情。

田茅说:“不是还没有判吗,怎么,乔江只不过和你分居几天罢了,难道不是吗,你就耐不住寂寞呀!”

这太过分了,我受不了他,他太过分了,过分得有点,有点,有点什么呢,真是有点……谢青云实在不知怎么形容田茅。

“听说,”田茅并不在乎谢青云生气不生气,他意味深长地看着谢青云,说,“听说,有什么照片,寄给乔江的,风流照片是吧?哪个丈夫能容忍自己的妻子和另一个男人亲热的照片呢?怪不得乔江啦。”

你也知道照片的事情。

田茅笑了一下,说:“你一定以为这种事情只在小说和电影电视里发生,对不对?你绝想不到会发生在实际的生活里,而且在你自己身上,是不是?”

是的。

那么你会怎样看我?

你相信我确实有这样的照片,有这样的事情,还是不相信?

田茅说:“从你的眼睛里我知道你在问我的看法,虽然你不说,虽然你看起来对我的态度不怎么在乎,其实,你很在意我的看法。”

为什么会这样,为什么我要在乎你的看法,为什么你可以走进我的心灵深处,而我却始终不知道你在想些什么?我应该彻底地从你身边走开,在高继扬那里,我放松,我快活,我自尊,我自信,我倍受呵护,我感觉到自己是一个真正的女人,我享受到一个女人应该享受的待遇。现在在我的眼前,在我的脑海里,只有一双深深的眼睛,深情地注视着我,没有很多的话,也没有很多的表白,但是我能感觉到很多很多的内容。

田茅早已经习惯了谢青云在他面前的这种沉默,他只说自己想说的话："我怎么知道照片的事情，你一定在猜，谁告诉我的，一定是和你很熟悉的人，是的，你猜得不错，就是小高告诉我的。我也有一个问题想让你猜一猜，你知道小高怀疑有人给照片做了手脚，就是把几张照片拼接起来……"

是的，小高也许正在查找这个人呢。

"你猜得出小高怀疑谁？"

我猜不出，我根本就没有看到那些照片是什么样子，我也根本想不到会有人陷害我，所以我根本没有必要猜测什么。

田茅笑起来，说："小高怀疑是我。"

谢青云猛地一惊，脱口说："瞎说！"

田茅继续笑着，说："你这么相信我？真是三生有幸！你怎么知道小高是瞎说，难道你以为小高是一个随便说话的人吗？"

当然不是。

你这样子，歪嘴挤眼，油嘴滑舌，什么样的话你说不出来，什么样的事情你做不出来，小高的怀疑也不会毫无缘由。

你根本不相信我会做这种事情，田茅眯着眼睛看着谢青云，但是你又觉得小高不会随便乱说话，你这个女人。

田茅说："小高确实是有这样的怀疑。"

谢青云摇了摇头，说："高继扬不会这样说的。"

田茅说："但是他确实是这样想的。"

你怎么能这样，你有什么权利把自己的思想强加到别人头上，你真的以为自己有洞察一切的能力，你真的以为你能够钻到别人的心里去，也许对我你可以这么说，你确实能把我看得比较透彻，我也不明白这是为什么，但是对别人你不可能这么随心所欲。

"我倒有一个想法，不很成熟啊，"田茅笑着说，"说出来你别生气，我怎么老是想，那张照上的男人是我……”

谢青云心里一抖。

“是不是我的自我感觉太好了？”

……

“你有没有和我一起拍过不得体的照片？”

“你叫我出来，就是告诉我这个？”谢青云终于忍不住说了一句。

田茅嬉皮笑脸地说：“哪能呢，我怎么能拿这种无聊的话来浪费谢总经理的时间呢？我们可是正正经经的工作关系，你是为了工作才到戏校来的，我也是为了工作才把你从排练房里叫出来的。”

谢青云叹息了一声，我对你无可奈何。

田茅说：“不要叹气嘛，你前程远大得很，不过也要小心从事才好，不要头脑发热，被胜利冲昏了头脑，这可不好。”

谢青云说：“你是不是觉得我头脑发热了？”

田茅说：“没有，没有，我只是随便说说，我这张嘴就是管不住的，没有的事情我也喜欢说说。对了，我还想再问一下，招广告模特的事情，是小高先联系的？”

谢青云说：“是的，难道不行吗？”

随身携带着的超薄型大哥大鸣叫起来，声音挺柔和。

谢青云掏出来，接了，对方说：“我江晓星。”

“听得出。”

江晓星直奔主题：“小谢，有你的，报纸的事情摆平了，神速而见奇效。”

谢青云说：“报纸虽然不再说话，但是你们的质检还是得重视起来，激素过量……”

江晓星说：“这你放心，我们不会做坑蒙拐骗的事情，也不会害人，分寸会掌握好的。其实，现在的化妆品，你也知道，不用激素是不行的了，只是质检方面手脚做干净些罢了。再说，我们经过反复试验，没有问题。另外，我告诉你，温和也用我们的产品，我总不会坑自己的老婆吧……”

谢青云说：“存心坑是不会的，只怕你自己也糊里糊涂……”

江晓星“啊哈”一笑：“看低我呀。”

谢青云知道田茅一直在注意她的说话，便停顿了一下。

江晓星很明白似的，说：“你那边有人是吧？你在哪儿？”

谢青云犹豫了一下，说：“我在戏校。”

江晓星又一笑，说：“田茅在偷听我们说话吧？”

谢青云望了田茅一眼，对着电话说：“不至于吧。”

江晓星说：“好，和别人在一起我就再和你多扯几句，和田茅在一起，我不敢了，田茅给我小鞋穿我可受不了。”

谢青云说：“也不至于吧。”她看着田茅，又说，“他和你，离得远着呢。”

江晓星说：“说远也远，说近也很近，他要想管谁，还不容易。行，我不惹他。再见。对了，通过这件事，使我再一次有了深切的体会……”

“什么？”

“和你合作是走对了路，感受太深了。”

田茅眯着眼睛看谢青云，谢青云觉得无法不告诉他是谁的电话，便说：“是江晓星。”

田茅说：“合作得很好。”

谢青云说:“还可以。”

又走过一群女学生,一齐对着田茅笑,田茅也向她们笑着,对她们挥挥手,回头对谢青云说:“你怎么和谁合作都能成,这世界上还有什么人不能和你合作的,大概没有。”

大概只有你,我若和你合作大概是不能成的,谢青云当然不会这么说。

但是田茅会说:“除了我。”他笑起来,很难看。

谢青云说:“大概。”

田茅停止了他的笑,又将刚才的话问了一遍:“广州那边招广告模特的事情,是小高先联系的?”

谢青云说:“也说不上是谁先联系,就这么谈起来,就开始了。怎么,若是小高先谈的,不好吗,不行吗?”

田茅说:“哪会不行,小高办事情很踏实的,这大家都知道,只要你信任他,就行,我不过是多一嘴问一问罢了。”

你拐弯抹角到底要做什么?

“你这么看着我,说明你不相信我只是随便问问的,看起来你对我的了解又进了一步。你想得不错,我关心广告模特的事情,是有我的目的的,你想想,眼睁睁地看着你们这么发达,我心里就不痒?有的让你们把我的人拿去发财,我为什么不能自己干?而且,和广州的关系本来就是我的关系嘛,吴诚一却把我甩了……”

田茅,谁能甩了你,你也算是有本事的了。

谢青云说:“公司不也有你戏校的份吗。”

田茅说:“那哪够呀,我这个人向来是野心勃勃的,你又不是不了解。”

我了解你的,和你嘴上说的你好像不是一个人,是我看错了你？你说你有野心，在哪方面，走仕途？做官？凭你的背景，你完全有可能在仕途上大大地发达一番，可是你没有，这么多年来，你还是一个小小的戏校副校长，副科级。你是在做发财梦吗？也不像，凭你在外面的关系，凭你张口就能叫上伯伯叔叔的那些掌实权的人，你走官商的路也一定会很顺利，你也没有走这一条路。你倒是为我的形象设计公司出了不少力，用了你许多宝贵的关系和人情。你曾经说过，有许多关系和人情最多也只能用一次，你把这些机会都让给了我的形象设计公司，你是为了什么？人生的野心，除了升官发财，还有别的什么呢？

你为什么总是把自己的形象描绘得那么丑陋？

“好了，既然你和小高都不想让我也发达一下，我也无所谓，好在我这个人很想得开是吧，不过你这么信任小高，我可是要吃醋的呀。”

你也会吃醋？

“最后再问一句，你去不去广州？”

谢青云一时没有反应过来，看着田茅。

田茅说：“你反应太慢，怎么做老总的，女人到底是女人，不能和男人比的。”

我从来也没有和男人比什么，我知道女人就是女人，但是女人也有女人的特长，这一点谁也不能否认。

田茅说：“我是说，广州需要的广告模特，你是不是亲自送过去？”

谢青云说：“我不一定去了，高继扬去。”

田茅笑着说：“选几个人你倒要亲自过来，送广州那么远的路，你倒不管她们了。”

谢青云心里动了一下,田茅的话使她想起许多年以前,她从自己家乡考上戏校,临走时的那种心情,兴奋,却又害怕,喜悦,却又充满担心,未来是一个未知数,像一个巨大的磨盘压在心上……

田茅想得比较周到,也许我应该送送这些女孩子,我毕竟是一个过来的女人,我如果护送她们,她们会更有安全感。

田茅突然转过身子正面对着谢青云,使谢青云感觉到他突然变了个人似的,严肃起来,说:"再多一句嘴,小高为什么对这件事情这么用心?"

你为什么老是缠住小高,小高并不碍你什么事,你的心胸不可能这么狭窄,你另有什么原因,却不肯告诉我?

"你是说,小高对向广州介绍广告模特的事?"

"还有别的事情他也来劲?"

"其实你错了,小高其实并不愿意,我看得出,他是很不情愿,他甚至向我提出过,他认为这样的合作也可以和别的单位挂钩,并不一定非盯在吴诚一的身上。我倒是觉得,既然头开得不错,就应该继续下去,另找合作伙伴,一时也不是很容易的事情。再说,要互相了解,也得有较长的一个过程……"

"你是说,你现在对吴诚一他们已经很了解?"

谢青云说:"不是很了解,至少是有了合作关系,有了合作成果。再说,"她看了田茅一下,"吴诚一是你介绍的人。"

"因为是我介绍的人,你就相信?你对我倒是很信任呢。"

谢青云不说话。

田茅继续说:"这么说,事情正好相反,和我想象的相反,小高并不愿意干这件事?"

谢青云不置可否。

田茅说："我明白了，他是为了你才委屈自己的……"

谢青云忍不住说："能不能说些别的，说说女孩子的情况……"

小钱从排练房出来，看田茅正和谢青云说话，在一边站了一会儿。田茅说："偷听隐私是犯法的。"

小钱笑，说："谁要偷听你的隐私，你有什么大不了的隐私，最多不过骗骗一些没有见过世面没有见识过真正男人的女孩子罢了。"

田茅做了一个十分夸张的表情，说："原来你们就这么看我的呀，怪不得现在连没有见过世面的女孩子也不理睬我，不受我的骗了。原来是你们这些人在背后捣我的鬼呀！不行不行，我要告到法院，要你们恢复名誉和赔偿精神损失。"

小钱笑得弯了腰，说："多少？"

田茅假模假样地算了算，说："少要点吧，就来个二百五吧。"

小钱笑着说："不跟你逗了。谢总，你是不是进去看看，我们初步定了几个，看上去还可以。"

谢青云说："好。"跟着小钱进排练房，田茅也跟着进去，小钱说："田校长看到我们眉毛就长了，看到我们谢总浑身舒坦。"

谢青云回头看了小钱一下，小钱对田茅吐了吐舌头。

田茅说："小钱你不许瞎说的，我看见谁都是浑身舒坦的，只要是女人，对不对？"

小钱说："你是贾宝玉呀？"

小李听他们说什么贾宝玉，凑上来问："谁是贾宝玉？"

小钱说："你看谁是吧。"

小李朝田茅看看，说："你说他呀，他怎么是贾宝玉，真是搞七搞八,他嘛,像那个济公和尚。"

说者无意,听者有心,谢青云本来没有很注意小钱小李和田茅逗什么开心,田茅见到女人话就多,什么幽默风趣他就拣什么说,这对谢青云来说早已经习以为常,不以为有什么特别,当小钱说田茅是贾宝玉的时候,她也只是在心里嘲笑了一下,可突然听到小李无心说出田茅像济公的话来,谢青云心里突然跳了一下,她下意识地朝田茅看看,田茅从外表上看,真是有点像济公,当然是游本昌演的那个济公。谢青云侧过脸来看田茅的时候,田茅也正在看她,虽然只有很短暂的那么一瞥,但是被谢青云捕捉到了。

这不是你的作风,你是个想说什么就说,想做什么就做的人,你若是想看一看我,你绝不会这么短暂地一瞥。

田茅挠挠头皮,对小钱小李说:"你们看不起我呀,我告诉你们,我有很多绰号,其中一个就叫作丛中笑。"

小钱小李一起拍手叫好。

谢青云也忍不住笑了起来。

田茅更得意了,说:"还有呢,要不要听?"

小钱小李说要。

"蝶恋花。"

又一阵笑。小钱小李连连称妙。谢青云听着,脑海里便想象像田茅这样的一只蝴蝶是什么样子,实在忍不住笑起来。

田茅又说:"还有,多着哪,比如,多味话梅。"

小钱说:"什么意思,听不懂了?"

小李也道:"高深了。"

田茅说:"真笨,梅就是美,知道吧,美人一来我的话就又多又有味道,你们说是不是?你看你们一来,我很活跃是吧。"

小钱说:“到底是谁来了你就活跃,说说清楚啊?”

小李拉了一下小钱的衣角,小钱又吐吐舌头。

田茅说:“还有呢……”正要再往下说,老周走过来,田茅停下来,说,“男人一来就闭嘴,所以男人都不喜欢我。”

老周朝他看看,说:“这些女孩子,都不错的,听说也才进来不过几个月,田校长培养有方。”

田茅说:“那当然,要不怎么让我做戏校校长。不过话要说回来,我们这里的男孩子就不如女孩子,不如女孩子出息得快,这是我的罪过,我培养男孩子不如培养女孩子尽心尽力呀……”

又来了,别人最犯忌的事情,他每时每刻都挂在嘴上,也不知到底为什么,是此地无银三百两呢还是放的烟幕弹?

老周说:“我们初步选了这十个。”他指指站在一边的十个女孩子,她们个个满脸放着光彩,兴奋得不得了。

谢青云说:“你们看定了就定了,这样吧,跟我们回公司再强化训练几天,哪一天拿到票哪一天上路,上路前的几天你们加加班。”

老周说:“好。”走过去对女孩子们说,“跟我们走吧。”真就要带走的样子。

田茅说:“咦,就这么走了,你们好没良心。”

大家都笑。

田茅说:“这就是我的下场,尽心尽力培养你们,最后被你们一笑了之,而且,是嘲笑。”

小钱说:“因为你天天嘲笑别人。”

田茅说:“照你这么说,是我的报应。”

小钱连连摇手,说:“我可不敢说田校长,田校长的唇枪舌剑杀得死人呢。”

田茅笑得很得意。

送谢青云一行人出来的时候,田茅对谢青云说:“人你领去了,是她们自愿跟你去的,出了我的戏校,我可是再不过问了呀,有个什么三长……”他大概注意到谢青云的神色,想了想,还是改了口,说,“要是以后有什么不顺的事情,我可是概不负责了啊。”

谢青云说:“我会对她们负责到底的。”

田茅说:“但愿如此。”

我听得出你话中有话,但是我不知道你预言的是什么,难道你不希望我成功?

田茅说:“还有最要紧的还没有最后落实,就是钱的事情,我们戏校的培养费,我的中介费……”

谢青云说:“都按我们前天晚上商量的办,我回去马上汇钱到你的账上。”

田茅说:“那太好了,我正等钱用呢。”

到了校门口,老周问谢青云:“怎么走?”

谢青云看看那些茫然四顾的姑娘,看看她们都携带着简单的行装,谢青云说:“你带她们打的吧。”

姑娘们欢呼起来。田茅笑着说:“真是嫌贫爱富呀。”

大家正笑着,田茅突然把谢青云拉到一边,指着那些姑娘,说:“你应该送她们去!”

谢青云先是一愣,随后她明白了田茅的意思。

我一定去。我一定把她们送到。

谢青云上了自己的车,让小钱也跟她走。小李帮着老周一起招呼姑娘们。小郭开车出戏校大门的时候,谢青云转过头朝田茅看看，却发现田茅已经转身进了学校，只留了一个背影给她。

我永远不能明白你的心。

在谢青云眼前，又浮现出高继扬在区法院门口的绿树丛中等着她的情景，又出现了高继扬在雨夜守在她的窗前的情景，那一双深深的眼睛，不多说话，但是深得能让人掉进去，掉进去就感觉不到边在哪里底在哪里。

田茅？

高继扬？

谢青云觉得心里一阵绞痛，田茅，高继扬，你们都算不了什么，也许，在从前，你们确实在我的心中有一定的位置，我也确实对你们有过一份真诚的情感，有过一种朦胧的爱意。现在我突然发现，你们真的算不了什么，我最最珍惜的东西被我忽视了，被我刺伤了，我再也得不到我最最珍惜的东西，我后悔得心都要掉出来了，我真是不知道珍惜，不懂得爱护，一旦失去我才明白这一点，但是已经太迟了，一切都不可挽回了。

田茅。

高继扬。

你们都走开吧，我不需要你们，如果我知道我对你们的那一份自以为真挚，自以为纯洁的情感会给我带来如此惨痛的后果，我绝不会让这种情感滋生出来，我绝不。

乔江才是我的唯一。

儿子才是我的唯一。

乔江，我要你回来。

谢青云闭上了眼睛，不然，泪水就要流下来。

第 22 章

谢青云迟了一步,母亲的话成了事实。

母亲说过,这一次见你,恐怕是最后的一面了,谢青云不相信,但是她不能不相信事实。

母亲去世了。

从母亲的灵堂出来,谢青云两眼红肿,浑身乏力,她茫然地站在一棵大树底下,不知自己该往何处去。

大哥走过来:“妈最不放心的是你。”

我知道,我是不能让母亲放心。

“你好吧?”

面对大哥一脸的关切,满心的担忧,谢青云差一点扑到大哥怀里再痛哭一场。

我不好,我真的不好,很不好,就在两天前,乔江向法院递交了离婚状。

大哥看着谢青云,疑虑更深:“你怎么了,乔江怎么样?”

谢青云尽力地点点头。

“他怎么又没来，连老人去世他都不来，忙成这样？”

大哥不能相信，“是不是，他根本不想到我们这个家来，他不把我们，不把你放在心上？”

“他出差了，不在家。”

大哥的疑虑并没有消除：“小妹，妈关照的，以后妈不在了，你有什么事就和我说……”

谢青云想说，想把一切告诉大哥，可是她看到大哥已经开始斑白的两鬓，看到大哥额上深深的皱纹，她把到嘴的话又强咽了下去。

没有事，我很好，真的，大哥，我很顺利。

车子在公司大楼前停下，谢青云戴着黑纱从车里出来，一眼看到田茅站在路边。

田茅慢慢地迎上来，看着谢青云手臂上的黑纱，说：“雪上加霜。”

谢青云强忍住眼泪，看着田茅，不知他想说什么。

“乔江呢，没有去？”

谢青云不想说话。

“就算离了婚，也不至于——何况，这不才交的离婚状吗，还不定判不判呢，是不是？”

你已经知道，真快，太快了，刚刚发生的事情你已经知道，也许，根本没有发生的事情你就能知道？

谢青云很想责问他一句，这一切和你有什么关系？可是话到嘴边却变成了另外一句：“你别说了！”近乎哀求，我怎么这样，面对他我为什么挺不直我的腰？

田茅的眼神暗淡下去，我不说了。

“你有什么事情?”

田茅眯了一下眼睛,说:“你也把我看透了是不是,没有事情我是不会来找你、来打扰你的,尤其在这样的时候,我再来打扰你,我真是罪该万死,我不会向你表示什么,致意或者安慰,我不会,也没有这个必要,会有很多很多的人来安慰你帮助你,多我一个少我一个你不会在乎……”

“你到底有什么事情?”

“我想打听一下吴诚一的地址。”

田茅,你真有一颗铁石心肠。

“你不会不愿意提供吧?”

“吴诚一的地址,应该是你向我提供,怎么反过来你向我要?”

“这就是世界的不公。”

“你要去广州?”

“不去。”

“你打算和他联系?”

“不联系。”

“那你要吴诚一的地址做什么?”

“不做什么。”

“出了什么事?”

谁知道出了什么事,也许会出些事情,也许不会,现在谁都说不准。

谢青云极力想从田茅的神态中捕捉些内容。

可是她没有达到目的,“既然没有任何目的,你要吴诚一的地址做什么?”

田茅笑了一下,说:“你怎么又成了乔江的角色了,这些问题,也许由乔江来问更合适些。”

你不是一个漫无目的的人。

田茅接过谢青云给他的吴诚一的地址，说：“你放心，什么事情也没有。”

第 23 章

飞机到广州是夜里十点多钟,出广州白云机场,吴诚一他们早已经等候在出口处,有一辆豪华大巴送谢青云高继扬还有二十个女孩子直奔大酒家。吴诚一上了车就说:“总算把你们等来了,这边等得急呢。”

谢青云说:“飞机票很难买。”

吴诚一连连点头,说:“知道,知道,高先生已经说过了,全靠谢总的面子,那地方小,哪个单位一下子同机能弄到这么多票的。”

谢青云朝高继扬看看,高继扬没有说话,也没有表示他什么时候向吴诚一说过这话的。

吴诚一说:“我们通电话时,高先生已经把谢总要亲自来的事情说了。”

谢青云说:“这一次人多,我不来有些放心不下,还是争取来一下。”

吴诚一看着谢青云笑,说:“来的好,来的好,来了亲眼看一看,以后的合作就更有希望。其实我们也知道谢总有办法,我们都知道的,我们可真是怕你们误事呢,这边马上等着要用人了,先来的十个女孩子都发下去了,供不应求呀。”

谢青云没有想到这么快就把先来的十个女孩子安排出去,连忙问道:“她们怎么样,好吧?”

吴诚一说:“好,好,很抢手的,到底我们老家出美人,没有话说的。”

谢青云说:“她们对工作都满意吧?”

吴诚一说:“到时候你们见到她们,她们会告诉你的,谢总尽管放心。”

谢青云点了点头。

车上的女孩子们看到广州的夜景一片繁华,很兴奋。刘先生看着她们满眼的笑意,说,这算什么,这时候广州的夜生活还没有开始呢。

女孩子们个个把头侧向车窗外,谢青云看着她们开心的模样,心里多少有些安慰,她问吴诚一:“先来的十个她们住哪里?”

吴诚一说:“开始两天住在酒店,就是你们今天要住的地方,后来分下去,就到自己的住宅去了。”

女孩子们叽叽喳喳,其中有一个胆大的问刘先生:“我们也住大酒店呀?”

刘先生说:“那当然,三星级的,包漂亮小姐满意。”

谢青云犹豫了一下,问道:“吴老板,住这么高级的地方,合适吗?”

吴诚一笑着说:“谢总放心,一切费用我们负担,到广州来,我们全包,早就说好了的。”

谢青云说:“其实住中档一点的就行,不必太奢侈。”

吴诚一说:“那哪行,谢总来,我们怎么能怠慢。至于小姐们,要在这地方长期待下去,不了解一下广州的行情怎么行呢?”

谢青云听吴诚一说得也有道理,反正费用由他们承担,她也就不再说什么,只听得女孩子们七嘴八舌地说个不停,高继扬坐在谢青云边上,看着谢青云脸色,听到吴诚一问他怎么样,高继扬轻轻地说:“客随主便。”

谢青云笑了一下。

车子一路畅通,很快到了他们下榻的大酒家,果然气派非凡,车子刚进停车场停下,就有人过来开了车门迎接他们下车。小姑娘们提着自己的行装,谢青云的包被刘先生抢着提在手里。一往大堂里去,更感觉到里面的富丽堂皇,早已经有人给他们登记好了住宿的手续,没有要他们在大堂等一分钟,一行人只管跟着吴诚一刘先生他们坐了电梯往楼上去。到十一楼,刘先生说:“到了,就住十一楼。”

房间也都已经开了门,也不见有什么人忙前忙后,但是一切都是那么有条不紊,大家都很感叹。

给谢青云是包的一个单间,高继扬在她的隔壁,也是一个人住,二十个女孩子分住十间。谢青云听到女孩子们互相打听,这房间一夜多少钱,刘先生告诉她一个人一夜二百多,说得女孩子们惊惊诧诧地叫唤。谢青云心里不由有些说不清的感觉,这是为什么,从道理上有些说不过去,住这么豪华的地方,也不知吴诚一他们的经济账是怎么算的。不过谢青云也没有往深里想,收拾了一下行李,刚刚坐下来,吴诚一刘先生和高继扬就进来了,吴诚一环顾着谢青云的房间,说:“谢总,还满意吧?”

谢青云说:“太好了,其实真的不用这样。”

吴诚一回头看高继扬，说："高先生上次来，我们也是这样接待的。这是应该的，你们辛苦，你们为我们送人来，当然应该好好安顿，是不是高先生？"

高继扬说："是，上次我送梁小慧她们来，也是这样，客气。"话是说着，但是听上去像是在放录音的感觉，没有什么感情色彩。吴诚一哈哈一笑，说："还有周先生去年送徐丽丽她们来，也一样的。"

谢青云听吴诚一提到徐丽丽，"哎"了一声，对吴诚一说："对了，吴老板，这次来我们想见一见徐丽丽，主要是她家里，上次刘先生去的时候我们跟刘先生说过的……"

吴诚一说："谢总放心，我们已经跟徐丽丽联系过了，她会来看你们的。"

谢青云说："那太好了，你和她约了时间没有？"

刘先生说："她这几天正有任务，时间还不能定下来，我等会再找她确定一下。"

谢青云说："好的，麻烦你们了。"

吴诚一看看高继扬，又看看谢青云，说："差不多的话，我们吃饭去。"

谢青云说："飞机上已经吃过了。"

吴诚一笑起来，说："谢总这么客气就不像自己人了，哪有到了广州让你们饿肚子的道理，走吧，小姐们一起去。"

谢青云说："已经快十一点了，是不是太……"

吴诚一说："不迟不迟，这时候正好。"

他们一起往餐厅去，果然看到餐厅正热闹。这是一处很高档的餐厅，有卡拉 OK 设施，他们边吃边唱，不知不觉就过了十二点，谢青云一看手表,说:“哟。”

刘先生说:“还早呢,你看小姐们正有兴致是不是?”

女孩子们都说是,不想睡,想玩。

谢青云说:“你们玩吧,我先去歇了,我很累。”

高继扬陪同谢青云到房间,两个人谁也不正视谁,谢青云觉得有点尴尬,高继扬并不靠近她,站得远远的,但是谢青云却分明感觉到他的呼吸有点急促,谢青云一时有些不知所措,她坐下来,眼睛不看高继扬,问道:“坐吗?”

你知道我很想坐,不仅想坐……你既想让我坐下来陪你一会儿,你又觉得这样不好,真是为难你了,青云。

高继扬说:“你累了,早点休息吧,我……走了。”

谢青云抬眼看了他一下,说:“你再去玩玩?”

高继扬苦笑了一下:“不了,我也很累。”

高继扬走出去,谢青云送他到房门口,看他开了自己的房间走进去,谢青云心里突然一阵紧张。

假如这个走进她的隔壁房间的男人不是高继扬,而是……而是……她不敢往下想……

整个楼层上一个人影子也没有,也不见服务员在什么地方值班,也不知这一排排一间间的房间里是有客人还是没有客人,反正是一片寂静。

谢青云心里发慌,连忙退了进来,坐在沙发上喘了口气。

电话铃突地响起来,把她吓了一大跳,是高继扬,就是一墙之隔,他要说的话,当着面他说不出来,在电话里他就能说出来吗?他也不会的。

高继扬听到谢青云“喂”的声音,有些不知所措,说什么呢,他犹豫了好一会儿，才说了一句："没有什么事情，你早点睡吧。"

谢青云放下电话心里不知是想笑还是想哭。

她开了电视，漫无目的地看了一会儿，耳朵老是听着走廊里的声音，她也不明白自己为什么会有心慌的感觉，也许因为四周太静了，走廊里一点声音也没有，也听不到隔壁高继扬有什么声音，谢青云拿出换洗的衣服进卫生间洗澡，洗澡的时候一直有些心神不宁，好像老是觉得房间的电话在响，关了水龙头听，又没有声音，再开水又觉得有铃声，这样反复了几次，连澡也没有洗好，就穿了衣服出来，等了好一会儿，也没有电话铃响，谢青云叹息了一声。

我是希望他再来电话还是不希望呢？

我也不知道。

谢青云靠在床上，看着亚视台的节目，很风趣，但是谢青云却笑不起来，她换过几个频道，最后又回到亚视台，还是提不起情绪来，吃晚饭的时候觉得马上就要睡着了，这时候却又全无了睡意，只是觉得心里很不踏实。

过了大概二十分钟，谢青云拿起电话，给高继扬打电话，可是那边没有人接，谢青云想高继扬大概也泡在浴缸里了，放下电话，觉得幸亏他在洗澡，要是他接了这个电话，她说什么呢？

谢青云在一片混乱的感觉中慢慢地睡着了，也不知女孩子们和吴诚一他们一直玩到几点钟。

广州的早晨开始得很迟，谢青云醒了很长时间，仍然听不到外面里有一丝的声音，她几次开门出来看看，过道里没有一个人，和夜里一样，看看高继扬的门和那些女孩子们的房间也都关着，谢青云不好去叫醒他们，只好在自己屋里等着，等到九点多钟，终于听到女孩子们的声音，她连忙开了门出去看她们，有几个起来了，正余兴未减说着昨天夜里玩得很痛快,见了谢青云,都围上来,一个说:“谢总,你怎么不玩,你又会唱又会跳,怎么早早地走了?”

另一个就推推说话的这一个,说:“谢总累了。”说话间她的脸色眼神,都很有意思。谢青云心里有些发慌,说:“高科长后来没有和你们一起玩?”

女孩子们笑,说:“哪有他的影子,刘先生说……嘻嘻……”

谢青云也不好再追问她们刘先生说的什么,这时候,高继扬的门也开了,女孩子嘻嘻哈哈笑作一团,高继扬不知她们笑的什么,朝自己身上看看,以为衣服穿错了,女孩子们越是笑得厉害。

高继扬没有发现自己有什么不妥,就对她们说:“一早起来就嘻嘻哈哈,真开心,快去梳梳洗洗,一会儿刘先生来请喝早茶。”

女孩子们全回到自己房间去梳洗打扮,高继扬看谢青云的样子,知道她早已经起来,问道:“怎么不多睡一会儿?”

谢青云说:“早晨睡不着。”

高继扬说:“夜里睡得好吧?”

谢青云说:“还好。”

高继扬好像迟疑了一下,问道:“昨天晚上是不是你给我打电话的,我们回来后大概半个多小时的样子,我在洗澡,好像听到有电话铃声,出来接,已经挂断了,我想可能……可能是你有什么事情。”

是我打的,幸亏你没有接着,接着了我也不知道对你说什么好,我没有事情。

谢青云有些不自在地摇摇头,说:“不是我打的,我昨天很累,洗过澡就睡了。”

她说这话的时候,感觉到有一丝失望从高继扬的眼睛里掠过,她心里觉得有点对不起他。

高继扬想了想，说："会是谁呢，广州我并没有什么很熟的人呀，而且，而且，我刚刚到，谁会知道我的住处。"

谢青云避开了高继扬的眼光，说："会不会是吴诚一他们叫你去玩？"

高继扬说："不会的，说好了的，再说他们也知道我并不很喜欢……"

谢青云见高继扬很认真地对待电话声，她把话题扯开去，说："今天一定不要忘记请刘先生把徐丽丽找来，如果她很忙，我们去看看也行。"

高继扬说："等刘先生一来就跟他说。"

到将近上午十点钟，刘先生才来，带着谢青云他们去喝早茶。十点多了，广州的早茶正是热闹的时候，喝早茶的时候，刘先生说："谢总和高先生，今天就安排你们去深圳。"

谢青云看了高继扬一眼，说："今天就去？"

刘先生说："本来是准备先请你们在广州玩几天，再往深圳珠海去转转，因为深圳那边的证不太好办，我们很早就开始托人，结果办早了，反正一样的，你们先去深圳珠海转一圈，回来再在广州住几天，一样的。"

谢青云说："那也好。"她指指女孩子们，问，"她们呢？"

刘先生说："小姐们恐怕没有时间了，要玩，也只能等到以后。"

谢青云说："我是说她们的工作都落实好了？"

女孩子们都说，我们不玩，我们先把工作落实下来就定心了。

刘先生说："已经都安排好了，接小姐的人，今天就来，等谢总你们从深圳珠海回来,她们已经大出风头了。”

女孩子们都笑。

谢青云说:“那就好。”

刘先生说:“本来是要请你们到我们公司看看,看看我们的环境,也好增加一些对我们的信任,可是往深圳去的车票已经买到了,是中午十二点的,今天来不及了,反正回头你们还在广州住,到时候再请你们去我们的公司,实地考察一下,也免得你们对我们公司不放心。”

谢青云说:“刘先生说哪里话,我们要是不信任你,会把这么多女孩子送过来给你?”

谢青云注意到高继扬神色有些异常,小高,你怎么的,你到底想说什么,你到底为什么心事重重,为了我个人、家庭生活吗?你应该把话说出来,说出来,什么事情我都能够应付的。

我一定找个机会和他说说。

刘先生看着高继扬说:“高先生,你说呢?”

高继扬说:“是。”仍然是很木然的样子。

喝过早茶,刘先生说:“谢总,吴总要安排小姐们的事情,深圳珠海他不能陪你们去了,我们公司人手虽然不少,但是事情太多,他抽不开身来,我代他陪你们去。”

谢青云说:“好的,好的,已经够麻烦你们的了。”

谢青云高继扬他们就要直往火车站去,和女孩子们告别的时候,谢青云看见有几个女孩子眼泪汪汪的,她的心里猛地泛起一阵酸痛苦涩。

这是为什么?好像有一种生离死别的感觉,不应该呀,完全不应该呀,女孩子们在这个地方会有她们的前途,会有她们美好的未来，我为什么如此心酸？

谢青云和女孩子们一一握手道别，一一关照了许多话。刘先生说："谢总真是菩萨心肠。"

谢青云说："我带她们出来，我要对她们负责的，我放心不下。"

刘先生说："你把她们交给我，你不放心？其实不必，有什么事情你只管找我就是，我又溜不掉的，我要是把哪一位小姐伺候得不好，你尽管找我是问。"

谢青云说："刘先生，那就拜托你了，她们都是第一次出远门，以后要在这里生存下去，很不容易的，吴总和刘先生一定要多关心多帮助她们。"

高继扬站在一边始终不说话。

刘先生说："你们尽管放心就是，时间差不多了，走吧，不要误了火车。"

谢青云这才上车去，上了车，又探出头来，说："我们从深圳回来再去看你们。"

女孩子们依依不舍，说，谢总，你早点回来。

谢青云的眼睛有些湿润。

高继扬的情绪很沉闷。

谢青云说："不知道为什么，我心里总是有些不踏实。"

刘先生很理解地说："这很正常。"

谢青云问道："刘先生，说好今天找徐丽丽来的，我们走了，她不是白跑一趟吗？"

刘先生看高继扬一眼，高继扬说："你没有通知她一下，让她今天别过去了，等我们回来再说。"

刘先生说："对了，我倒忘记了，到车站我给吴总打个电话，让他通知徐丽丽过几天再来。"

到了车站，刘先生就去打电话，打了电话回来对谢青云和高继扬说："吴总还没有到公司，倒是徐丽丽已经到了，我直接跟她说了，她听说谢总和高先生来了，好开心，要到车站来看你们，我叫她不要来了。"

谢青云看看手表，说："来不及了。"

刘先生说："是来不及了。"

谢青云说："哎，其实，刚才我应该自己去打电话，我应该和徐丽丽说说话，她现在不知走了没有？"

刘先生说："大概走了吧，她很忙的，很走红啦！你们那地方来的，在我们广州，都很红啦！"

刘先生也看出谢青云的心思，想了想，说："谢总若不放心，我再打个电话到公司去问一问，也许她还没走，要是没有走，你和她说话。"

谢青云说："好，我和你一起过去，小高你在这看着东西。"

刘先生犹豫一下，说："还是高先生和我去，若徐丽丽在，让高先生回来喊你，免得谢总来回跑，电话亭有一段路呢。"说着便盯着高继扬。

高继扬勉强地说："好吧。"跟着刘先生一起过去打电话，一会儿两人都回来了，说电话过去时，徐丽丽刚刚出门，公司的人追下去喊也没有喊到。

刘先生说："只好等从深圳回来了。"

谢青云说："只好了，刘先生，你告诉徐丽丽我们回头还在广州住吧。"

刘先生说："那当然，都讲好了，她叫你们一到广州马上告诉她。"

谢青云松了一口气，看高继扬时仍然眉头不展，并且刘先生也注意到高继扬的情绪，有些不高兴的样子，谢青云不知道怎么办好，觉得高继扬这样对待刘先生吴诚一，有些不妥，但感觉奇怪，高继扬绝不是一个不讲道理的人，他总是有什么心思，他总是不说话。

小高，你从前也是这样的吗？

不，你从前不是这样的，我第一次见到你，是在阿飘那儿，你风度翩翩，谈吐自如，言行都很得体大方，你既不像田茅那样贫嘴，也不是乔江那种闷葫芦，别说阿飘引你为自豪，就是我们，作为阿飘的朋友，我和温和都为阿飘高兴。

真的。

小高，现在你怎么了，你从什么时候开始变的，我怎么没有注意到，你一直在关心着我，注意着我，这我知道，但我却没有关心你，注意你，从什么时候开始……

"小高，你回来了！"你几乎扑上前来，你紧紧地握住我的手，"我终于回来了！"

可是，你不知道，去广州的小高和从广州回来的小高已经不是同一个人了。

"小高，一切都顺利吧，一直没有音信，我很急，不知你出了什么事。"谢青云有一肚子的话要问，小高也应该有许多话该向她说的，但是高继扬只说了一句："一切都按照原来的计划，没有什么别的事情。"

我看到你长长地出着气，你放心了，松懈了，是的，一切都由我替你承担了。

我自找的。

我愿意。

我活该。

你是为你的事业成功高兴,你并不是为我的归来而高兴,我是知道的,我本来就知道你,但是我仍然愿意……

“小高,你怎么了,既然事情很顺利,你怎么,情绪好像……是不是太累了,你……小高,我代表我们形象公司,也代表我自己……高,你——”

高继扬摇摇头,深深地凝视着谢青云,一言不发。

想起来了,就是从那时候,从那次广州之行回来以后,你就变了,你不再说话,你沉默了。

为什么?

他们到深圳和珠海各住了两天,那边的一切也都由刘先生他们派人事先联系安排妥当,不要谢青云高继扬费一点心,刘先生又给他们介绍了几家公司,都是平时和吴诚一他们有业务往来的一些部门,打听到吴诚一他们招广告模特的事情很顺利,都一一找上谢青云和高继扬,也希望和他们发生些联系。初步谈了一下,觉得可行性都比较大,而且除了广告模特之外,还可以有多种合作可能。谢青云看到形象公司能在广州深圳有这样的发展前景,情绪也好起来,签了几份意向书,每天有当地人请他们吃喝玩乐,陪他们逛商店。

谢青云一进商店先想到的总是儿子和乔江,给儿子和乔江买了许多东西,也给婆婆买了些东西,高继扬一一看在眼里,最后忍不住说了一句没头没脑的话:“……不懂得珍惜呀。”

但是谢青云明白他的话,她的眼泪直往外涌。

一天回到住处，高继扬从提包里拿出一件衣服，说：“青云，你不能只想到别人，这是我送给你的。”

谢青云一看，是一件很高档的真丝连衣裙，这件衣服挂在一家精品屋，他们进去的时候，谢青云曾经多看了几眼，但是觉得价格和货物的比值太不平衡，也就没有太放在心上，想不到高继扬会这么细心……你对我的关心、呵护……我真是不知说什么才好。

“不，我不能要你的东西，这么贵重的。”

高继扬笑了一下，说：“不贵的。”

谢青云说：“我看到了价格的。”

高继扬说：“贵就贵一点，只要你喜欢。”

谢青云说：“我不能要，你并没有很高的收入，这我知道。再说现在阿飘她也不好好工作，你不能这样……”

高继扬说：“我已经买了。”

谢青云说：“你给阿飘吧。”

她说这话的时候，看到高继扬的眼睛慢慢地有些湿润了，他低下了头，没有再说话，谢青云觉得一阵心酸，连忙把衣服拿过来，说：“好吧，我收下。”

高继扬惊异而又欣喜地看着谢青云，一时竟有些不知所措。

第二天谢青云给高继扬买了一件名牌T恤，高继扬也没有多说什么，就收下了，谢青云还给阿飘和温和各买了一件衣服，但是她没有把衣服交给高继扬让他带给阿飘。

从珠海回广州，吴诚一来接他们，下榻的不是第一次住的那一家酒店，换了一家，当然同样是很高档的。一见面吴诚一就告诉他们，回去的飞机票已经订好了，两天以后走，这对早已经归心似箭的谢青云来说真是喜出望外。

吴诚一看着谢青云欣喜的样子,说:“谢总真的急于回家了?”

谢青云点点头。

吴经理说:“还是家的吸引力大呀,还是丈夫……”

高继扬连忙对吴诚一使眼色,吴诚一停下来,看着谢青云变了色的脸,有些尴尬,他笑了一下,说:“其实,我如果是个女人,有高先生这样的男人相助……”他看到不仅谢青云的脸色不对,连高继扬的脸色也变了,这才停下。

谢青云努力克制着自己的情绪说:“吴总,我们那批女孩子,怎么样?”

吴诚一说:“很好,很顺利,都已经到位。”

谢青云问:“已经不住在那家酒店了?”

吴诚一说:“已经到位就是已经到了自己的工作岗位,都有了自己的住处。”

谢青云问:“情况怎么样?”

吴诚一说:“像她们这样的女孩子可不是一般到广州来的打工妹,一般都是两三个合住一个套间,一人一个房间,合用厨房卫生间。”

谢青云说:“那是很不错的。”

吴诚一说:“那是,这么漂亮的女孩子,千里挑一万里挑一也挑不到呢,哪能亏待了她们。”

谢青云说:“这样我们也就放心了,回去也好向她们父母交代。”

高继扬在一边一直不说话,吴诚一看着他笑,说:“高先生怎么了,变沉默了呀,是不是因为谢总在场,上次来,可不是这样的呀。”

高继扬明显地不自在，仍不说话。

谢青云也说：“小高，有什么想法你说说，你来过一次，情况比我熟。”

高继扬想了想，说：“还有两天时间在广州，我们能不能去看看她们的工作环境。”

吴诚一说：“当然，我们一定安排。”

谢青云刚想说徐丽丽的事情，吴诚一已经先说出来了，说谢青云他们去深圳珠海期间，他们又和徐丽丽联系过一次。

高继扬突然有些着急地问道：“怎么样，联系上了？”

谢青云看着高继扬，心里想着吴经理的话，如果我是个女人，有高先生这样的男人相助……

吴诚一说：“都说好了，你们放心就是，明天让刘先生带你们过去。”

谢青云和高继扬互相看了一眼，高继扬眼神仍然暗淡，谢青云却觉得吴诚一考虑得十分周到，把他们要说的话，要做的事情都落实好了，他们好像再也想不出什么事情要吴诚一办了。

到第二天上午，刘先生照例到酒店来陪他们吃早茶，不急不忙地吃了早茶，就坐上车子去看望徐丽丽，说事先已和徐丽丽通过电话，上午她不走开。车子到了一幢公寓前停下，刘先生说：“就在这里，十七层。”

他们坐电梯上到十七层，敲开门，开门的却不是徐丽丽，而是另一个和徐丽丽年纪差不多的姑娘，看到他们，就问：“你们是不是来看丽丽的？”

刘先生说：“是，她人呢？”一边说一边朝里边张望。

那姑娘说："哎呀，刚刚出去，宏达的老总亲自过来请的，今天剪彩，原来定下的三个小姐中有一个突然病了，所以急急忙忙把丽丽拉去了。"

刘先生有些不高兴，说："怎么能这样，说好了的，早晨我还和她通过电话，她也知道家乡有人要来看她，说好上午不走的，怎么能这样说话不算数。"

那姑娘说："她也是没办法，宏达是得罪不起的，来请，就是大面子了，我们要想在这里混，不能得罪宏达的。"

刘先生说："这倒是的，不过，她总该……"

那姑娘说："您别急，她有条子给你们的，是写给谢总的，哪位是谢总呀？"

谢青云点点头。

那姑娘领着他们三人推开一扇房门，说："这就是丽丽的房间，条子在桌上，你们自己看吧，她临走时关照的，叫你们留下住的地址，她去看你们。"

谢青云他们进房间一看，果然看到桌上有一张条子，上面写着：

谢总：

听刘先生说你们来了，很想去看你，一直抽不出时间，今天本来一心等你们来的，临时又有事情，实在是对不起。

我在这里一切都好，你们放心，我妈妈那里，我一定常常写信去。

我现在能在这里发展起来，离不开当初谢总对我的关心和培养，再次表示感谢。有一件衣服，送给谢总，表示我的一点小小的心意。

徐丽丽

×月×日

看了信，谢青云不知怎么一时竟说不出话来，刘先生和高继扬也愣了一会儿。过了一会儿，和徐丽丽同住的那个姑娘过来，拿着一件衣服，说："这是丽丽给谢总的。"

谢青云接过衣服，还是说不出话来。刘先生笑了一下，说："谢总的心情我也能理解，不过谢总不要担心，我们再给她留个条，叫她回来后就和你联系。"

谢青云听刘先生说话，心里却有一种感觉，我见不到徐丽丽，我见不到她，三番五次地不让我见到她，是谁在阻拦？没有人在阻拦，刘先生也很着急，奔前奔后的，即使他并不是真的为我们着想，他从自己的信誉方面考虑也应该会努力办成这件事情的，可是一而再再而三地见不到徐丽丽，是谁在阻拦，好像不是一种人为的力量，有一种看不见摸不着的力量，是天意？

刘先生看着房间墙上的照片，说："这是徐丽丽最近拍的照片吧？"

和徐丽丽同住的姑娘也看看那些照片，说："是，好漂亮是不是？"

谢青云也四下里看了一看，墙上有好些徐丽丽的近照，真是好漂亮，光彩照人，笑得十分灿烂。谢青云看到这些照片，心里稍稍松了一口气，从照片上看，徐丽丽过得不错。她回头对和徐丽丽同住的姑娘说："我们明天还有一天时间在广州，她回来，请你一定告诉她我们的住处，请她和我们联系。"

那姑娘连连点头，说："谢总放心。"

谢青云他们回到酒店，高继扬忧心忡忡，怎么也提不起精神来。等刘先生一走，谢青云说："你怎么了，是不是因为见不到徐丽丽你不放心？"

高继扬点点头。

谢青云说："不会有什么问题的，住的地方，照片，写的信，这衣服……"

高继扬摇头。

谢青云是想劝劝高继扬的，可是一说这件事，自己的心情也越来越不宁，问道："你想会有什么事吗，我知道你心思重……"

高继扬说："我有一种不太好的感觉，为什么几次想见徐丽丽都见不到？"

谢青云低声道："是的。"

你事事和我想在一起了。

谢青云说："也许她真的很忙，很走红了。"

高继扬皱着眉说："会不会……"

谢青云看他欲言又止，问道："你想说什么，会不会什么？"

高继扬说："会不会吴诚一他们……有什么事情瞒着我们？"

谢青云前前后后想了想，摇了摇头，说："看起来不像，找不到徐丽丽他也和我们一样的急，不会搞什么鬼的。再说，有什么鬼好搞呢？"

高继扬又不作声了。

谢青云又说："他能搞什么鬼呢？本来我真是有点担心的，不过去看看徐丽丽住的地方，我放心了不少，要是徐丽丽有什么不好，那房间也不可能这么像模像样的，我看那些照片，是最近拍的，都很开心的样子。”

能不能伪造一个现场？

伪造一个现场是一个很简单的事情。

我不知道。

谁不知道？高继扬不知道还是谢青云不知道？

谢青云说：“反正明天还有时间，我们争取明天一定找到徐丽丽，谈一谈，我已经把她那边的电话记下了，晚上我们自己直接和她联系，这样更好些。”

高继扬点点头，谢青云看着他，心里觉得很温热。

晚上刘先生带了两个第二批过来的女孩子来看谢总和高继扬，谢青云问了问她们的情况，都说很好，公司给她们两个人配一个大套间，里面家具什么都是现成的，已经开始接触工作，并且都已经先发了三分之一的月薪，两个女孩子都给家里带了些小礼物，请谢总高继扬帮她们带回去。刘先生看着她们笑，说：“幸亏我只带你们两个人过来，要是所有过来的人都来看谢总，谢总回去给你们背礼物也背不动呀。”

两个女孩子不好意思地笑。

谢青云说：“其他的人，你们知道她们好吗？”

女孩子说其他的也都到了自己的地方，都还没有联系上，分手的时候说好一个星期以后互相联系的，还没有到一个星期呢。

刘先生送走女孩子回来，谢青云说：“刘先生，飞机票还没有拿到？”

刘先生说：“你们放心，已经说好了，肯定有的，不会耽误你们的。”

谢青云说：“不拿到手总是有点不踏实的感觉。”

刘先生说:“反正要到后天才走,明天一定能拿到。”

刘先生又坐了一会儿,也告辞了。

刘先生走后,高继扬就按白天抄下的徐丽丽那边的电话号码给徐丽丽打电话,可是一直没有人接电话,高继扬脸上又呈现出一种担忧的神色。

谢青云说:“广州的习惯,夜生活这么丰富,她们不大可能早早地就守在家里的。”

高继扬说:“也许吧。”

高继扬离开谢青云房间的时候,仍然心事重重,为了徐丽丽的事情谢青云自己心神不宁,也不知怎么再去劝高继扬,高继扬走到门口,停顿了一下,谢青云说:“小高,你有什么事情,没有说出来?”

高继扬似乎有些紧张,愣了一会儿,说:“没有,没有什么事情。”

谢青云不好再多说什么,高继扬回自己房间去,谢青云感觉出他有一些失落,但更多的不是失落,而是,而是什么,谢青云抓不住那种感觉。

睡到半夜,谢青云突然被电话铃吵醒了,她开了灯,先看了一下表,深夜两点,电话铃在夜深人静的时候真是有些惊心动魄,叫得谢青云心直跳,她去抓话筒的时候,想到几个人。

高继扬?

徐丽丽?

吴诚一?

“喂?”

没有声音。

谢青云的心跳得厉害起来,她突然想到一个人,但是,绝不会的,绝不会是乔江,他不知道她的住处。

谢青云有些泄气:“喂,是谁?”

还是没有声音。

再问一遍,仍然无声。

谢青云突然害怕起来,这地方半夜骚扰的事情常有发生,她又问了一声:“你是谁?做什么?”她听出自己声音已经有些发抖。

过了片刻,话筒那边传来一阵奇怪的声响,谢青云慢慢听出来,好像是一种压抑着的哭泣,是一个女人在哭,谢青云心里猛地一惊,连连说:“你是谁,你快说话!”

始终没有说话。

只有压抑的抽泣。

不管谢青云怎么问,怎么说,电话那头始终没有说一句话,一直过了两三分钟,那边才把话筒搁了。

谢青云再也睡不着了,胡思乱想了很久很久,一直到天亮。

天刚亮,就听到高继扬来叫她的门。谢青云连忙去开了门,看到高继扬一脸奇怪的神色,谢青云说:“你怎么啦?”

高继扬说:“这饭店的电话不对头。”

谢青云一惊:“怎么?”

“昨天半夜,我给你打电话,你的电话怎么会占线呢,不可能的。”

谢青云问:“几点钟?”

高继扬说:“两点钟吧,一点五十分刘先生打来电话,告诉我,飞机票的时间弄错了,不是明天,是今天的,上午九点就起飞,我怕早晨起来再告诉你太迟,就往你房间打电话,怎么会占线呢?我想到你这边看看,可是又……”他不再往下说。

谢青云说:“两点钟的时候,正有人在电话里向我哭。”

高继扬猛地一惊,说:“谁?”

谢青云摇摇头,说:“我不知道是谁,她不肯说,一句话也没有留下,只是哭。”

高继扬警惕地看着谢青云,说:“是个女孩子?”

谢青云说:“听声音是的。”

高继扬两眼发直,自言自语地道:“怎么会……怎么会……我就一直在想这事,我一直在想……”

谢青云紧张地盯着他,问:“你是不是说,徐丽丽……”

高继扬慢慢地说:“我觉得不对头,我一直在想徐丽丽的事情,怎么这么不凑巧,就是见不到她。”

谢青云说:“会不会是徐丽丽? 如果是她,她为什么不跟我说话?”

高继扬说:“有可能,现在这边乱,什么事情都有可能发生,我们……可是吴诚一已经定了今天走的机票,我看,我们还是把票退了,把情况了解清楚再走。”

谢青云说:“买票很不容易,而且你现在提出退票,吴诚一他们一定会觉得我们是对他们有所怀疑,再要买票恐怕更难了,我再不回去,公司那边急死了,有好几件大事要回去拍定……我也急死了,怎么办呢,怎么回事……”

高继扬想了半天,说:“或者,你先回去,我留下来,尽可能把徐丽丽本人找到。”

谢青云犹豫了一下。

高继扬说:“你不放心我?”

你怎么会有这样的想法，我对谁不放心也不会对你不放心的，我只是觉得把你一个扔在这里，如果真有什么事情，我不知道……我心里有一种不太好的预感……我不知道怎么跟你说……

高继扬说："如果你不是对我不信任，你就让我留下，你先回去。"

谢青云慢慢地把手伸给高继扬，说："好的。"

高继扬也紧紧地抓住谢青云的手，一直没有松开，突然刘先生冲进来，急吼吼地说："准备好了没有？快走吧，怕路上塞车，广州现在的交通也是……"

高继扬说："我今天不走了，先送谢总走。"

刘先生一愣，看看谢青云，又看看高继扬，说："出什么事情了？"

高继扬抢在谢青云前面说："没有什么事情，是我自己的一点私事，昨天联系上一个亲戚，一定让我再待几天。"

刘先生松了一口气，随即又叹了口气，说："哎呀，飞机票真不好弄，高先生如果还要住几天，我们还要另外再求人买票。"

高继扬说："要是刘先生这边有困难，我可以请我的亲戚想办法。"

刘先生说："那就太好了。"

谢青云看着高继扬，高继扬知道她的心思，说："你放心，我会有办法的。"

谢青云进入机场，准备登机的时候，回头看到高继扬还在候机大厅的玻璃窗里向他挥手，谢青云的眼睛里涌出一层泪水。

谢谢你。

你走了。

你知道你把我扔在一个什么样的地方,什么样的环境里?

你知道我将要应付的是什么样的事情?

你知道我为什么让你一个人先回去,难道我不想和你同机飞回去?

一切,你还是不知道的好。

其实,一切,我自己又知道多少呢,我真的不知道我怎么会走到这一步。

“小高,听说你马上出差去广州?”

“是的。”你知道我听到你的声音是多么的……

“求你件事。”

我愿意为你做任何事情,可是你却从来没有求过我。

你第一次求我,我第一次替你尽力,就把我……不必再追悔了,一切都是命定的,我只能这样往前走,不能后退,也不能往后想。

不想了。

高继扬站在候机室的玻璃窗外,看着谢青云走入通道口,谢青云的身影消失了。

肩上被人拍了一下。

他知道,是刘先生。

第 24 章

同座的乘客一直试图和谢青云说说话，几次侧过脸，看着谢青云，说，脸很熟，好像在哪儿见过你。谢青云勉强一笑，说，也许认错了人。同坐又认真地看看她，说，是很熟的，他像模像样地想了一会儿，恍然大悟地笑起来，很兴奋地说，我知道了，我知道了，肯定的，你是演员，很有名的演员，对不对？所以我们认得你，你认不得我们。谢青云摇摇头。不是，不是演员？挺像演员的，真的像，至少，是搞文艺工作的。谢青云再摇头。也不是？那就猜不着了。同座沉默了一小会儿，又四处看看有没有可以说说话的人，看了一圈，大概觉得都不如和谢青云说话有意思，便又回过头来，开始有些行动，将飞机上的杂志递给谢青云，一会儿又递一张报纸；空姐送饮料时，便主动问谢青云要哪一种，谢青云说要茶，同座马上应和道，茶，和我一样，对别的饮料不怎么感兴趣，我也是要茶，一般坐飞机我都要茶，我们同事都说我傻，其实什么傻不傻，爱喝什么就喝什么，顺其自然，对吧？没有什么比顺其自然更舒服的了，你说是不是？我看你的样子，也是个顺其自然的人。谢青云微微一笑，想喝口茶，同座小心地说，别看大吊子里出来的，还挺烫，小心烫着……谢青云听这话时，心里一动，从区法院出来那天，高继扬在等着她，他们一起到咖啡屋去喝咖啡，高继扬也说，小心烫着……小高，此时此刻，我回家了，却把你一个人扔在那个陌生的地方，不知会发生些什么事情，不知会有什么结果……吴诚一诚恳的笑，踏实细致的办事作风……刘先生忙前忙后……怎么也见不着的徐丽丽……半夜电话里的哭声……谢青云心乱如麻，小高，你能应付吗？

我走开了，把小高一个人扔在那里，我怎么能这样，我有什么权利这样做。可是，小高，你又为什么要这样，你为什么要这样对我？

同座仍然不死心，虽然只两个小时的路程，可是他分秒必争，看起来不同谢青云搭上关系是不肯罢休的了。谢青云实在没有说话的欲望，但是拗不过这个耐心特好的同座，终于说了自己的工作单位。同座两眼立即放出光芒来，大声地道，我一猜就猜出来，形象公司，你是谢青云总经理，其实我早就想说了，你一上飞机我就猜到了，我一看你的样子，觉得你就应该是谢青云总经理……

谢青云虽然心头沉重，但也有些憋不住，尽量忍住笑意，脸上却露了些出来。谢青云一笑，同座更来劲，嚷嚷起来，引得前后的乘客都勾着头过来看。谢青云有些不自在，低下头去，她的同座却昂首挺胸地为谢青云骄傲着。

到广州谈生意吧？

是的。

什么生意？肯定是很大的事业？

也没什么，一般性的合作往来。

谢总谦虚，以形象公司这样的来头，以谢总这样的派头，小敲小打的事情是不会做的，对吧？

也不一定。

同座好像根本看不出谢青云不想说话，喋喋不休地说着，谢青云耐着性子应付，后来实在耐不住，便打了个哈欠，同座马上说，谢总辛苦，出差是很辛苦的，特别像你们这样的人，一定很辛苦，说着看看手表，说，还早着呢，你可以睡一会儿，快到的时候，我叫醒你。谢青云说，谢谢。刚要闭眼，同座又说，怎么，谢总一人出差？谢青云说，还有人留在广州，我先回来，有些事情。同座坐了起来，说，归心似箭啦，看谢青云脸上没有反应，又说，我也是，平时在家想出差，一出差就想回家……

回家……谢青云慢慢地闭了眼睛，家，一种温馨的感觉弥漫开来，往心里去，往全身去……可是，温馨的家，已经永远地离她而去了。

她摆脱了同座唠叨的烦恼，却又陷入了另一种无声的烦恼，现在的家里，虽然是有儿子和婆婆在等着她，可是以后呢？以后漫漫无期的日子呢？谢青云微微地叹了口气，被警觉的同座发现，连忙道，谢总是不是身体不好，我看你脸色不怎么好？谢青云睁开眼睛看看手表。同座说，快了。

快了，就要到家了，谢青云忍不住想，儿子见到她时怎么欢呼雀跃，婆婆也许给她准备了热菜热饭，出门好多天，最最向往的就是吃上一碗自己家里做的清汤细面，很宽的汤，放一点青蒜或小葱，别的什么也不要，这就是家。

虽然乔江不愿意再回来，但是有婆婆和小晶在，家还是一个家。

飞机终于到达，谢青云走出机场，同座在她一边走着，一路说着再见、珍重之类的话，最后他先走了出去。谢青云看着他消失在人流中，松了一口气，但同时，心里突然有些依恋的感觉，莫名其妙。

小郭已经迎了上来，一路很顺利，没多长时间，就到家了。谢青云直奔家门，敲门，却没有人开门，小晶上学去了，婆婆也许上街买东西了。她掏出钥匙开了门，屋里收拾得干干净净，整整齐齐。谢青云一眼就看到桌子上搁着一张字条，她几乎是扑了过去，拾起字条来看。

他们又走了。

乔江出差回来了。

谢青云浑身发软，一下子坐倒在沙发上，半天没有动弹。

前天给婆婆打电话时，婆婆还没有说起乔江回来他们就要住回去的事情，现在他们突然给了她一个打击，谢青云孤零零地坐在空空的屋里，心里又酸又疼。

为什么要这样，走了就走了，又让小晶回来住几天，突然又离去，你们是不是在折磨我？

当然不是。

你们又把我一个人扔进孤独的无底的深渊。

谢青云默默地坐着，脚边放着两大包的东西，都是买给乔江小晶还有婆婆的礼物。

他们不要。

谢青云想给婆婆那边打个电话，可是一拿起话筒她就没有了说话的勇气，慢慢地搁了电话，仍然坐着，也不知坐了多久，从早晨起到现在还没有吃东西，飞机上发的点心她一动也没有动，那时候她一心想着家里的清汤细面，别的什么也不想吃，现在她很想站起来给自己做一碗面吃,可是她的双腿很沉很沉,站不起来。就这么坐下去,坐到何时?

我不知道。

谢青云半靠在沙发上,迷糊了一阵。

电话铃响起来。

谢青云飞快地过去抓起话筒,同时她看了一下钟,已经是下午四点多钟了,她吓了一跳,我睡着了,睡了几个小时,就这么躺在沙发上,我真的很累很累?

我的心很累。

"喂?"

是高继扬,只有他还惦记着我。

"喂,你怎么不说话?"

谢青云说:"是我,我到家了……"

高继扬说:"还好吧,路上顺利吧?"

谢青云想哭,她说不出话来。

高继扬感觉到谢青云不正常,很不放心地说:"有没有什么事情?有什么事情你说呀。"

我怎么跟你说,跟你说了又有什么用,我需要的东西是说不来,要不来,帮助不来,努力不来,永远不能来的了。

高继扬说:"小晶又回那边去住了?"

是的,你总是能明白我的心。

高继扬停顿下来,不说话了。

谢青云反问了一声:"喂?"

高继扬才又说:"你这样下去,怎么办呢?已经过去了的生活,你……拉不回来了……"

谢青云没有说话。

“我知道我不能完全体谅你的心情,但是我还是要劝你……”

谢青云努力地镇定了一下,说:“你说得对,已经过去了的生活,是拉不回来的,我不能再这样下去……”

高继扬有好一会儿没有出声。

谢青云振作了一下,说:“你放心。”

高继扬还是没有作声。

谢青云的心突然又紧张起来,说:“你那边,事情怎么样?徐丽丽,你见到了没有,她好吗?”

高继扬在电话里仍然犹豫着,好像有什么话不大好说的样子。

谢青云说:“你快说呀。”

高继扬说:“详细的我只能回来跟你说,总之是有些问题。”

谢青云说:“什么问题,你见到徐丽丽了没有?”

高继扬说:“我还没有见到她,但是,但是……”

“什么?什么?你说呀,有什么事情你不能瞒着我!”

“没有什么,我和徐丽丽已经电话联系上了。”

谢青云问:“怎么样?”

高继扬说:“听上去还好吧,但是我总觉得她有些难言之隐……”

谢青云说:“怎么?”

高继扬又停顿了一下,说:“反正……反正……现在,现在我还很难说,我想再待两天,再摸摸情况,徐丽丽没有跟我说实话,至少她没有把主要的情况告诉我,我想再做做她的工作,已经和她约好见面。”

谢青云听高继扬说这样的话,一方面觉得有点摸不着头脑,另一方面又感觉到一些什么，心里愈发地紧张。

高继扬说："不过，你也不用担心，这边的事情我一定弄清楚了再回来，我会对你有个明白的交代的。"

谢青云说："是不是……"

高继扬打断谢青云的话，说："你现在千万不要乱想，胡思乱想对你不好，你本来心里已经够乱的了，徐丽丽的事，就放心让我来……对了，我想问一问，田茅和你联系上没有？"

田茅，他问田茅做什么？

"没有，我回来就睡了一会儿，一直到你来电话，什么人也没有联系。"

高继扬说："那就好。"

谢青云不明白高继扬说"那就好"是什么意思。

高继扬说："徐丽丽的事情，最好先不要跟田茅说，好吗？"

谢青云猛地觉得心里一刺，难道徐丽丽的事情会和田茅有什么关系？人是田茅介绍过去的。

谢青云说："怎么回事，是不是田茅和这事情有什么牵连？"

高继扬顿了顿，后来他宽宽地"嘿"一下，说："你不要多想，没有什么事情，也许只是一场误会，我想田茅也不至于做什么不好的事情……"

谢青云说："是不是你发现了什么？"

"……没、没有，没有什么……"

高继扬越是吞吞吐吐，谢青云越是感觉到出了什么问题，她知道高继扬怕她着急，不肯如实说出来，但是你不明白，你越是不肯说，我越是着急。

高继扬，你到底怎么了？

高继扬说:“我挂电话了,有什么情况我会马上告诉你的,晚上你在家吧?”

谢青云慢慢地点点头,她一时忘记了是在电话里和高继扬说话,高继扬根本看不到她的点头。

但是高继扬能够感觉到,他说:“好吧,晚上我再给你打电话。”

刚刚放下电话,谢青云就听见有人敲门,开门一看,是公司办公室的张主任和人事部的向主任,见了她,向主任说:“我们敲了一会儿门,还以为你不在家,刚要走。”

谢青云说:“我刚刚在接一个电话,没有听到你们敲门。什么事情,我一到家你们就找上门来了?”

张主任说:“来查我们公司了。”

谢青云说:“谁来查,查什么事情?”

张主任看看向主任,向主任说:“也没有什么大事,也不说明白查什么,只是了解我们公司的经营业务情况,事无巨细,样样都要问。今天、昨天,已经查了两个整天,公司里的人都有些担心,人心惶惶的,以为出了什么事情。”

谢青云说:“是哪个部门来查的?”

向主任说:“好几个部门一起来的,有税务、工商、公安……”

谢青云说:“怎么会有公安?”

向主任和张主任一起说:“连我们也吃不透,不知道什么地方出了问题,我们都一向小心从事的。”

谢青云说:“不要紧张,没事的。走吧,我到公司去一趟。”

向主任和张主任都有些过意不去的样子。

谢青云看了看表,说:“现在赶去正好,都还没有下班,我跟大家说说，我们一向奉公守法，按政策办事，交税纳税不会出什么问题的。”

向主任说：“谢总能去说说，再好不过了，我们怎么说大家也不放心。”

谢青云和向主任张主任一起赶到公司，大家正在做下班的准备，看到谢总来了，一个个都盯着她的脸。

我跟他们说什么？说我向你们保证我们的形象公司倒不了？还是说请你们相信我？

谢青云犹豫了一会儿，她终于说：“大家回家吧，明天，后天，再后天，一直到永远，你们都可以正常地上班，只要你们愿意在形象公司做事，你们可以永远地做下去。”

谢青云说话的时候，注意到大家的神色慢慢地平复下来，谢青云说完后，有人小声地议论，即使出了什么问题，谢总会有办法的。

谢青云走进自己的办公室，透过玻璃墙，她看到大家和平时一样说说笑笑下班了。

谢青云的心里却布满了阴云。

张主任跟进来，说：“谢总一说，大家的心里就踏实了。”

谢青云说：“但是事情总还是存在的，张主任，到底为了什么，你不会不知道。”

张主任说：“事情是由这一次你们送去的二十个女孩子引起的，徐丽丽的母亲不知怎么打听到这一次的消息，跑到其中一个女孩子家去告状，说我们送去的女孩子不能回来了，人家家长怎么能不急，跑来问我们，经过我们的解释，又拿出各种合同文本等文件给他们看，家长倒是相信了，可是徐丽丽的母亲居然去向公安局报了案……”

谢青云问:“公司的人都知道了?”

张主任说:“下面并不知道出了什么事情,详情我们一点也没有透露,但是我们急呀,所以知道你回来,马上急着听你那边的消息,你们这次去,见到徐丽丽了吧?”

谢青云沉重地摇了摇头。

我没有见到徐丽丽,我总是见不到她,好像有一只巨大的手在操纵着这一切,但是高继扬说他和徐丽丽电话联系上了,可是他又不能把话说得很明白。

张主任看谢青云心情沉重,也有些紧张了,说:“难道徐丽丽真出了什么事情,那就糟了。”

谢青云说:“不过,依我看,徐丽丽并没有出什么事情,我虽然没有见到她本人,但我们到她住的地方去看了,一切都很好。”

张主任说:“我们再三向他们说明,徐丽丽的母亲精神上有点问题,但是他们……”

谢青云说:“怎么可能凭我们说几句话人家就相信,问题在于我们自己要经得起查。”

张主任说:“那是,但是谢总你也知道,现在有哪一个部门,哪一个单位,不管是谁办的,有谁真正经得起方方面面的大盖帽来查的?”

谢青云说:“这我知道。”

张主任说:“这两天我们尽量地挡着,许多问题做一些技术处理,你也是知道的,可是再往下查,我们也没有办法了。”

谢青云点点头,说:“我会尽快设法挡一挡。”

张主任松了一口气,说:“我们急等你回来,就是为这。”

谢青云笑了一下。

张主任看了看谢青云,又去拿来一大沓文件材料,说:“这是这些天积下来等你签字的,你是不是先看一下。”

谢青云说:“放着吧。”

张主任说:“那,我走啦。”

谢青云点点头。

张主任走出去,又回进来,拿着些东西,说:“这是你的信件,还有一个小邮包。”

谢青云接过来,放在自己提包里,说:“对了,刚才走得急,我从广州还给你们带了些东西,忘记拿来了。”

张主任笑笑。

谢青云看着张主任走出去,整个公司再也没有一个人了,她走到窗前,朝楼下看看,只有小郭的车还停在那里等她,她也应该走了。

谢青云下楼来,看到小郭有些沉闷的样子,不知小郭有什么事情,心想也许时间迟了,小郭等急了,便向小郭道歉,说:“小郭,让你等了。”

小郭没吭声。

谢青云又说:“你送我回去,等一下,我给你从深圳带了烟,刚才从机场回来,急着奔家,忘记了,给你去拿下来。”

小郭看看表,说:“我还有些急事,送了你我马上得走,改日取吧,今天来不及了。”

谢青云说:“你有急事你早说呀,我也不是非要用车回去。”

小郭笑笑,没有做什么解释,过去要开车,谢青云停下,说:“你去吧,我不用车了。”

小郭倒有些愣了,谢总不是心胸狭隘的人,若是,他也不会直截了当地说自己有急事。

谢青云看小郭发愣,说:“本来,公司还有许多事情没有处理,我不能这么早走,怕你等,才下来的。你有事,你去吧,我正要回楼上去处理事情,一大堆。”

小郭问:“不回家了?”

谢青云说:“一样,回家也没有别的事情,也是一个人,也一样是处理这些事情。”

说得小郭有些心酸,不再说话,开着车走了。

谢青云站在大楼前面,看着下班的人流车流,站了好一会儿,才反身回办公室去,坐下来有些发愣,一时不知先从哪里做起。一大堆的材料要看,心里却很乱,一个字也看不进去。看着手边的电话,抓了起来,拨了一个号,那边的呼叫声响了几下,没有人接,心里有些紧张,赶紧把电话挂断,等了一会儿,再拨,仍然是空空的呼叫,叫到第三声,急急地又放下,田茅不在家。

凡是女孩子给我打电话,严萍总是有些想法的。田茅一本正经地说。

你说这个是什么意思?

这应该是很正常,若她没有想法,倒是不正常。

我心虚什么?我从来不会没事找事给你打电话。

所以,只要呼叫声响到第三声没有人接,你就挂断。

莫名其妙。为什么?

一般家里总是由我守住电话的,严萍在家时间不多,在家的有限时间里也得赶稿子。

恐怕,是你的电话比较多的缘故吧。

正是，我的电话多，尤其是女孩子给我打电话很多，所以，跟你说，若听到第三声呼叫没有人接，或者就是没有人在家，或者就是我不在家，严萍会来接，也或者，我在上厕所。

你以为我会相信你这一套，我没事也不会给你打电话，我若有事，打电话我不必避什么嫌。

其实你一定会按照我说的去做。田茅眯着眼睛笑。

田茅真的看我看得很透，以后我给他打电话，每次都鬼使神差，听到三声就挂断。

谢青云看着电话，咫尺之距，但是她不能再打。

谢青云把所有的材料一一看完，该处理的都处理了，抬头看看窗外，外面已经灯火通明，入夜了。

或者，谢青云想，已经漆黑一片，夜应该是黑的。

谢青云想在路边的店里吃晚饭，但实在打不起精神，也不觉得饿，便打了的直接回家去。

你到今天才知道我一直在吃方便面呀，乔江冷言冷语。

是应该冷言冷语。

一个经常靠方便面过日子的人，不可能不冷言冷语。

现在也轮到我了。

谢青云在楼下的小店买了一大堆方便面，抱着上楼去，楼梯上静静的，已经过了晚饭时的喧闹。谢青云慢慢地蹬上楼，在四楼的拐角处，突然看到一个人站在那里。

谢青云脱口叫了出来："田茅。"

田茅上前接过谢青云手里的方便面，笑着说："你一定在想，这家伙怎么知道我回来了，消息这么灵通。”

谢青云也笑了一下说：“我没有这么想，这对你来说很正常，这对我来说也很习惯了。”

田茅看谢青云开门，说：“怎么，你对我已经很习惯了，这么说来，我在你的心目中……”

有人从他们身边走过上楼去，谢青云连忙说：“进去吧。”

田茅走在前边进了谢青云的家，说：“还是老样子，一点看不出是个单身女人的家，很有男人的气息嘛，不过……”他指指方便面，“除了这个。”

谢青云说：“坐吧。”

田茅放下方便面，认真地看了看她，说：“我发现几天不见你，你有了很大的变化。”

谢青云看着他，不知又要说出什么话来。

田茅说：“你自己有没有感觉？首先，你对我的话已经可以不放在心上了，这可是一个很大的进步呢……”

谢青云刚要说话，田茅又打断了她，说：“刚才的问题你还没有回答我呢。”

谢青云说：“什么问题？”

田茅笑起来，终于还是看到了从前的那个谢青云。

“你说你对我已经很习惯，我问你我在你心目中的地位是不是有所提高？”

谢青云想笑，可是她笑不出来，她说：“田茅，你真的不知道？”

田茅说：“什么事情我会不知道，我要是不知道我会来找你吗？你知道我这个人是喜欢避嫌疑的，一个单身女人，我到你家来做什么，你知道我这个人脸皮是很薄的……”

你要是喜欢避嫌疑，这世界上，恐怕再也找不出第二个不肯避嫌疑的人；你若是脸皮薄，这世界上大概也同样找不出第二个厚脸皮了。

田茅说："当然，我这个问题是问得太直露了，女人嘛，总愿意更含蓄一些对吧？好吧不说这事情了，感情的事情是说不清的，还是说说我来找你的目的吧。"

谢青云等着他的下文，他却不往下说了，只是看着谢青云，看了一会儿，说："你有心事，你有事情，我会看相，你的脸色发灰……"

谢青云下意识地摸摸自己的脸。

田茅也摸了摸自己的脸，说："其实我也知道我自己也是一脸的晦气，只可惜看相的人自己不能给自己看。"

谢青云说："田茅不要再绕来绕去了，到底怎么回事，徐丽丽到底怎么了？"

田茅说："徐丽丽，怎么问我，我是徐丽丽什么人呀？"

谢青云冷冷地看着他表演。

田茅说："你们不是说到广州要看徐丽丽的吗？看了没有，说了什么没有？你最清楚。"

谢青云说："没有见到，现在小高留在广州，他觉得这事情不对头，他要弄清楚了再回来。"

田茅古怪地一笑，说："倒是挑了他个好差事。"

谢青云说："什么好差事，我总担心要出什么事情，他一个人在那里……"

田茅哈哈大笑，说："你担心他被黑社会杀了呀，小高也不是吃素的，黑社会不被他吃了才好呢。"

谢青云说："你还有心思说笑，我们公司被徐丽丽的母亲乱告,现在来查我们了……"

田茅说:"你不要急,我是第一被告,形象公司是第二被告。"

谢青云说:"你怎么知道?"

田茅说:"我已经了解过了,徐丽丽她们的关系是我给他们接的,你们公司只不过起了一个培训辅助的作用,就是有事,也大不到哪里去,大不了一个受蒙蔽罢了。"

谢青云说:"那为什么几家联合起来查我们,已经查了两天,还要继续查,这怎么受得了?"

田茅说:"谢总当然是不会让他们查下去的啦。"

谢青云盯着田茅,问:"你说实话,你当初介绍吴诚一到我们公司来,联系徐丽丽她们过去工作,到底做什么?"

田茅做出一副莫大的委屈的样子,说:"天地良心,我可没有把她们卖到妓院里去。"

谢青云张着嘴半天说不出话来。

卖到妓院去?田茅怎么会说出这种话来?

但是田茅的话不能不使谢青云联想到更多更多的内容,她为什么见不到徐丽丽,说她忙,说她走红就能骗得过去了吗?高继扬的怀疑也许真是有些道理,如果里边真的有些麻烦,高继扬一个人留在那里……还有刚刚送过去的二十个女孩子,还有前一次送去的十个女孩子……谢青云简直不敢往下想。

她突然沉闷了,是不是被我说中了什么,我说了什么?我说卖到妓院,田茅想,她正在担心的就是这个。

田茅看看放在屋子中央的两大包东西,说:"这是从广州那边买回来的吧,还没有来得及处理,有没有我的份?"

没有,没有你的份,我给许多人买了东西,该买的都买了,就是没有你的。

为什么？

谢青云想，我也不知道为什么，我从来没有把你放在我的心里。

田茅说："看起来没有我的份，有乔江的吧，其实你给乔江，乔江也不会要你的，还不如给我算了，我和乔江穿衣服的型号尺寸好像差不多吧。"

谢青云气得眼泪在眼眶里直转，但是不知说什么来对付田茅，你就是要把我的心撕碎了让它淌血，你才开心。你是个恶魔。

田茅自己动手把提包的拉链拉开来，谢青云看着他那种无赖的样子，却不知道怎么去阻止他。

田茅抖出一件连衣裙，张开来看了看，说："这是你自己买的？"

这是高继扬送给我的。

"是我买的。"

田茅笑了笑，又摇摇头，说："不像，不像，这件衣服不像是你自己买的，是谁送的吧？"

谢青云过去把连衣裙拿过来，放在另一个地方，放得离田茅远远的，说："你来找我到底是为了什么？"

田茅说："我每次和你说说话，你都会向我提出这样的问题，真是奇怪，难道你不愿意我陪你说说话？"

我不愿意，你的每一句话都在刺我的心，我为什么还要听你说话，受你折磨？

可是，事实上我是愿意的。

他知道我愿意，所以他才会这样对我。

他太厉害了,我弄不过他。

我知道他很厉害,我为什么还要让他不断地靠近我,不断地渗入到我的生活中来?

田茅说:“你心里想的什么,为什么总是不肯跟我说?”

谢青云淡淡地一笑,说:“我想的什么,你难道不是一清二楚吗?”

田茅夸张地张大了嘴,说:“哎呀,你太夸奖我,太抬举我了,我有这样的本事和水平呀?”

谢青云说:“你当然有,只是希望你不要用到歪路上去。”

田茅说:“你说这话,我很感动。你若是心里没有我,你也不必关心我走正路还是走歪路,是不是?不管你承认不承认,我就是这样理解的,可以吗?”

谢青云哭笑不得,说:“随你怎么理解。”

田茅说:“我真是太幸福了,有你这样的好女人关心我,我活在世上还有什么值得期盼的,我死了也没有什么遗憾了。”

你要绕到什么时候才跟我说正题,你每次这样绕来绕去到底是为什么,拿我寻开心,作践我,这些年来,你也作践得够了,你不觉得腻味,我都觉得腻味了。更何况,你要跟我说的事情并不是一件轻松愉快的事情。

谢青云说:“田茅,徐丽丽的事情,你打算怎么办?”

田茅说:“我有什么办法,我来找你,就是想问问你能不能帮我一把,等小高回来,你告诉我一下,我去找他问问。”

谢青云说:“是的,要等小高回来,才可能有确切的消息。我也想问你一句,吴诚一这个人到底可靠不可靠,他在那边到底做什么事情?”

田茅说:“天地良心,我怎么知道吴诚一在那边做什么,你上次给我的吴诚一在广州的地址,明明是假的,骗我呀。”

“不可能。”

“为什么不可能,我托广州的朋友去找了,那地方根本没有什么吴诚一的公司。”

谢青云张口结舌。

“当然,这里边有几种可能,要么是你骗我,怕我抢了你们形象公司和吴诚一的交易,要么就是吴诚一搬了家,还有一种可能——最好没有这种可能——”

谢青云看着田茅,她怕田茅说出那句话,又怕他不说那句话。

田茅停顿了一下,还是说了:“那就是,吴诚一是假的。”

谢青云摇了摇头,吴诚一怎么会是假的。

“他的所谓香港客商身份是假的,他在广州的公司也是假的,也许根本就没有这么一回事……”

这种推理实在可笑,吴诚一明明在广州做他的事业,根本就是有那么一回事的。

谢青云不由笑了一下,说:“再说下去,说不定连吴诚一这个人也根本不存在了?”

田茅一本正经地说:“有这种可能。”

谢青云说:“那么和我们做生意的是谁呢?我这次在广州接待我们的又是谁呢?”

田茅盯着谢青云,问:“你在广州见到他了?”

谢青云说:“你以为我们做事情从来都是不着边际的?”

田茅想了想,又问:“你到他的公司去看过了?就是你给我的那个地址?”

没有，我没有去，几次计划都被冲走了，最后我上了归来的飞机，这是命运的规定，还是人为的安排？

我不知道。谢青云再次回想在广州的种种不凑巧，她的心提了起来，不再觉得田茅的推理很荒谬了，她说："田茅，吴诚一是你介绍来的，他到底是真是假，是存在还是不存在，你应该解释清楚。"

田茅又眯起眼睛，说："怎么，事情还没有出，就开始想着推卸责任啦？"

谢青云也感觉到自己有些急躁了，顿了一下，说："我只是想弄明白吴诚一的事情……"

田茅说："你要问吴诚一的事情，问我，还不如问问小高，他和吴诚一的关系，要比我和吴诚一的关系更密切一点吧。"

谢青云说："怎么会，小高原来也不认识吴诚一，是你介绍给我，小高是通过我才认识了吴诚一的。"

田茅说："那就是了，后来者居上。"

谢青云说："你对小高为什么总是酸溜溜的？"

田茅眯起眼睛看着谢青云，你心里明白。

谢青云避开田茅的注视，说："难道他们就凭一个疯疯癫癫的老太太的几句话，就来找我们的麻烦？"

田茅说："这恐怕要问问你的……前夫，对不起，说错了，或者，是太性急了些，还没有判决，不能说是前夫，还是你的丈夫。其实该问问乔江，不管他仍然是你的丈夫还是你的前夫，问问他是不是还有别的什么原因。"

谢青云叹息一声，说："你也放心不下，你也有对什么事情放心不下的这一天呀。"

田茅笑着说:“你说得出,什么叫也有放心不下的这一天,我对你的事情,从来都是放心不下的,你难道不明白?”

谢青云实在不知道田茅说的是正话还是反话,她没有别的办法,只有闭上嘴。

田茅伸了个懒腰,看看手表,说:“差不多,我走了,你晚上还要去见政府要员呢?”

谢青云说:“什么?”

田茅说:“为了不让他们再和你的公司捣乱,你晚上不是要去找人说话吗,大盖帽对你来说,算不了什么。”

谢青云说:“对你来说,更算不了什么。”

田茅临出门的时候,谢青云从包里拿出一条烟,田茅说:“到底还是有我一份的呀。”

拿了烟也不道谢,走出门去,回头说:“你往我家打过电话,听到三声呼叫声就挂了,真听话。”走出去又回头,“我在厕所里。”

我前世里欠了你的。谢青云想。

第 25 章

保姆走到阿飘身边，低声说了一句，来人了。阿飘并不停止手里的动作，她用一只手洗牌、砌牌，动作十分麻利，另一只手夹着一支烟，保姆朝门口指指，又说了一句，来人了。阿飘仍然没有停下来的意思，只是朝门口斜瞥了一眼，谢青云正站在门口，看着她，阿飘笑了一下，说："你怎么有空过来？"

谢青云跨进门去，说："来看看你。"

阿飘说："哎呀，算了吧，你也忙，我也忙，看什么看呀，又不是老情人。"

阿飘的麻将搭子都笑起来。

谢青云红着脸也跟着笑了笑。

阿飘说："你看这里怎么走得开，要不然就陪你说说话，可是我走了，他们三缺一，要骂死我。"

麻将搭子说："是要骂死你。"

阿飘还要说什么，就听见女儿在里屋哭起来，阿飘喊保姆，保姆从厨房里出来，两手沾满了白面，说："我在揉面。"

阿飘说："小丫头，哭死，不管她，我们来。"

谢青云走到里间，看到小女孩子从床上滚到地上，连忙去把她抱起来，哄了一会儿，小女孩不哭了，又想睡觉，谢青云把她放到床上，跟她说了几句话，小女孩子脸上还挂着眼泪，却笑了起来。

一会儿保姆洗干净了手，进来看，小女孩已经睡着了，保姆说："谢谢你帮忙。"

谢青云说："没什么。"

保姆坐在床边轻轻地拍拍小女孩，叹息了一声。

谢青云说："家里的事情阿飘真的一点也不管？"

保姆说："管什么呀，还要人服侍，今天开口要吃这个，明天开口要吃那个……"正说着，听得阿飘在外间大声说："说我什么坏话呀，到外面来说给我听听。"

保姆吐了吐舌头，连忙走了出去。

谢青云也出来。阿飘说："奇怪呀，人一走起运来，小孩子也服管，我女儿哭起来没个完的，你一哄，马上就不哭，怪不得人人喜欢你，连小孩子也喜欢你呢。"

一个麻将搭子说："现在不是有个新名词，叫大众情人，是不是？"

另一个说："你说得出，小孩子也有情人呀。"

他们几个人一起笑，阿飘伸手去拧那个人的嘴，说："你敢挖苦我朋友，我撕烂你的嘴。"

那人笑，说："你撕烂我的嘴，谁和你亲嘴呀？"

另外的人就起哄，说："阿飘要亲你的臭嘴呀，阿飘要亲谁的嘴亲不到呀。"

阿飘一边咯咯地笑，一边朝谢青云看。

谢青云笑了一下，不和阿飘计较，她朝阿飘的那几个麻将搭子看了看，对他们说：“你们另外找一个人好不好，我和阿飘有话要说。”

那几个人看谢青云一本正经的样子，你看我我看你，有点坐不住了。

阿飘却笑着说：“不睬她，我们来我们的。”

他们又洗牌、砌牌，把谢青云晾在一边，谢青云又站了一会儿，慢慢地说：“那你就玩吧，我走了。”

谢青云走到门口，阿飘突然说：“算了算了，你等等。”回头对那几个人说，“去找人来，去找人来。”

麻将搭子果真去找了一个人来替阿飘，阿飘看看谢青云，说：“进去说话吧，一本正经的，有什么要紧事。”

谢青云跟阿飘进里屋，看小女孩睡得香，说：“不要把她吵醒了。”

阿飘看了女儿一眼，说：“你准备长谈呀，快点，有什么事情说吧。”

谢青云拿出在广州给阿飘买的衣服，阿飘接过去看了看，随手放在一边，没有说什么话。

谢青云说：“小高还有点事情，再待一两天，怕你不放心，让我来告诉你一声。”

阿飘说：“他忙，他事情多。”

谢青云说：“阿飘，都是我们公司的事情，很对不起你，把小高拉走，家里也照顾不上。”

阿飘朝她看看，脸上的神情有些古怪，说：“他留在广州，真的是你们公司的事情？”

谢青云说："是的，"她本来是准备把徐丽丽的事情告诉阿飘的，可是想了想没有说，改口道，"有几个广告模特还没有最后落实，公司有事情催我回来，只好让小高再留一两天。"

阿飘说："你们公司的事情要他起劲做什么，你干脆调他做你的秘书算了，也省得这样心挂两头。"

谢青云停顿了一下，她努力地把阿飘的挖苦咽下去，如实说："我确实希望小高能从局里出来，其实也不只是我一个人的想法，好多人都觉得小高能干，出来做点事情肯定行的。也不一定非到我们形象公司，可是他不愿意。当然，他给我们公司帮忙，公司要给报酬的，阿飘，这个你也知道。"

阿飘撇了撇嘴。

谢青云说："阿飘，其实你心里也明白，小高是个好人，他对你是很好的。"

阿飘一笑，说："你知道他对我好？"

谢青云说："这还看不出来，谁都看得出来，谁都知道，小高的体贴，小高对你的……"

阿飘打断谢青云的话，说："体贴？高继扬体贴人？对谁？对我？还是对你？"

谢青云说："阿飘，我不和你说笑话，小高是个好丈夫，你应该珍惜……"

阿飘说："怎么，我不珍惜？我不珍惜又怎么样，有人来抢是不是？有人来抢我拱手相让，行了吧。"

谢青云张了张嘴，说不出话来。

这时候外面麻将搭子喊了起来："阿飘，有话快说，有屁快放，老扁豆不会来，阿胡乱，还是你过来。"

阿飘骂道："喊你个魂！"

谢青云说："你要玩你就去玩吧，我本来，本来想和你说说心里话，你不想听，就算了，不过……"谢青云不知道该不该再把话说下去。

阿飘说："你也不要多说什么了，你想说什么我心里都有数。"

谢青云说："你有什么数，你不明白，我还是要跟你说，小高是个好人，你不要辜负了他。"

阿飘听谢青云说到"辜负"两个字，先是一愣，随后哈哈大笑起来。

外面的麻将搭子急了，乱叫："阿飘你还有心思在里边笑呀，快来快来！"

谢青云看阿飘笑得眼泪都渗了出来，一时有些不知所措。

阿飘笑过一阵，直起腰来，谢青云发现她脸上竟然没有一点点笑意，心里不由一抖。

阿飘盯着谢青云看了一会儿，最后她说："青云，你懂什么？你知道什么？你——走吧！"

谢青云还想说话，阿飘已经站起来，自己先走到外间去了，等谢青云跟出来，阿飘已经坐到麻将桌前了。

谢青云在阿飘身边站了一会儿，说："那我走了。"

阿飘没有应声。

谢青云走到门口，听阿飘说："青云，你真的以为高继扬是为了你的事情留在广州的呀？"

麻将搭子想起哄，可是看看阿飘的脸，没有敢哄起来。

谢青云回头望着阿飘，阿飘说过这句话以后，脸上一点表情也没有，也不朝谢青云看，只是专心地砌着麻将。

阿飘,你这话是什么意思?

高继扬难道不是为了徐丽丽的事情才留下的,难道高继扬不是为了帮形象公司的忙才到广州去的,阿飘说这话是什么意思,是她自己的怀疑,还是阿飘确实知道高继扬另外还有什么事情……

谢青云慢慢地走出阿飘的家,来到街上,看着来来往往的行人,心中很乱,不知是一种什么滋味,体味了半天,竟然觉得什么滋味也没有,一片茫然,一片空白。

我和阿飘怎么会弄到这一步,从前我们是无话不说的好姐妹……从前,从前再也不会回来了。

为什么我能忍受阿飘对我这么无礼,我心虚吗?我心虚什么?我对不起阿飘吗?

“体贴?高继扬体贴人?对谁?对我?对你?”

谢青云再一次感觉到有一双眼睛在注视着她,随时随地,默默地,深深地,谢青云曾经从这种注视中感受到许许多多的内容,但是此时此刻她却怎么也体味不出那些内容,谢青云心里一片茫然。

“你小心一点,你。”田茅眯着眼睛笑着对她说,“你把小高迷昏了头,这样下去早晚要弄出事来。”

你胡说。

我胡说?你自己心里明白,我是说的胡话还是事实。

我不明白,我一点也不明白——

“你这个女人,找死呀!”

背后突如其来的一声喝骂,把谢青云吓了一大跳。听得一阵急促的车铃声过来,连忙侧身,才发现自己不知不觉走到马路上来了。

“好好的人行道不走，走到马路上作死！”

三轮车工人一边骂着一边蹬车过去，经过谢青云身边时，还回头瞪了她一眼。

谢青云心里一阵乱跳，我怎么啦？

你心里有愧，田茅说。

我愧什么，我有什么可以愧的，就算高继扬对我有一片真情，是我的罪过吗？我从来没有……

没有什么？没有勾引过小高？不，不说勾引吧，太难听了，就是，就是迷惑吧，你敢说你从来没有迷惑过小高？

没有。

但是你心里确实是有愧。

田茅听了阿飘的一面之词。

难道是阿飘误会了你，阿飘怎么会误会你，她为什么不误会温和，不误会别的女人，偏偏误会你？

我不知道。

阿飘的为人，我们都清楚，你不要回避我的眼睛，你为什么不敢看我的眼睛，你怕我看透你的心？

我的心早就被你看透了。

很难说，我原来一直很自以为是，我总觉得我别的本领没有，但是看看女人的心这样的本事还是有的，尤其像你这样的女人我觉得我可以看透……

不过，现在我开始怀疑自己，我也许根本不能看透你，连一点皮毛也看不清……

田茅，你为什么要这样对待我，你相信阿飘不相信我。

田茅说:“我更多地相信事实,我看到小高看你时的那种眼光,我就知道事实是什么样的。”

小高看我时的眼光,我能够感觉到的,我尽力地躲开,尽力地回避。

但是你的心底里非常愿意男人这样看你,男人对你的那种痴痴地目光,令你陶醉,让你觉得你是世界上最幸福也是最了不起的女人。

不,我没有这样想。

我真的没有这样想?我不喜欢男人痴痴地盯着我?我讨厌高继扬默默地注视我?

小雨又淅淅沥沥地下起来,行人纷纷加快了脚步,谢青云看着他们忙乱的样子,她心里一片茫然,他们要做什么?他们要到哪里去?

高高的广告牌上,一个气质非凡的女孩子说:形象设计公司,为您设计一流的形象。

谢青云心里一刺,徐丽丽,广告上这个气质非凡的女孩就是徐丽丽。

徐丽丽为公司拍了这个广告后就到广州去了,谢青云还记得徐丽丽和陈燕她们走的时候,她到机场去送她们,女孩子的快活全写在脸上,徐丽丽临登机前,忍不住抱住谢总亲了一下,旁边的人哈哈大笑,却把谢青云闹了个大红脸,谢青云那时候只知道为她们高兴,却哪里能想到这一去竟从此再也见不到了。

徐丽丽,你到底在哪里?

高继扬,你有没有找到徐丽丽?

突然,谢青云听到有人在背后喊她,她停下来,回头看,是阿飘家的保姆追了上来。

保姆奔到她身边，喘了口气，递给她一把伞，说："下雨了。"

谢青云心里一热。

保姆说："阿飘叫我送来的。"

谢青云接过雨伞，连连说："谢谢，谢谢。"

保姆说："你慢慢走吧，我回了。"

谢青云看着保姆的背影，心中一片怅然。

雨渐渐地大起来，谢青云撑开雨伞。

第 26 章

经过一两天的奔波,找人,说情,大盖帽终于全部撤走了,公司又恢复了往日的气氛,既紧张又平静,工作是紧张的,心态是平静的,一切可能发生的事情都已经过去。

上午十点钟左右,谢青云在办公室里看前一天的股市行情,周主任进来了,不动声色地说:"谢总,高科长回来了。"

谢青云从座椅上一下站起来,说:"高继扬回来了? 人呢? 是不是刚到?"

周主任说:"昨天就回来了。"

谢青云一时有点不相信老周的话,昨天就回来了?

"昨天什么时候到的?"

周主任说:"说是下午就到了。"

昨天下午就回来了,为什么不和我联系,高继扬怎么会这样,他不会这样的,难道,难道真的出了什么事情……谢青云的心紧缩起来,说:"现在他人呢,在家里?"

周主任说:"在局里。"

谢青云看看不动声色的老周,才觉察到自己的失态,歇了一歇说:“你怎么知道他昨天就回来了?”

周主任说:“他刚刚给我打了个电话,我想叫你来听的,他说不用了,我正奇怪,怎么不给你打电话。”

一定是出了事情,一定是,要不然高继扬不会不给我打电话,要不然他一到家就会告诉我的,是不是昨天回来阿飘和他闹起来,或者,是广州那边真的有了事情……

“他跟你说了什么?”

“没有说什么,”周主任注意着谢青云的脸色,他并不很清楚高继扬迟回来两三天是为了什么,但是从谢总的情绪上他能够看出些问题来,周主任小心地问,“他只是让我告诉你,他回来了,别的没有说什么,也没有叫我转告你什么。”

谢青云说:“怎么会这样,他现在人在不在局里?”

周主任说:“刚才打电话的时候告诉我是在局里打的。”

谢青云抓起电话拨高继扬的电话,叫了一会儿,有人来接了,说:“找谁?”

不是高继扬的声音,谢青云说:“高科长在吧?”她听出自己的声音有些颤抖。

那边的人说:“刚刚在的,现在……你等一等,我叫叫看。”

听得电话那头在叫喊高科长,叫了几声,那人又对着话筒说:“不在。”

谢青云很急,说:“他到哪里去了?”

那边说不知道,走的时候没有关照。

谢青云放下电话,周主任看着她的脸色,说:“是不是广州那边……”

谢青云说:“我也不知道,要等见到高继扬才知道。老周,我到他家去看看，要是他到公司来，你让他等我一下，我马上回来。”

周主任说：“好的。”

谢青云叫小郭开了车子到高继扬家去，一进门见保姆在，问道：“高继扬在不在？”

保姆见她一脸的紧张，吓了一跳，说：“怎么啦，什么事情？”

谢青云发现保姆看她的样子，好像看到什么可怕的东西，她下意识地摸了摸自己的脸，平息了一下，说：“没有什么，我找高继扬。”

保姆说：“不在家，一早上就出去了。”

谢青云说：“你知道他是去上班的吗？”

保姆说：“大概是吧，没有说什么。”

谢青云说：“阿飘呢，在不在？”

保姆摇摇头。

谢青云退出来，朝车子走去。小郭说：“再到哪里？”

谢青云想了想，说：“到戏校去一趟。”

到戏校去做什么？我是要找高继扬，我不是要找田茅。

在戏校办公室，谢青云碰到戏校的总务处长，笑着说：“今天刮什么风，一吹吹来两个。”

交叉走过，谢青云朝他笑笑，并没有明白总务处长说的什么意思，也没有心思去细细地想，进了田茅的办公室一看才明白，阿飘也在。

阿飘眼睛红红的，显然是刚哭过。田茅的脸色也很沉重，可是一见谢青云，田茅马上眯起眼睛说：“哟，谢总也来了，怪不得听老王在门口说今天刮什么风呢，原来是香风呀。”

谢青云没有想到阿飘会在田茅这里，一时竟不知说什么话才好，愣了好一会儿，才说："我找小高。"

田茅笑起来，说："找小高怎么找到我这里来了，小高平时很少到我这里来的。"

谢青云心里急，又不好明说，憋得难受。

阿飘抬眼看看谢青云。

谢青云说："阿飘，小高昨天回来的，是不是？"

阿飘说："这个你比我清楚。"

田茅笑着说："这就不对了，高继扬是你的丈夫，又不是谢总的丈夫，她怎么会比你清楚。"

阿飘说："你少来这一套。"

田茅说："好，好，我不来这一套，现在的问题是谢总急着要找小高，可是连小高的太太也不知道小高到哪里去了，问题是有点复杂了，会不会失踪了？"

你还有心思说笑。

田茅继续说："其实，谢总，你尽管放心，小高又不是小孩子，不会失踪的，从来没有听说过有失踪的大男人，是不是？"

谢青云说："你——"气得说不下去。

田茅说："再说，人家太太也在这里，阿飘都没有急，要你急什么。你这样急，阿飘心里会怎么想……"

谢青云忍着眼泪，默默地看了田茅一下，又看了阿飘一下，转身走了出去。

走了两步，听到田茅追出来，说："听到一句不中听的话转身就走，这可不是你以往的风格。"

谢青云没有停下脚步。

田茅追在后面继续说："你的悠然大度呢，你从容不迫的风格呢，到哪里去了？怎么也变得这样猴急，没有风度！”

你到底要做什么？

你说呢？

我不知道。

“阿飘来找我，就是为了小高的事情……”

谢青云浑身一抖，放慢了脚步：“小高，小高什么事情？”

“看你急的，要是反过来小高说田茅有事情，你会这样急吗？好，不说了不说了，一说你又要快步向前，我可跟不上了。”

谢青云终于停下脚步，说：“我求求你了，别再折磨人了，阿飘她，她说小高怎么了？”

田茅眯起眼睛说：“阿飘也说不出什么来，只说小高昨天回来后情绪很不正常，一言不发。”

你骗我，如果仅仅是情绪不好，一言不发，阿飘会哭吗？眼睛哭得红红的。

“我猜想也不会有什么大不了的事情，一定是小高被小偷偷了钱包去，回来不好交账了。”

你骗谁？

谢青云的心彻底地冷下来，她的脸也冷下来，说：“你回吧，我走了。”说完头也不回快步走出了戏校大门，只听得田茅在背后喊：“你放心，小高不会失踪的。”

谢青云始终没有回头再看田茅。

回到公司，仍然没有高继扬的踪影，办公室的张主任见谢总焦虑不安，进来了几次，但不知道说什么好，又退了出去。

中午下班回家，上楼的时候，谢青云想，小高常常守在楼梯口等我的，也许他又在那里等着，一边想着一边朝上看，突然眼前一亮,果然见到小高站在楼梯口等着。

谢青云惊喜地叫了一声:“高继扬。”

高继扬说:“等了你半天。”

谢青云从高继扬的眼睛里看出高继扬心事重重,她说:“我找了你一上午,到处找不到,急死了,想不到你在这里等我。你为什么不给我打电话?”

开门进屋,高继扬没有回答谢青云的问题,只是说:“我本来,本来不想过来的,怕你,怕你担心……”

谢青云说:“到底怎么了?你怎么了,你的脸色,很不好?”

高继扬摇了摇头。

谢青云说:“是不是徐丽丽那边有什么事?”

高继扬说:“没有事。”

“那,是不是你回来阿飘跟你……”

“没有。”

“那你到底怎么了?有什么事你说呀。”

高继扬默默地看着谢青云,过了好一会儿,慢慢地说:“没有事情,我不太舒服,可能感冒了。”

谢青云给高继扬泡一杯茶,说:“先喝点水,在我这里吃饭吧。”

高继扬没有表示。

谢青云在高继扬对面坐下来,她心里有着许多疑问,但她没有再追问,高继扬沉默不语,心事重重,谢青云想,让他在我这里坐一坐,也许会好一些。

我在你这里坐坐,我心里会好受一些,我也不明白这是怎么回事,一见到你,我就……

高继扬沉默了一会儿，主动说："我见到徐丽丽了。"

谢青云心里一阵紧张："怎么样？"

高继扬说："就那样，和他们说得差不多。"

谢青云说："你跟她谈过了？"

高继扬说："谈过了。"

谢青云说："没有事情？"

高继扬好像笑了一下，却笑得很勉强，又说："我到吴诚一他们公司也去看了看。"

谢青云盯着他，等着他的下文。

"很正常。"

一切都很正常？

难道这不是我期盼的结果，我难道希望一切都不正常吗，但是为什么我听到高继扬说一切正常的时候，心里却很不踏实，我不信任高继扬吗？

既然一切正常，你为什么还心事重重？

既然一切正常，阿飘跑到田茅那里哭什么？

高继扬你不肯告诉我，到底是什么事情，你欲言又止，我也不好相逼。

谢青云站起来，说："我去下点面条吃。"

高继扬也站起来，说："我不在你这里吃，我回去。"

谢青云很想让高继扬再坐一会儿，但是她没有留他，送高继扬到门口时，谢青云说："你跟阿飘好好谈谈。"

在一刹那间，高继扬的眼睛湿润了。

高继扬走后，谢青云久久地不能平静下来，徐丽丽那边看起来是没有什么事情，吴诚一的公司高继扬也去看过了，但是，肯定另外有一件事情,很重大,在高继扬心头放着。

谢青云不由叹息一声,如果不是我形象公司的事情,如果不是我的事情,我何必如此苦苦相逼。

我何必,高继扬,你不是乔江。

结婚照片还挂在墙上,谢青云一直没有把它取下来,此时此刻,看着照片上的乔江,谢青云的心又被刀子剜了一下,她不由自主地捂住心口。

谢青云在沙发上坐了半天,脑子不知想了些什么,乱七八糟的,怎么也收不拢,她很想振作起来,到厨房给自己弄点吃的,可是一站起来就觉得怎么也提不起兴致,没有胃口,也不觉得饿。

她重新在沙发上坐下,看见茶几下层有一个小邮包,还是到广州去之前收到的,当时因为忙乱,也没来得及拆包。

谢青云拆了邮包一看,是两盒录音带,港台通俗歌曲,再看邮包上的地址,才知道是那个见工的大学生刘小桐寄来的。

这倒是个很有心的女孩,见工那天曾经说起通俗歌曲的话题,也只不过一两句话,谢青云说自己不很喜欢港台通俗歌曲,刘小桐则很赞赏,还提议谢青云有时间可以听听,想不到她回去就寄了两盒来,谢青云心里有点感动。

电话铃突然响起来,谢青云抓起电话。

“是我。”

是高继扬,有什么话当面不能跟我说,要在电话里说。

“高继扬,你说话呀。”

“我、我……”

“高继扬,你到底怎么了,到底出了什么事,你快说呀!”

“我、我……唉,不说了,田茅、田茅,害苦了我。”

“喂，喂，高继扬，你说清楚呀……”

电话又挂断了。

田茅……

高继扬、阿飘、田茅，你们都知道发生了什么，你们都瞒着我。

第 27 章

晚上,谢青云一个人在家里发愣,听见有人敲门,她从沙发上跳起来。

高继扬?

田茅?

阿飘?

她飞快地过去开门,却是一个意想不到的人,严萍。

谢青云愣了一会儿才缓过神来,说:“是你,真是想不到,请进请进。”一边手忙脚乱地要去泡茶。

严萍说:“你别忙,我马上就走。”

谢青云还是给她泡了一杯茶,端过来,说:“你很忙。”

严萍说:“是。”

谢青云有些尴尬,一时不知说什么好。

严萍喝了一口水,慢慢地说:“田茅突然出差了,事先也没有跟我说起来,今天下班回家,见到他的字条。”

谢青云心里一跳。

“字条上也没有写到哪里去,只说临时有点事情,出门几天。”

严萍看着谢青云，停顿了一下，说，“我看了看衣橱里，短袖衣服都带走了，估计是到广州那边去了，所以过来问问你，知道不知道。”

谢青云说：“我不知道，我一点也不知道，上午我到戏校去找他，他也没有说起要走的事情。”

严萍说：“就是，走得很急，很突然，我找戏校几位领导问了一下，都说戏校没有什么事情，我想会不会是你们公司有什么急事？”

谢青云说：“没有。”

严萍看着谢青云，脸上神色既不是不相信，也不是很相信，谢青云心里莫名其妙地有点发虚，又说：“没有，我们公司的事情，不麻烦田校长。”

严萍笑了一下，说：“不过，田茅倒是很关心你们的事情。”

谢青云避开严萍的注视，心里却在责备自己，你为什么不敢看她，你心虚什么，可是不管用，她的眼睛就是不能和严萍的眼睛对视。

严萍说：“如果他不是到广州那边去，我也不会想到来问你，因为你们形象公司最近和广州的生意做得很红火，我想，有可能……”

谢青云说：“就是介绍了一些广告模特过去，很受欢迎。”

严萍说：“去年有一个叫徐丽丽的女孩子过去了，是吧？”

谢青云说：“是，你也知道徐丽丽？”

严萍笑笑，说：“哪能不知道，她母亲不是还告了田茅一状，也告了你们形象公司。”

谢青云说：“老太太有点，”她指指自己的头，“这有点问题，有病。”

严萍停了一下,说:“不一定,如果只是老太太瞎说,田茅不会这么重视的。”

谢青云说:“你是说,你是说田茅是为了徐丽丽的事情到广州去的?”

严萍说:“我不敢肯定,但是我猜想多半是为这件事。”

谢青云张着嘴不知说什么好。

严萍的脸上渐渐露出些担忧的神色,说:“也不知徐丽丽到底怎么了,田茅这人,你们都知道他的,万事不愁的,今天早晨我看他神色不是很……”

谢青云给严萍加了水,说:“你放心,徐丽丽不会有什么事情的,高继扬刚刚从广州回来,他在那里见到她了。”

严萍奇怪地看着谢青云,过了一会儿说:“你说小高在广州见到了徐丽丽?”

谢青云说:“是,小高亲口跟我说的,没有什么事情,徐丽丽很好。”

严萍好像不相信谢青云的话,她想了半天,最后说:“那我就放心了,不管怎么说,徐丽丽她们到广州去工作,最早是田茅牵的线搭的桥,田茅有责任的。”

谢青云说:“如果有事情,主要责任在我们公司。不过,我想,不会有什么事情的。”

严萍说:“希望没有事情。”

谢青云说:“田茅不在家,晚上你又出来,儿子一个人在家?”

严萍点点头:“他也习惯了,总算懂事,不烦人。”

谢青云说:“那就好。”

严萍站起来说:“我也要走了。”

谢青云说:“再坐坐。”

严萍说:“不坐了,晚上还有采访任务,从报社调到电视台,更忙了,今天拍的是晚间直播新闻,很要紧的。”她看了一下手表,说,“时间到了,我要走了。”

谢青云送她到门口,严萍说:“晚上十点,你要是有兴趣,看看我们今天的节目。”

谢青云问:“晚上采访什么?”

严萍说:“到时候你看了就知道。”

临走,严萍又停了一下,说:“本来,徐丽丽母亲说的那件事,我们电视台,还有他们报社想联合搞一个调查的,后来,上面打了招呼,暂时没有动作。”

谢青云惊讶不已。

严萍看着谢青云,好像有些同情的样子,改口道:“你也不必太放在心上,也许没有我们想象得那么严重,只是新闻界敏感些吧,我本来也不想告诉你,因为看到田茅突然走了,想到可能会有些事情,告诉你一下,你也好有点准备。”

谢青云突然地握住严萍的手。

谢谢!

严萍不动声色地抽回自己的手说:“再见。”

严萍走后,谢青云心如乱麻,她可以很镇定地劝严萍放心,可是她却劝不了自己。同样,她也相信,严萍也和她一样,可以很镇定地劝她放心,而严萍自己也一定放不下心来。

都是因为我!

到现在为止,谢青云已经坚信,田茅突然到广州去,一定是为徐丽丽。那就是说,徐丽丽确实出了什么事情,高继扬没有把事实真相告诉她,他却告诉了田茅,阿飘也知道这事情,只有我被蒙在鼓里,大家都不愿意让我知道事实真相。谢青云越想越坐不住,她出了门,打车来到阿飘家,不见里面有灯光,敲了半天门,里边灯亮了,听见保姆的声音问是谁。

谢青云报了名字,保姆说:"两个人都不在家,我带小的睡下了。"

谢青云问到什么地方去了,保姆说不知道,出门没有关照。

谢青云叹息一声,说:"那你就别起来开门了。"

里边的灯又熄了,谢青云心下怀疑,难道高继扬和阿飘真的都不在家吗,她在阿飘家门前站了好一会儿,也不见里边开灯,只好慢慢地走开去,走上了大街,一时心里茫然,竟不知往哪里去好……

她似乎已无处可去,公司有那么大的地方,家里的地方也不小,有很多的朋友,公司的每一个职员,他们都会欢迎她去的,可是,她走不进去,谢青云一个人走在黑夜里,心里一阵又一阵地泛着苦涩的滋味,她想起远在他乡的亲人,她想起母亲。母亲说,我最不放心的就是你,是我不能让母亲放心,母亲含辛茹苦带大了我,在母亲提供我上戏校的时候,正是家里最困难的时候,但是母亲没有犹豫,一丝一毫的犹豫也没有……这些年来,谢青云虽然每月给母亲寄钱回去,可是母亲说,我不要你的钱,我只要得到你平平安安的信息,我要你回来看看我。母亲说,我老了,真的很老了,不能走动了,你再不回来,我就要走了,怕是再也见不到了,谢青云却一再地拖过了回家的时间,母亲真的走了,走的时候,喊着她的名字……谢青云泪流满面,幸好夜里路人互相不很注意,即使交叉而过，也没有人注意到谢青云的情形。谢青云路过一处电话亭看到招牌上写着，市内电话，长途直拨，心里一动，过去给家里拨电话，呼叫的声音响起来，谢青云突然把电话挂断了。

母亲已经不在了。

我怎么老觉得母亲还在乡间等着我？

大哥会来接电话，可是我不能说话，说什么呢，告诉他们，我碰到了困难，遇上了麻烦？

他们能怎么样，他们除了担心，还能怎么样？

不，我不应该让他们也跟着我担心，我不说，我什么也不说，从来我都是这样，一个人承担。

或者，告诉他们，说我很好，一切顺利，我的公司兴旺发达，我的事业蒸蒸日上，我的关系四通八达，告诉他们我是在自己家里给他们打电话，而不是孤零零的一个人在路边电话亭。我告诉他们我的儿子和我的丈夫他们都在家里，告诉他们我的家人和睦相爱……我说得出来吗？恐怕不能，我说不出口，我不能骗他们，我会控制不住自己，结果，我会在电话里大哭一场，我不能。

离开电话亭，谢青云冷静下来，她又上了出租车，到了培训部周主任家。

时间已经不早，总经理突然上门，把正准备休息的老周吓了一跳。

谢青云把高继扬的话，田茅突然去广州，以及自己的怀疑全部告诉了老周，老周听了，半天没有说话。

谢青云说："我不知怎么办，心里很乱，想听听你的看法。"

周主任想了想，说："我也说不准，是小高没有说出事实还是别有什么原因，但是想起来，小高如果隐瞒些什么，怕你担心，也是可能的。但是他不会向你隐瞒了反而去告诉田茅,这不大可能。”

谢青云点点头,田茅的消息很可能是阿飘传过去的。

老周接着说:“事实真相在小高嘴里,但是如果真的有什么大事情、坏事情,他也不至于隐瞒起来,隐瞒了又能怎么样,能瞒得了十天八天,瞒不了永远,小高又不是小孩子,这点道理他能不明白?”

谢青云说:“是的。”

老周点了支烟,吸起来,一时不再说话。

谢青云说:“老周,你送徐丽丽陈燕她们去广州,以你的经验,以你的看法,吴诚一他们会不会有什么问题?”

老周想了想,说:“这就很难说了,那时候谁也没有想到要留心什么,我现在回想那一次去广州,可以说是一切正常。”

一切正常,谢青云想,高继扬也说一切正常,可是他的神态却明明告诉我,事情很不正常。

谢青云说:“老周,我想来想去,总是放心不下,那些女孩子,是我们送她们去的,万一有个什么……”

老周说:“你现在不要乱想,主要是你没有见到徐丽丽,小高回来又有些不正常,如果你实在放心不下,再让人去一趟广州,我自己去也行。”

再去广州,就能看到徐丽丽?就能了解事实真相?谢青云摇了摇头,说:“等一等,等田茅回来看他怎么说。”

老周说:“也好。”

谢青云从老周那里出来,没有再打车,她慢慢地走回去,路上行人不多,夜间的空气很清新,谢青云走着走着,觉得心情舒展了些,坦然了些,她心里好像已经做好了接受不测的准备,这样一来,反而轻松多了。

回到家,也感觉到饿了,下了面来吃,再又想起乔江说天天吃方便面的话,心中不由一酸,心想,我为了公司的事,真是把自己所有的一切都扑上去,我何苦这样,也许只要我挤出十分之一,甚至百分之一的精力放在这个家里……再一想,现在再后悔也迟了,不想也罢。

她吃过面,看了一下表,快十点了,正是晚间新闻时间,开了电视机,播音员正在报告要闻,接着就是现场直播。

严萍出现在屏幕上,手握话筒,对着镜头说:"我们现在是在我市最有名的御道街,这里酒吧林立,咖啡屋成片,我们今天的焦点,就在这里,现在请随我们的镜头一起看一看……"

电视镜头对准一家酒吧。

严萍的声音:"'梦巴黎'酒吧。"

采访人员走进酒吧,酒吧里一片混乱,几个打扮得十分妖艳的女人用手捂着脸躲开镜头,酒吧老板一脸横肉,恶狠狠地瞪着严萍。

电视里谢青云看到酒吧老板的目光,心里一抖。

严萍拉住一个女孩子,问道:"请你说一说,你们晚上在这里做什么。"

女孩子挡住脸,说:"陪客人喝酒。"

严萍说:"陪酒女,这种在我们国家已经消失了多年的现象,现在又重新出现了,这一家'梦巴黎'酒吧,共有陪酒女……几名?五名,七名……"正说着谢青云看到混乱中有一根很粗的棍子砸向严萍,谢青云不由叫了一声,紧接电视上一片空白,很快播音员又出现在屏幕上,不动声色地说:"刚才因机器故障,今天晚间的现场采访到此结束，下面播送体育新闻……”

谢青云只觉得一颗心怦怦乱跳，好一阵才平息下来，想到严萍不知挨了那一棍子没有，要是挨了那一棍子，伤势一定不轻，田茅又不在家，想着就坐立不安起来，想给电视台打电话，可是拨来拨去拨不进去，总是忙音，愣了一会儿才想到刚才看晚间新闻的人，一定有许多人关心着这件事情，他们都会给电视台打电话询问，所以一直是忙音，当下放了电话，叹了一口气。

第 28 章

“妈妈!”

一出门谢青云就听到儿子的叫声,抬头一看,乔江推着自行车停在路边人行道旁,小晶坐在车上。谢青云连忙跑过去,拉住儿子的手,一时真是说不出话来。

小晶说:“妈妈,今天我过生日。”

谢青云愣了一下,儿子的生日我都忘记了?不会的,我不会忘记,还没有到时间,今天是 18 号,还有三天,她笑了起来,说:“这么性急。”

小晶说:“是的,是的,你问爸爸,今天给我过生日。”

谢青云迅速地看了乔江一眼,不多几日,乔江明显的瘦了、黑了。谢青云心里一动,说:“你,你还好吧。”

乔江避开谢青云的注视,说:“我明天要出差,想提前给小晶过生日,你晚上过来?”

谢青云点点头。

乔江说:“就这事情,你下班后来……”撇开眼睛,尽量不看谢青云,看看手表,“我要迟到了,我们走了。”

小晶对谢青云挥挥手说:“妈妈晚上再见。”

谢青云看乔江推着自行车要离开,忍不住问了一句:“很忙?”

乔江点点头:“很忙。”

“又接了新的案子?”

乔江好像犹豫了一下,含糊地说:“还是,还是以前的案子。”

以前的案子,以前什么案子,谢青云想我以前从来没有主动问过乔江接了什么案子,以前的案子也好,以后的案子也好,她是不明白的。

谢青云顿了一下,又问:“这一次到哪里去?”

乔江说:“广州。”

广州?

谢青云不知道自己为什么对广州两个字特别的敏感,真是没来由。

乔江带着儿子走后,谢青云才发现小郭的车子早已经来了,她上了车,看到小郭瞥了她一眼,不知怎么的,谢青云脸有点红。

到了公司,就听到大家在谈论昨天晚间新闻的事情,谢青云注意听了一下,知道早上的新闻已经播出了最新消息,严萍果真挨了一棍。谢青云叫办公室张主任去了解一下详细情况,张主任过了一会儿来向谢青云报告,说严萍伤不重,现在正在医院观察治疗。谢青云说:“这会儿没有什么事情,我去医院看一下。”

叫了小郭又开车到医院,果然看到严萍躺在观察室里挂盐水,身边围了好多人,有的拿着本子在做记录。严萍看上去很不耐烦,一眼看到谢青云,笑了一下,说:“我现在才知道我自己的职业有时候确实是令人讨厌。”

谢青云走过去看看她头上的纱布,说:“伤不重吧?”

严萍说:“伤倒没事,躺在这里烦,采访人的人,现在被人采访,真是受不了。”

说得那些记者同行都笑起来,把笔和本子什么的也放了下来,有人插嘴说:“今天的晚报明天的日报,都会有你的光辉形象,你烦不烦?”

严萍无可奈何地一笑,说:“平日有人讨嫌我们,还觉得委屈呢,看起来是讨嫌得很。”

大家又说笑了几句,渐渐地都走开了,剩下谢青云,说:“家里不要紧吧,儿子呢?”

严萍说:“自己上学去了。”

谢青云说:“很懂事。”

严萍说:“他若不懂事,我真没办法了。”

谢青云问:“有没有什么要我帮忙的?”

严萍说:“没有,我挂了这瓶水就开路。”

谢青云说:“你,你真不简单,真是……大家都说……你做记者做得……”谢青云一时找不到什么适合的词,说了一半就停下了。

严萍笑着说:“做得怎么样,奶奶不疼姥姥不爱的,有什么好。”

谢青云听看严萍说话听不出有什么特别的意思,看她笑也没有什么特别的意思,但不知为什么听她说奶奶不疼姥姥不爱,心里就有些晃悠。

严萍又说:“你做总经理不也很不错吗,又怎么样呢。”

谢青云说:“是的。”

她们随便地聊了一会儿,始终没有提到田茅。说话的间隙,谢青云觉得自己有一腔的希望寄托在严萍身上,希望从她这儿得到什么呢?田茅的最新消息?但这不可能。或者,希望得到哪怕不是最新消息的田茅的消息?可是严萍一直没有说到田茅的事情。谢青云再坐一会儿,来看严萍的人也挺多,他们都很熟,她在那儿便有些尴尬了,想来想去也没有更多的话说,就告辞了。

从医院回到公司,已是上午十点钟,事情多起来,张主任来和谢青云商量送请柬的事情,形象公司和香港宗老板合资的新光大厦定于下星期二开业剪彩,形象公司方面负责邀请市里的领导以及各部门负责人,谢青云让张主任先初步排了一下邀请名单,张主任把名单送来给谢青云过目,谢青云看了之后,又提出两个遗漏的人,张主任让办公室的人把请柬装起来,谢青云跟到外间,把给市委市政府几位主要领导的请柬挑出来,说:"这几个下午我自己送过去。"

下午谢青云到市委机关跑了一趟,把请柬送过去,接到请柬的领导都很高兴,表示到时一定参加。谢青云从市委机关里出来,看看时间才三点多钟,心里有些奇怪,平日里只是觉得时间太快,许多事情都没来得及处理,一天已经过去,今天却嫌时间过得慢,想着晚上要给小晶去过生日,想着自己到了乔江那边,会很难堪,还是很自然,想着除了和小晶说说话,和婆婆说说话,面对乔江,该说些什么,心里乱乱的。后来才想起来还没有给儿子买生日礼物,于是让小郭开车到商场门口,对小郭说:"你回公司告诉张主任一下,我今天不过去了,明天一早再商量剪彩仪式的事情。"

小郭开车走后,谢青云慢慢地在商场里逛起来,可是逛来逛去面对成千上万种的商品,却不知到底买什么好,转得腿有些酸,眼睛也有点发花,还没有找到最合适的东西,最后居然空着两手走了出来，看到对面鲜花店的鲜花十分娇艳，过去买了一捧花，心里却笑起来，又不是情人节，给儿子的生日礼物，买花算什么呢？重又回进商场，到玩具柜买了一只很大很大的变形金刚，问售货员这变形金刚叫什么名字，售货员说叫擎天柱。

一只手捧一束花，一只手拿一个大大的玩具走出商店，谢青云觉得自己有点滑稽，看看行人，却没有一个注意她的。

时间还早，这时候小晶恐怕还没有放学呢，谢青云到一家咖啡店歇歇脚，慢慢地喝了一杯咖啡，忽地又想起法庭调解那天，高继扬陪她坐咖啡店的情形，一想到高继扬，谢青云稍许宁静些的心思又翻腾起来。

谢青云到乔江家的时候，乔江果然还没有回来，小晶已经放学，把功课也都做好了。婆婆正在准备晚饭，家里一片热腾腾的气氛。谢青云走进去，小晶欢叫了一声，扑过来。谢青云抱住儿子，眼泪一下子涌了上来，她侧过脸不让儿子看到，强忍了一下，看到婆婆出来，笑着说："妈，你辛苦了，我来帮你弄。"

婆婆说："没有什么弄的了，差不多了。"

小晶说："妈妈，今天奶奶特意去买了你最喜欢吃的鸡翅膀。"

谢青云心里一热。

小晶拿起变形金刚，说："这是擎天柱。"

谢青云说："你知道？"

小晶说："我已经有一个了，是阿飘阿姨送给我的。"

谢青云没有想到阿飘会送变形金刚给小晶，也不明白阿飘到底是什么意思，一时有些发愣。婆婆说："小晶，时间差不多了，把蛋糕拿出来吧，插上蜡烛。"

小晶把蛋糕端来，说："蜡烛等爸爸回来再插。"

正说着,乔江回来了,看到谢青云已经在,说:“你早。”

谢青云说:“今天应该早一点。”

小晶看看妈妈,说:“今年真是难得的,以前我每次过生日,不是妈妈不在,就是爸爸不在,今年你们都在……”他朝爸爸妈妈看看,又说,“变形金刚是买给我的,花是买给爸爸的。”

谢青云看了乔江一眼,乔江也看看谢青云,没有话说。

婆婆进厨房继续弄晚饭,谢青云和乔江一同看着儿子兴奋地忙碌,又是插蜡烛,又是找火柴,最后许一个愿,把蜡烛吹灭,说:“我又长一岁了。”

婆婆把饭菜端出来,说:“吃饭吧。”

饭桌上只有小晶一个人的声音,大人都不说话,谢青云觉得这样下去大家只会越来越尴尬,几次想说说话,可是怎么也想不起这时候该说个什么话题,只好闷着。后来婆婆进厨房热汤的时候,乔江突然说:“对了,顺便问你个事情。”

谢青云说:“什么?”

乔江朝厨房看看,说:“你知道田茅到哪里去了?”

谢青云万万没有想到乔江在这时候会问田茅到哪里去了,她愣了半天,说:“我不知道。”

乔江盯着她看了一眼,说:“你怎么会不知道?”

谢青云说:“为什么我应该知道?”

乔江说:“你难道不应该知道?田茅的事情你不清楚,还有谁清楚呢?”

一种屈辱的滋味突然间涌了出来,谢青云脸有些红,说:“你是不是在审问我?”

小晶看到这样子,跑到厨房去叫奶奶。

婆婆出来，朝谢青云和乔江看看，没有说话，谢青云和乔江也不再说话，但各自心里闷着一肚子的话。

婆婆再也没有离开饭桌，一直到晚饭结束，谁也没有再说一句话。

吃过饭谢青云要走，乔江说："我送送你。"

谢青云知道他的话还没有问完，也没有表示什么，先走了出去。乔江从后面追上来，说："我想了解一下，你们公司和广州……"

谢青云打断他的话，说："有什么事情你找我们公司的张主任，他负责接待。"

乔江说："我明天要出差，来不及去你们公司。"

谢青云冷笑一下："所以就借口提前给儿子过生日。"

乔江说："我还不至于无耻到这个地步。"

谢青云说："但是你也不见得如何高尚。"

乔江张了张嘴，要说什么却没有说出来，愣愣地看着谢青云，过了半天才缓缓地说："真是说不清楚……自从……以后，天天想见到你，想象着见到你的时候该有多么高兴，可是为什么一见之后，却又是老一套，唇枪舌剑，你不让我我不让你……"

谢青云心里也正是这么想的，自从和乔江分居之后，满脑子想的都是乔江的好，满心眼儿都是自己责备自己，可是……正如乔江所说，一旦见到，一肚子的愧疚不知跑哪儿去了，剩下的只有和过去一样的厌烦情绪……

乔江叹息一声，说："还是不说这些，我真的有些事情想请你帮忙，是涉及你们公司的……"

谢青云说："怀疑我们公司？"

乔江点点头，说："是的。"

这大大地出乎谢青云的意料，本来她说的是一句反话，哪知乔江真的就接了过去，承认了。

谢青云说："怀疑我们什么？"

乔江说："你们向广州提供广告模特的事情，这事情看起来有问题。"

谢青云的心马上紧缩起来，紧张地问："有什么问题？什么问题？我们都是有正规手续的，各种合同都齐全。"

乔江"哼"一声，说："正规手续，合同齐全有什么用，人没有了，合同还不是废纸一堆。"

谢青云声音发抖，说："你说什么？什么人没有了？谁没有了？"

乔江说："徐丽丽呢，你到广州去见到她了吗？"

谢青云以为乔江说的还是徐丽丽母亲告状的事情，稍稍松了一口气，说："你们就凭徐丽丽母亲的一面之词？"

乔江说："你以为干我们这一行的都是吃干饭的，吃饱了撑的，为一个疯老太太的话万里迢迢去作死呀！"

谢青云心里一闪，说："原来你去广州，也是为了这事情？"

乔江立即抓住她的话："我去广州也是为了这事情，除了我，是不是还有人去了广州，是田茅吧？他一定很急，他会去广州的。"

谢青云说："和田茅有什么关系，和田茅没有关系的，吴诚一虽然是田茅介绍来的，但是后来田茅再也没有和他直接联系过，以后都是我们公司和广州直接联系的……"

乔江听了谢青云的话，心里一刺，果然如此，你为了他，甚至可以牺牲自己。

你值得吗？

你知道他是什么人？

谢青云也觉得自己说话的语气过于激烈了些，她停下来歇了一口气，又继续说："而且，谁说徐丽丽失踪了，徐丽丽好好地在广州做事，小高，高继扬在广州见到她，好好的。"

乔江又"哼"了一声，说："高继扬在广州见到徐丽丽了？高继扬告诉你的吧，他亲口说的是吧？可是高继扬告诉我们，他在广州找遍了也没有见到徐丽丽的影子，高继扬是对我们说谎，还是对你说谎？"

不，绝不可能，高继扬怎么会……

乔江说："你的自以为是实在是叫人佩服……广州有人给我们寄了一封匿名信，说徐丽丽被卖到东南亚的妓院去了……"

谢青云只觉得心头被重重地击了一下，一时喘不过气来……天地良心，我可没有把她们卖到妓院去……乔江虚张声势地说，一脸作弄人的神态。

乔江说："虽然匿名信不是证据，但是对近来不断有少女失踪这件事情，我们早就立案侦查……"

你一直在查我们？

你怀疑田茅？怀疑高继扬？怀疑我？

乔江说："希望形象公司不被卷进这种实在不形象的丑闻中。"

谢青云无言可对。

乔江说："多数失踪少女，不是从你们这里出去的，但是你们公司一年中共送过去三十二人……"

"你就是去查她们？"

乔江说："这是我工作的一部分吧。"他说着伸手一指前边，说，“你到了，我走了，虽然你不肯告诉我田茅到哪里去，但是我还是很感激你，让我陪你走了一段路。”

乔江说着就转过身去，走了几步，却又退回来。

你和我一样，不知怎么办才好。

乔江走过来沉默了一会儿，语气有些迟疑，说：“我这一去，不知几天能回来……”

谢青云疑惑地看着他。

乔江鼓足了勇气往下说：“法院那边的判决，就在这几天了。”

谢青云心如刀绞。

“也许，我赶不回来……”乔江自嘲地一咧嘴，“缺席宣判……”没有把话说完，再次离去了。

谢青云忍不住叫了一声：“乔江！”

乔江回头望着他，但是他只看了她很短暂的一会儿，就避开了眼睛。

谢青云说：“乔江，告诉我，那些女孩子真的会被……会被……”

乔江说：“我现在不好说，我说得太多，本来我不想多说，但是……我还是多一句嘴吧，你要小心你周围的人，不要轻易相信别人……”

谢青云点点，第三次注视着乔江的离去，终于乔江的背影消失在茫茫的黑夜之中，什么也看不见了，谢青云的心像被掏空了。

不要轻易相信人，我身边的人，他是说的田茅、高继扬，他们都是我平日最信任的人，我对他们从来毫无隐瞒，想不到他们现在对我隐瞒了事实真相。乔江对田茅的怀疑也许真的有些道理，田茅突然出差到广州去，如果不是为了徐丽丽的事情，又是为了什么呢?

谢青云想着,不由身上一抖,她突然害怕起来,和她最亲近最熟悉的人,他们会设陷阱害她?

黑暗中,她突然觉得有一双眼睛在看着她、盯着她,曾经使她感受到温暖感受到力量感觉到依托的一双眼睛正在黑暗中默默地注视着她。

是高继扬?

谢青云四处张望,什么也看不见,不,高继扬,你不能这样,你为什么要这样,你在哪里,你要做什么,你到底怎么了?

谢青云心跳加速,飞快地跑上楼去,紧紧地关上了房门。

第 29 章

新光大厦的剪彩仪式热烈隆重，谢青云大醉一场。

我强颜欢笑，你们看不出来吗？她举着酒杯，对所有的来宾说，我强颜欢笑，你们不会不知道。

大家说，谢总今天过量了。

以后的事情谢青云就记不太清了，清醒过来发现自己已经在家里。刘小桐正坐在一边看着她，看她醒了，笑起来，说："谢总，想不到你会这样。"

谢青云头痛欲裂，极力地回想宴席上的情形，回想自己是怎么喝醉的，可是怎么也想不起来。

刘小桐笑着说："谢总，你平时给人的感觉，是一个有很强自制能力的人，想不到……"

谢青云说："什么？"

刘小桐忍不住还要笑，说："你喝多了，说了许多醉话，真有意思。"

谢青云说："我说了什么话？"

刘小桐只是笑，并不说谢青云喝醉酒说了什么。

谢青云想,我说了什么,我记得我说了我是强颜欢笑,别的还有什么,我一点也想不起来了,我还说了什么,我会说出什么来?

刘小桐倒了一杯开水,让谢青云喝。谢青云虽然觉得五脏六腑烧得厉害,但是却不想喝水,摇了摇头。刘小桐把开水放在她的床头柜上,说:“不想喝就不喝。”

谢青云说:“后来怎么样?”

刘小桐又笑,说:“后来,后来你就这样子啦,反正,反正说了好多好多的话,公司里许多人都说,从来没有见谢总说过这么多的话。”

谢青云说:“我有没有说什么特别不好的话?”

刘小桐说:“你管它呢,反正你是喝醉了,喝醉酒说话谁会计较你。”

谢青云听刘小桐这样说,知道自己肯定是说了许多不该说的话了,不由得叹息了一声。

刘小桐听谢青云叹气,朝她看看,说:“谢总你是不是后悔了?”

谢青云摇摇头:“后悔什么?”

刘小桐说:“就是,醉也醉了,话也说了,我倒觉得谢总你喝醉了酒的时候最真实可亲……”

谢青云苦笑了一下。

刘小桐说:“其实大家都知道你心里不轻松,大家都很明白你为什么要喝醉酒。”

谢青云吃惊地看着刘小桐。

刘小桐却不再说什么了。

谢青云看了看时间,已经是下午四点多钟,吓了一跳,说:“我醉了几个小时，睡着了？”

刘小桐笑着点头。

谢青云说：“你一直陪着我？”

刘小桐说：“是，张主任交给我的任务。”

谢青云说：“真是，真是……”

刘小桐说：“大概二十分钟之前，有人打电话来找你的。”

谢青云问：“是谁？”

刘小桐说：“他说姓高。”

高继扬！

谢青云一下子从床上坐起来，说：“他人呢？”

刘小桐说：“我告诉他你喝醉了酒，正睡着，他听了有好一阵没有作声，我还以为他挂了电话呢，后来他又说话了，听口气很担心。”

谢青云说：“他说什么？”

刘小桐说：“他问你情况怎么样，怎么会喝醉的。”

谢青云说：“后来他就挂断了电话？”

刘小桐说：“是的，没有再说什么。”

谢青云说：“你有没有问一问他在哪里？”

刘小桐摇摇头。

谢青云说：“唉，我正要找他。”

刘小桐说：“听他的口气，很焦急，说不定，说不定会来看看你。”

谢青云说：“不会。”

刚说“不会”两个字，就听见有人敲门。刘小桐意味深长地对谢青云一笑，过去开门，开了门，谢青云听到刘小桐说：“你是不是刚才打电话来的？”

接着听到高继扬的声音，谢青云心里一抖，高继扬走进她的卧室，一言不发，默默地看着她，谢青云眼眶一热。

刘小桐泡了一杯茶端过来，看看谢青云的神色，说：“谢总，你好一点了，我走了。”

谢青云说：“你坐坐，没有关系。”

刘小桐一笑，说：“我有我的事情，已经陪了你一下午了。”

刘小桐走后，谢青云迫不及待地问高继扬：“你到哪里去了，我找你找得……”

高继扬说：“我没有到哪里去，我……我和阿飘吵了，我搬出来住了。”

谢青云愣了一下。

高继扬看谢青云不说话，他也沉默了，屋里一片寂静。

过了好一会儿，谢青云说：“你为什么骗我，你在广州没有见到徐丽丽，你为什么骗我？”

高继扬低着头，一声不吭。

谢青云说：“你说呀，你为什么要瞒着我？”

高继扬还是不说话。

谢青云心急如焚，一迭连声地说：“为什么？为什么？……”

高继扬终于抬着眼睛看了谢青云一下，说：“你怎么会喝醉酒？你为什么喝那么多酒？”

我为什么？你难道不明白？

谢青云说：“你到底有没有见到徐丽丽？”

高继扬深深地叹了一口气，说：“现在反正我说什么你也不会相信。”

谢青云张了张嘴。

高继扬说:“我见到徐丽丽了。”

谢青云说:“你还要骗我,你告诉……你告诉,告诉公安局的人说你没有见到徐丽丽,为什么?”

高继扬说:“你为什么要这样逼我?”

我逼你了吗?谢青云心里一刺,我为什么要逼你,我急于想要知道的到底是什么答案?

高继扬说:“我知道,你到底是……”高继扬吸了一口气,他没有把话说下去。

我到底怎么?我到底是为谁担心?

“小高你真的见到徐丽丽了?”

高继扬点点头。

“她到底怎么样,出了什么事情?”

高继扬摇摇头。

谢青云几乎要哀求高继扬:“你说呀,是不是……是不是和,是不是和田茅有关系?”

高继扬的眼睛露出了深深的悲哀,没有说话。

“你说呀,田茅走了,你知道不知道,他到哪里去了?连严萍也不知道他到什么地方去,小高,你一定知道,他是到广州去了,他就是为了徐丽丽的事情去的,是不是?你、阿飘,还有田茅,你们都知道发生了什么事情,就是不肯告诉我,为什么?为什么?……”

高继扬还是不说话。

谢青云流下两行眼泪,她说:“你到底不肯告诉我,你们这样对我,是不是太残忍了……”

残忍？你错了，一切都是为了你……可是你的心里却……

高继扬张了张嘴，欲言又止。

你想告诉我，但是你又不愿意说出来，一定是田茅有了什么事情，你的脸色告诉我，你心里很难过，是为田茅出了事情难过，还是为别的什么……

高继扬突然笑了起来，笑得很古怪，他说："你们都为田茅担心，怎么没有人问一问我，是不是我出了什么事情？你们怎么只想到田茅会不会出事情，就想不到我也会出事情？"

谢青云看着高继扬，说不出话来，她知道高继扬说的"你们"，是说的她和阿飘。

小高你说得不错，我们都为田茅担心，我，还有阿飘，是的，我们都为田茅担心，很奇怪，我们从来不为你担心，因为我们相信你不会有什么事情，还是因为我们关心田茅甚于关心你，或者，因为田茅给人的感觉就是常常要出些事情的？

高继扬站起来。

谢青云说："你要走？你真的不愿意告诉我事实真相？"

高继扬默默地注视着谢青云，我不能告诉你，我不能……他慢慢地向门口走去。

"你等一等，你和阿飘，"谢青云顿了一下，说，"小高，你和阿飘，也是为了……为了……"

高继扬说："我和阿飘，是我们自己的事情，跟别人没有关系，我们也不是一天两天了，我们迟早会分开的。"

谢青云说："我，我……"她真不知该说什么好，心乱如麻。

高继扬说："我没有骗你，徐丽丽我是见到了，真的见到了，但是……"他又停下不说了。

谢青云等着他。

“你再等一等吧，田茅回来你就会知道事实真相。”

那就是说你也知道田茅是到广州去了，是为了徐丽丽的事情，但是你就是不肯告诉我……

谢青云送高继扬下楼，她回到屋里，想了想，急忙走到阳台上，朝下一看，果然看到高继扬在朝上面看，一看到谢青云，高继扬连忙转过头去，骑上自行车走了。

高继扬，这许多日子来，你对我的一片心，我不是不明白，我是不能接受，你应该懂得，你应该明白，你怎么突然变了，谢青云望着远去的高继扬的背影，心下一片茫然。

第 30 章

“我知道你会来的。”阿飘说。

谢青云勉强一笑,说:“阿飘,你和小高,怎么的?”

阿飘说:“你来找我,并不是为了我和他分居的事情,你是来问我田茅到哪里去了,是不是?”

谢青云说:“阿飘,这不是你的心里话,在你的心里,并不是这样看我的,是不是?”

阿飘愣了一下,说:“你要我怎么看你,你自己是怎么样的人,人家就怎么看你。”

谢青云说:“是的,所以我说你虽然嘴上不肯饶过我,但是你心里并不恨我,你没有理由恨我。”

阿飘冷冷一笑:“我没有理由恨你? 你把自己估计得太高了,我恨你,真的恨你。”

“为什么?”

“我只问你一句,你到底要多少男人为你牺牲?”

谢青云绝对想不到阿飘会问这样一句话,她脸色通红,站在阿飘面前不知所措。

阿飘说:“问到你心里去了。”

不,不,阿飘,你不能这样说,你不能这样想,我不是那样的人,你错了,我对高继扬,真的没有什么。

“你可能不知道,高继扬最近情绪很不稳定,心理负担很重,天天做噩梦……”

谢青云心里一阵难受:“小高,他到底为什么,我也觉察到他变了,可是我不知道他为什么,是不是他留在广州遇到什么麻烦?”

阿飘说:“这就要问你了,他是为你的事情去广州,又一个人留在广州的,什么事情他不肯跟我说,一定会告诉你的,你怎么反来问我?”

谢青云说:“阿飘,你不相信我? 我真的不知道,他一句实话也没有告诉我,他说他见到徐丽丽了,一切正常,可是,可是……”

“可是他跟别人都说他没有见到徐丽丽,这就说明,他跟你的交情比跟别人的交情深得多。”

谢青云说:“阿飘,你误会了,你不要往别的方面想好不好?”

阿飘说:“我怎么误会,我是高继扬的老婆,高继扬的一举一动能骗得过别人,怎么能骗得过我? 我告诉你,最近一个阶段,他天天做噩梦,嘴里总是喊着你的名字……”

谢青云的脸重新又红起来,说不出话来。

阿飘说:“他天天到心理医生那里去,从来也没有跟我说过,我是无意中翻到他的一张病历才知道的。”

谢青云吓了一跳,说:“看心理医生?”

阿飘慢慢地点点头,眼睛有点发红。

谢青云说:“能不能把病历给我看看?”

阿飘说:“他带走了,总是随身带着的。”

谢青云说:“你看到病历上写的什么?”

阿飘说:“医生的字,我也看不很清楚,”阿飘说着苦笑了一下,继续说,“其实看懂了也不过就是那么回事,要不就是单相思,要不就是无力解决多重感情的矛盾,所以苦恼,所以心态不对头,所以要求助医生……”

谢青云狠了狠心,直截了当地说:“阿飘,你是不是以为,小高的情绪是因为我的缘故?”

阿飘看了谢青云一眼,说:“你自己说吧。”

谢青云知道和阿飘再说也说不下去了,她问阿飘:“小高是在哪一家医院看病的?”

阿飘说:“精神病院。”

谢青云吓了一跳。

阿飘说:“怎么,你怕了?”

谢青云没有说话。

阿飘说:“如果你想到医院去了解点什么,我劝你还是不去的好,你得不到什么的,医院有规定,看心理医生的病人,只要他自己有不让别人知道的意思,医生绝不会告诉你什么。”

谢青云点点头。

谢青云从阿飘家出来,直接往精神病院去,到那里果然如阿飘所说,医生尊重病人的意愿,不向任何人透露病人的情况,谢青云磨了半天,医生仍然坚持不说,最后谢青云急了,说:“医生,这是人命关天的大事呀。”

医生微微一笑,说:“来打听的人都说是人命关天的大事,我老实跟你说吧,你打听的这个病人,已经有不少人来打听过,连公安局也有人来过，但是我们不能失信于病人。”

公安局的人也来过，也许就是乔江来的，谢青云绝不相信医生说的话，要是乔江真的来过，那么乔江一定会了解到高继扬看心理医生的原因。谢青云最后问医生：“那你能不能告诉我，这位病人到底是因为感情纠纷，还是因为别的什么原因？”

医生笑着摇摇头。

谢青云走出医院，迎面看到一个人朝她走来。谢青云想不到这个时候会在精神病院门口碰到她，不由愣了，一时竟有点不知自己身在何处。

这个人是温和。

温和正在东张西望，看到谢青云从精神病院出来，脸上有一种说不清的神色，迎上前叫了一声：“青云，”又说，“果然在这里。”

谢青云说：“温和，你怎么到这地方来了？”

温和说：“我找你，到阿飘那里，阿飘说你到精神病院来了，我吓了一跳，以为你出了什么事情，问阿飘到底怎么回事，阿飘不肯告诉我，只是说你找到她自会知道，我就急急忙忙地赶来了。”

谢青云说：“没有什么大事，小高最近情绪不怎么好，说是来看心理医生，我来看看他，没有看到。”

温和奇怪地皱了皱眉，说：“小高怎么会？”

谢青云不想多说这件事情，便问温和：“你找我什么事情？”

温和看到许多路人朝她们看，说：“站在精神病院门口说话，不好，我们走吧，边走边跟你说。”

谢青云说：“走？走到哪里去？”

温和看看她，有点莫名其妙，说：“你要到哪里去，我跟你一起走就是。你到公司，还是回家？”

我到公司还是回家？我自己也不知道。

谢青云说："前边有个街心小公园，我们到那里坐坐好吗？"

温和点点头。

她们一起到街心小公园坐下来，温和说："我刚从广州回来。"

谢青云一听广州两个字，心里马上一跳。

温和说："听江晓星说了些你们最近的事情，我知道你急，就来了。"

谢青云感动地看着温和，温和，我似乎已经失去了阿飘，但是我还没有失去你。

温和慢慢地说："我们在深圳演出，我，见到了……田茅。"

谢青云一把抓住温和的手，说："你见到田茅了，他在做什么？他跟你说了什么？"

温和说："他没有跟我说话，我也没有看得很清楚，只是远远地看到像他，和一个女孩子一起……"

谢青云急迫地问："那女孩子是不是徐丽丽？"

温和回头朝谢青云看看，说："谁？徐丽丽？就是那个怎么也找不到的徐丽丽？"

谢青云连连点头。

温和说："我不知道是不是她，我并不认识徐丽丽。"

谢青云说："那女孩子长得什么样子？"

温和说："没有看清楚，反正穿着很时髦的……"

谢青云说："个子高不高，有没有一米七以上？"

温和想了想，说："没有，没有一米七以上，个子不高，最多一米六的样子吧。"

谢青云说："那不是她。"

温和说:“我看见他,就想过去和他说话,谁知他却走开了,一手拉着那个女孩子,也不知道是无意的,还是见到了我有意要避开。”

谢青云“哦”了一声。

温和说:“所以我要来找你问问,也许是我看错了人,也许不是田茅。你是不是知道田茅到广州去了?”

谢青云没有说话,心里在想,肯定是他,不会错的,一定是田茅,他又带了一个女孩子,做什么,田茅你到底要做什么?

温和见谢青云心事重重,不说话,也沉默了一会儿,后来她说:“我回来后听江晓星说田茅可能有些麻烦,说是涉及少女失踪,我很……所以我来找你,你一定了解情况,田茅到底怎么了,青云?”

谢青云从温和的口气中听出她对田茅的关切,听出她在为田茅担忧,谢青云心里突然涌起一种奇怪的感觉,为什么你们都关心田茅?高继扬说,你们怎么不为我担心,你们都为田茅担心,为什么?

我说不出为什么,但这是事实。

谢青云说:“温和,江晓星怎么知道田茅有麻烦?”

温和说:“我问他,他不肯说明白,含含糊糊地,只说是听来的小道消息,又说不一定准确。”

谢青云看温和忧心忡忡的样子,她不由得叹息一声,说:“是有些麻烦。”

谢青云把徐丽丽的事情前前后后告诉了温和,温和一边听着一边就想插嘴说话,但是几次都忍住了,等谢青云把事情一说完,她马上说:“不可能的,不可能的。”

谢青云看着温和激动起来。

温和说："这和田茅有什么关系，不可能和田茅有什么关系，田茅绝不是那样的人。"

谢青云心里冲动，但是她努力抑制着自己的感情。

温和见谢青云不说话，很着急，说："青云，难道连你也怀疑田茅，你怀疑田茅真的会参与拐卖少女的事情？"

谢青云摇了摇头，她自己也不明白摇头表示什么，表示不相信田茅会做这样的事情，还是表示对田茅的怀疑。

温和说："不管你们怎样想，反正我是相信田茅的……"她看谢青云的脸色一直很不好，说道，"青云，你到底怎么想的？"

我到底怎么想的，我要是知道就好了，我现在心里一片糊涂，我真的不知道我在想些什么，我也不明白我应该怎样去考虑问题，我好像已经失去了辨别的能力。

温和紧张起来，说："青云，是不是你已经知道了田茅的什么事情？"

温和，你为什么这样紧张，你对田茅为什么这样关切，难道你，还有阿飘，还有我，我们三个人都还没有彻底从往事中走出来？

多少年过去，往事还在眼前……

谢青云沉默了半天，问温和："江晓星，他怎么看？"

温和没有回答她。

谢青云一回头，发现温和眼睛里有闪闪的泪光。

又过了一会儿，温和说："江晓星说，是你全力帮助他发达起来的，你若是遇到麻烦，他也会助你一臂之力的，哪怕倾家荡产……青云，阿飘说得不错，你……很多人……男人，都愿意为你牺牲，我和阿飘，我们都不明白……"

谢青云这时候才注意到温和的眼神，我错了，我以为我失去了阿飘却没有失去你，但是我明白我错了——谢青云想，温和，我也同样失去了你……

温和见谢青云不语，又道："真的，江晓星虽然平时有点急吼吼，钱迷心窍似的，但是朋友义气还是很讲究的，你真的不行了，他会帮助你……"

谁也帮不了我。

第 31 章

田茅回来了。

谢青云正在办公室和市里一家最大的商行的代表谈代培导购小姐的事情,双方对合作的前景都比较乐观,只是在商谈价格的问题上一时陷入了僵局,谢青云耐心地向对方解释收费标准是按什么定下来的,商行的代表听了一半笑起来,说:“谢总说得都有道理,我们也是吃这碗饭的,不会不明白,只是……只是最近形象公司的形象好像有点……这个,谢总也有数……我们别的也就不计较了,只是希望贵公司在代培费用上给我们优惠一点……”

谢青云心里一阵难受,形象公司开业三年多来,在形象上从来没有被人说过闲话,想不到现在合作对象竟提出公司的形象问题,谢青云无法忍受这种情形,脸立时就沉了下来,说:“李先生说这话的意思,显然是对我们形象公司不信任,如果不信任我们,李先生可以另找合作伙伴。”

商行的代表满脸堆笑,说:“哪里话,哪里话,形象公司在我们心目中,过去,现在,一直到以后都是最好的合作伙伴,我说形象公司最近在形象上有些什么,当然也是道听途说的,谢总不必很认真。”

谢青云说：“坦率地说，我们公司最近是碰到些麻烦，但是，我把话挑明了，这和代培费用没有什么关系。”

商行代表说：“那是。”

谢青云正要继续往下说的时候，她透过玻璃窗突然看到外面写字间有一个人朝这边走来，谢青云“呀”了一声站起来，迅速地过去开门。

是田茅来了。

办公室张主任连忙把商行的代表请到会议室去，谢青云看着田茅风尘仆仆的样子，不由心头一热，说：“你，终于回来了。”

田茅说：“刚下飞机，没敢先回家，就直接到你这里来了。”

谢青云点点头。

田茅笑了，说：“回来第一件事情，就是向谢总报到，不然的话，谢总一定以为我畏罪潜逃了，是吧？”

你到现在还有心思说笑。

“怎么样，我不告而辞，替我担心了吧？”

谢青云说：“我们都急坏了，你怎么连你太太也不告诉一声就走了，严萍来找我的……”

田茅点了支烟，说：“走得急，来不及告诉了，就算来得及说，也挺麻烦，突然就飞广州，要说清楚也挺不容易，不辞而别也好，反正又不是畏罪潜逃，总要回来的，没地方逃……”

谢青云说：“严萍出了点事，你知道了吧？”

田茅点点头：“你以为我会像你一样，一出去就没踪没影了，我们的热线联系可是从来不中断的，当天晚上我就知道严萍挨了一棍，谁让她手下毫不留情，人家倒是手下留了情的呢，要不，一棍子,够她大半条命的了……"

这就是说,第二天上午我去看望严萍时,严萍已经知道田茅的确切消息,可是她没有说,她不愿意告诉我,这很正常……

"你这一走,你知道不知道,我,我们大家为你担心,为你……"

田茅笑着说:"你真的为我担心?我好感动,我好……"

没有再说下去,他看到谢青云的眼睛红了,便停下来。

好半天两个人谁也没有再说话,田茅只是闷头抽烟。

你不是这样的人,碰到任何困难,你都是乐观的,但是这一次不同了,虽然你还是有说有笑,但是我能感觉出来,你的心情很沉重。

"你,见到徐丽丽了?"

谢青云终于忍不住。

田茅继续闷头抽烟,不回答谢青云的话。

谢青云又问了一遍:"你见到徐丽丽了?"

田茅古怪地一笑,说:"你怎么知道我是去找徐丽丽的?"

谢青云急得心都要跳出来了,说:"田茅,求求你,告诉我,到底出了什么事情?"

田茅说:"跟你没有关系。"

谢青云说:"怎么跟我没有关系,人是我们形象公司介绍出去的,出了事情,我们公司怎么能不闻不问?"

田茅盯着谢青云看,说:"你是为徐丽丽着急,还是为形象公司的形象着急?"

谢青云愣了一下,不知怎么说才好,她避开了田茅的注视。

田茅眯着眼睛看着谢青云一点一滴细小的表情。

我为什么要避开他的注视,我怕他吗?我心虚吗?我心虚什么？我为徐丽丽着急，我也为公司着急，难道错了吗？难道我不应该为我的形象公司考虑？

田茅又点了一支烟，慢悠悠地说："小高从广州回来，是不是告诉你他见到徐丽丽了？"

谢青云说："是。"

田茅说："那么，我从广州回来，给你的答案是我没有见到徐丽丽，我找遍了广州，找遍了深圳珠海等地，我找不到徐丽丽。"

谢青云脱口说："怎么可能，我们在广州还到她住的地方去了，她确实就在广州，你不可能找不到她。"

田茅又笑了一下，说："传说中的徐丽丽住的地方我也去了，你真的以为那就是徐丽丽的住处？"

谢青云心中一凉，说："你是说，那个地方是假的？"

田茅说："是假的，没有徐丽丽。"

谢青云惊愕不已，虽然她也曾千百次地怀疑过，但那毕竟只是自己心中的一点点疑虑罢了，无根无据的，现在听田茅说了出来，只觉得一阵心惊。

田茅说："没有徐丽丽，也根本没有吴诚一的什么公司。"

谢青云说："不可能，小高还到他们公司去看过。"

田茅说："你为什么不自己去看看？"

谢青云说："我，来不及了，飞机票订错了，提早一天走的，本来都已经跟他们说好，第二天到他们公司去看看。"

田茅说："你真的以为一切都是巧合？你真的以为如果不是订错飞机票你就能到他们公司去看看，你就能见到徐丽丽？"

谢青云不敢顺着田茅的思路往下想，一切都不是巧合，一切都是事先安排好的，是一个圈套，他们做好了让她钻进去，还钻得心甘情愿,感激涕零……谢青云想着想着,真有些不寒而栗的感觉,真的如田茅所说,那么,高继扬,他在这一切活动之中,又是扮演了一个什么角色呢?

不!谢青云在心里大叫着,高继扬绝不会,即使吴诚一那边真的有什么阴谋,高继扬绝不会一起参与,他一定也是一个受害者,我绝不相信高继扬会和吴诚一他们串通一气来害我。但是,高继扬,你为什么不肯说出事实真相?高继扬你为什么要骗我……高继扬一定有他自己的苦衷,有他自己的难言之隐。

田茅注意着谢青云的神情,说:“怎么样,想明白了没有?”

谢青云摇了摇头,说:“我不明白。”

田茅说:“其实事情很明白,我和高继扬之间,总是有一个人在骗你,也或者我们两个人都在骗你,出于不同的或者同样的目的。”

谢青云摇了摇头,你们都不会骗我的,你们为什么要骗我?

田茅说:“你承认也好,不承认也好,这就是事实,我和小高,你觉得谁更可靠一些呢?”

我不知道。

田茅更逼近一步:“我们两个,你以为是谁在骗你?”

我不知道。

“你现在开始怀疑小高了是不是?你现在往回想想,小高有许多事情是值得你重新认真地审视一番是不是?”

是的。

“你为什么不对我产生一些想法和怀疑?你的前夫,哦,对不起,暂时还不能叫作前夫,是你丈夫,乔江不是告诉你,有一封匿名信是揭发我的吗……”

你怎么知道,连乔江跟我说过什么话你都知道,你到底在做什么?你到底有什么通天的本领?你的背景到底是什么?你的背后到底有什么?

田茅抓起自己随身带着的包,站起来说:“我走了。”

谢青云也站起来,说:“你,不能走!”

“怎么,要扣留我,幸好你这儿不是公安局,不是你们乔江的地盘,要不然,就不是扣留而是拘留了。”

谢青云说:“你不能走,你不把话说清楚,你不能走。”

田茅说:“我已经说清楚了,信不信是你的事情。”

谢青云问:“你真的没有见到徐丽丽?”

田茅说:“怎么,对我也开始怀疑了?”

谢青云说:“你到深圳去了?”

田茅说:“去了。”

谢青云说:“你在深圳碰到什么熟人没有?”

田茅注意地看了谢青云一下,想了想,说:“没有,没有碰到什么熟人。”

谢青云也想了一下,说:“你从广州回来,家也不回,先奔到我这里来,就是来告诉我,你什么也不知道,告诉我你到广州一无所获?”

田茅听了谢青云这话,笑了一下,说:“是,我到广州确实是一无所获。”

谢青云说:“好吧,谢谢你了,为我们形象公司——”

田茅打断谢青云的话,说:“怎么是为你们形象公司?我是为我自己的事情去的。”

谢青云不再说话。

田茅走出去的时候，觉得谢青云的神情有些异常，不由回头看了她一眼，谢青云冲他一笑。

她怎么了？她明白了什么？她悟到了什么？

我什么也不明白，我什么也没有悟到，我只是知道你们一个个都在骗我。

谢青云把办公室小金叫进来，说："小金，你跟在田茅后面，看他到哪里去。"

小金吃了一惊，不明白谢总的意思，愣愣地看着她。

谢青云说："你去，迟了就跟不上他了。"

小金说："你要我……"

谢青云说："是的，我要你跟住他，看他到什么地方去。"

小金一脸狐疑地走出去。

谢青云坐下来，长长地出了一口气，谁都不跟我说实话，高继扬，田茅，阿飘，还有温和，你们都骗我……还有谁肯告诉我事实真相？

有的，乔江，乔江会把事实真相告诉我的。

谢青云抓起电话打到乔江单位，那边说乔江出差还没有回来，估计在今明两天内就回来了。谢青云刚放下电话，电话铃就响起来，是小金打来的，告诉谢青云，田茅到了某某街的一家人家去了。

是阿飘家。

谢青云叫来小郭，说："马上出车。"

小郭说："正在洗车。"

谢青云板着脸说："不洗了，马上走。"

小郭看着谢青云，从来还没有见谢总这么说话，朝张主任他们几个看看，张主任他们也有点摸不着头脑，一脸的迷茫。

车子开到离阿飘家还有好长一段路的时候，谢青云叫小郭停了车，让小郭先回公司去，小郭问等会要不要来接，谢青云想了一下，说："不要来了，我自己回去。"

小郭开车走后，谢青云往阿飘家去，心里涌起一阵又一阵的热潮，也辨不出是个什么滋味。

阿飘家的门没有关紧，谢青云进去也没有看到保姆，刚要出声叫人，忽然听到哭声，谢青云悄悄地走到阿飘房门口，她愣住了，田茅搂着痛哭不已的阿飘，谢青云觉得自己的心强烈地震动了一下，疼得差点叫出声来，她连忙退出来，走到门口，一时竟不知自己身在何处，只觉得心潮翻涌，万般滋味一齐涌了出来……

柔肠寸断。

不知道站了多长时间，听得背后有声音，谢青云没有回头，但是她能感觉到是田茅走过来了。

田茅说："你怎么站在门口？"

谢青云两行眼泪夺眶而出。

田茅说："刚刚劝好了一个，又来一个，女人的眼泪就是多。"

谢青云想抬腿走开，可是两腿沉重得迈不开步子，她站着不能动，心里叫喊着。

你滚！

田茅笑了一下。

我滚。

田茅走开了，这样什么也不说就走开，对田茅来说，对谢青云来说实在是很难得的。

谢青云看着田茅的背影，怎么也止不住眼泪。

你错了，乔江说，你错了。

你知道他是什么人?

乔江是对的。

但是,为什么人人会上他的当?

田茅,你到底是一个什么样的人?

阿飘、温和,你们怎么到今天还不能忘记他?

我自己呢,我难道不是这样吗?我难道早已经忘记他了吗?

不,比起阿飘和温和,我为他付出的更多更大。

田茅,你难道不明白这一切?

田茅走远了的身影慢慢地又回了过来,谢青云觉得心就要跳出胸膛了。

田茅走到谢青云身边,说:"阿飘刚吃了安眠药睡下。"

你想的只是阿飘?谢青云说不出话来。

田茅看着她,说:"以后你会知道阿飘的事情,比起她来,你的运气实在是太好太好了。"

谢青云从田茅的脸上看出了事情的严重,她不由回头看了一眼阿飘的家。

阿飘,你真的遇到什么不幸了吗?你为什么不跟我说,你从什么时候开始对我不再信任,从什么时候开始我们中间产生了隔膜?

田茅说:"走吧。"

谢青云身不由己跟着田茅从阿飘家走开。

告诉我,田茅,你把一切告诉我,好吗?

不,我不能告诉你,我实在是……实在不能,因为一切的事情都是由你而起,你会受不了的,你天性善良,你心肠柔弱,你从不设防,当你知道一切的不幸都由你而起,你会怎么样?

田茅想,我不能告诉你,我从来不做自欺欺人的事情,今天我不告诉你,你难道就永远不会知道吗?不,你明白事实真相的这一天已经为期不远,但是我不能亲口告诉你,我现在也开始做这种自欺欺人的事情,一切都是因为你。

田茅自嘲地一笑。

田茅也会有不敢说话的一天,谢青云,这都是你的力量。

谢青云看着田茅嘴角一丝嘲讽的笑,她的心碎了,你们大家从前都对我那么好,怎么突然间都变了,为什么?我做了什么对不起你们的事情,你们要这样残忍地对待我?

你又错了。

第 32 章

谢青云坐电梯下楼，电梯门开了，乔江正站在门口，谢青云“啊”了一声。

乔江站到一边，谢青云跟着过来，乔江说：“你找过我？”

谢青云点点头，心里涌上一股暖流，忍不住说：“你回来了，我，实在是放心不下，不知道事情到底怎么样了……”

乔江也点点头，说：“田茅回来也没有告诉你什么？”

谢青云说：“是的，他们谁也不肯跟我说。”

乔江沉默了一会儿，缓缓地说：“他们对你……”他停顿了，又说一遍，“他们对你，真是……”

谢青云说：“什么？”

乔江摇了摇头，显然不想把有关“他们”的话题说下去。

谢青云说：“徐丽丽，你见到了？到底怎么样？”

乔江说：“见到了。”

谢青云心里“咯噔”了一下，紧张地盯着乔江。

乔江说：“这里说话不太方便，我们另外找个地方。”

谢青云看着乔江的脸，说：“回家去吧。”

乔江说："好。"

他们一起回到了从前属于他们两个人而现在仅仅是谢青云的家，乔江看着从前的一切都没有变，不由长长地叹息一声。

徐丽丽不仅找到了，而且被乔江带回来了，一年多以后重新回到家乡的徐丽丽，再也不是从前那个青春美丽风采照人的女孩子了。

徐丽丽一到广州就被吴诚一骗卖到东南亚某国的妓院，落入火坑的徐丽丽无路可走，只有拼命挣钱，半年后就逃回了广州，找到吴诚一想揭发他的罪行，却反过来被吴诚一所控制，在广州继续被迫卖身为生，后来染上了性病，痛不欲生……

谢青云听到这里，跳了起来，说："她现在在哪里，我去看她。"

乔江苦笑一下，说："她不想见任何人，何况是……何况是你。"

是形象公司害了她，是我害了她，谢青云紧紧地抱住自己的头，脑子里一片混乱。

"我不知道，我真的不知道吴诚一……"谢青云话一出口，立即感觉到乔江略带鄙视的一瞥，她停了下来。

乔江冷冷地说："知道不知道是你的事情，但是不管你知道不知道，事实已经是这样了，徐丽丽已经……她现在真是生不如死。"

谢青云不敢看乔江的眼睛，心如刀绞。

"根本没有吴诚一的什么公司，吴诚一已经逃回香港去了，"乔江说，"但是他逃不脱法网。"

果然是高继扬骗了我，他告诉我他看到了徐丽丽，看到了吴诚一的公司，全都是谎言。谢青云想着，不由出了一身冷汗，高继扬，怎么做出这种事情，他平时对我的那一份真情，难道全都是假的？他的为人，难道也全是做出来的？

不可能。

不像是假的。

还有田茅，他和吴诚一到底有没有牵连？

谢青云一时间心绪翻涌，形象公司很可能从此名誉扫地，形象公司的事业，也很可能从此日落西山，可是，此时此刻，我怎么不先为我的公司犯愁，我为什么不急于为我的形象公司找一条新的出路，我为什么不为我的形象公司去申辩、去呼吁、去解释，我首先想到的却是他们，是高继扬，是田茅，我怎么了，难道，形象公司不是我的全部心血，不是我的生命的支撑，也不是我的灵魂的寄托？

“告诉你一件事，”乔江注意地看着谢青云的脸色，慢慢地说，“田茅，昨天晚上……”

谢青云突然预感到了什么，紧张得一把抓住乔江的手。

你果然为他担心，不是一般地担心，我没有看错，这是真的，你这个人，不会隐瞒自己的感情，在你想到要隐瞒的时候，在你最不真实的时候，也恰恰是你最笨拙的时候，谁都看得出来，不要说我，做了你多年丈夫的人，你为他担心。

乔江说：“我本来也不想告诉你，不想让你从我的嘴里听到这个消息，但是你迟早是要知道的……田茅被收审了。”

为什么？为什么？

你自己明白为什么。

乔江，你们一定是搞错了，难道凭一封无头无脑的匿名信就能定一个人的罪，你们不能这样。

乔江等谢青云稍稍平静一些，说：“徐丽丽告了他。”

“告他什么?”

“和吴诚一串通一气,贩卖少女。”

不! 不! 绝不!

你不能对事实说不,你面对事实只能承认它。

“什么,什么是收审?”

“收审就是拘留起来审查。”

“还没有定罪?”

“没有,定罪要有事实根据,还要有罪犯本人的供词。”

“如果田茅没有罪?”

“没有罪就无罪释放。”

“会不会,会不会是徐丽丽出于某些人的压力,陷害田茅?”

“现在什么都不好说。”

“会不会是吴诚一逼迫徐丽丽的,吴诚一那样的人什么都能做出来。”

……

乔江看着谢青云,如果我处在田茅的位置,你会不会这样挖空心思为我寻找无罪的理由? 你会不会如此焦虑,如此魂不附体,如此失态?

我不知道,我不敢往深里想,谢青云在心里对自己说,你早已经对此做出了判断,要不然,你就不会提出离婚……

会不会是我错了,在田茅和我之间,你到底把谁放在首位?

谢青云突然说:“高继扬,小高怎么了,他是怎么回事?”

还有一个高继扬。

你心里到底要放进几个男人?

乔江干笑一声。

谢青云说："如果事情与他无关，他为什么要骗我，小高不是那样的人，他从不骗人……"

乔江冷笑着说："这还不明白，小高他不忍心把事情真相告诉你，就是这样，你在他心里，是女神，是圣女，是天仙，高不可攀，凌然不可侵犯……他不能把这样的肮脏事情灌到你的耳边里去。小高实在是犯了傻，他以为不告诉你，这事情就和你没有关系了，其实哪能，形象公司这一次说什么也难逃过去，小高就是想包庇也包庇不了。"

谢青云摇了摇头，说："不会的，不是这样的……"

乔江说："那就是高继扬也参与了罪恶。"

不！更不可能！

乔江嘴角又挂起一丝冷笑："这也不可能，那也不会，在你眼里都是好人，怪不得男人个个喜欢你。"

谢青云说："乔江，这时候你还说这样的话！"

乔江有些激动起来："我不能不说，我憋了很久了，你的为人，你的性格，你的以善待人的本性，使许多男人对你产生误会，这我不计较。让我受不了的是你心底里的人，不是我。"

我不知道该怎么回答你的话，我实在没有什么好说的，乔江，也许你是对的，我心底里的人也许真的不是你，但是我的丈夫是你，你明白吗？并不是所有的人都能和自己心底里的那个人结合，我想这样的事情很多，但是这绝不意味着我心里没有你，或者说你在我的心里没有位置。恰恰相反，乔江，你在我心里的位置要比任何人重要十倍百倍千倍，甚至是不能用倍数来说明的。

什么叫夫妻？这就叫夫妻，你明不明白？

乔江确实是不明白谢青云的心，他说："你尽管放心，不管你心里想的是谁,我绝不会用我手中的权力去做出不应该做的事情。”

这个我完全相信你,你是一个正直的人,但是你的心胸也许不够宽广。

乔江说:“同样,田茅如果真的有罪,我也绝不会手下留情。”

“不会的,田茅不会有罪。”谢青云说。

“你说得这么肯定,你真的很了解他?”

我了解他吗?

我很了解他,就像了解我自己?

我一点也不了解他,就像他是一个陌生人。

乔江说:“有罪无罪,很快就能见分晓。”

见分晓,见什么分晓,有些事情是可以见出分晓的,但是有些事情却永远难以见分晓。

谢青云说:“徐丽丽现在住在哪里?你告诉我,我要去看她。”

乔江说:“你是去看望徐丽丽,还是希望徐丽丽收回她的控告?”

谢青云说:“你觉得我是一个狼心狗肺的人?”

乔江说:“我以为,你关心徐丽丽也是真心,但是你更关心的是田茅。”

谢青云不说话。

乔江说:“我不明白,一个三十好几的事业上兴旺发达的成熟的女人,竟然会为了年轻时的一段不知值得不值得,也不知真实不真实的感情付出这样大的代价,可以不要事业,也可以不要家庭,可以不要名誉,也可以不要任何的一切……”

他说的是我吗?

谢青云心里一片糊涂，我是这样一个女人吗？不是的，我从来都是一个理智型的女人，我不会为感情所左右，我永远以事业为重，要不然，我会有今天的一切吗？我会有我的形象设计公司吗？

但是，今天的这一切，我的名声和实力俱佳的形象设计公司又怎么样？拥有了这一切，我快活吗？我幸福吗？

我回答不出，我应该是快活的，我应该是幸福的，我不敢说我不快活，我不敢说我不幸福，我不敢做一个真实的自我。

乔江说的那个女人，就是一个真实的自我，其实乔江错了，在我的心里也许真的想做这样一个女人，但是我没有那样的勇气，要我放弃多年努力得来的一切，为一个不知值得不值得，也不知真实不真实的过去了好多年的感情而牺牲，我真的做不到。

现在，这一切的成功，也许就要离去了，形象公司的事业，谢总经理的名誉，一切的努力正在消失，谢青云却突然感觉到一种前所未有的轻松，有一种终于解脱的快感。

“你要有准备，公司如果牵进去，很可能会对你们采取些措施……”

谢青云点点头，现在我可以歇一口气了。

“别的，我也没有什么说的了，”乔江犹豫了一下，好像在考虑要不要说下面的话，他想了一会儿，还是说了，“不管田茅这一次能不能逃脱，田茅这个人早晚要出事，而且，他这个人……我不想多说他的不好，你不爱听，其实你也知道，他守着那么多女孩子，你知道告他的来信有多厚……”

谢青云说：“我知道的。”

乔江笑了一下，说：“知道也没有用。”

是的，明明知道，也没有用，我对自己无可奈何。

谢青云的眼前,出现了田茅对着所有女孩子嬉皮笑脸的模样,出现了田茅搂着阿飘、阿飘在田茅怀里痛哭失声的情形,出现了温和对于田茅关切倍至的神情,她又回到好多年以前,她和温和、阿飘她们一起谈论田茅……

乔江临走的时候,犹豫了一会儿,掏出笔来,在一张纸上写了几个字,递给谢青云,递字条的时候,乔江并不看她的脸,谢青云接过去一看,是一个地址,她心里一动,问:“是徐丽丽的地址?”

乔江不动声色地说:“是她一个同学家,基本上没有人知道……不过,你若是一定要去看她,还是由我陪你去,不然的话,她不会见你的。”

谢青云稍稍一愣。

乔江说:“当然,要是我陪着你说话不方便,我可以先走,你尽管向她打听田茅的事情。”

谢青云说:“不,我不去看她。”

第 33 章

徐丽丽躺在床上，面色苍白，形容消瘦，看到谢青云走进来，翻了一个身，背对着她，谢青云在床边坐下，连问了几句丽丽你怎么样？

徐丽丽一言不发。

谢青云看徐丽丽床头柜上的茶杯里空空的，起身把带来的果汁冲了一杯端过去，轻声说："丽丽，喝点水。"

徐丽丽一点也没有动弹。

谢青云长叹一声，好半天说不出话，心里一阵一阵地翻滚着。

过了一会儿，有一个女孩子走进来，朝谢青云看看问道："你是谁？你怎么进来的？"

谢青云估计这就是徐丽丽的那个同学，说："谢谢你。"

女孩子眉毛一扬，说："什么意思？"

谢青云说："我是形象设计公司的，来看看徐丽丽。"

女孩子听到形象公司几个字，直朝谢青云冷眼相对，说："你倒赶得巧，我出去买点东西，就给你溜进来了。"

我在门口站了很长时间，才有了这个机会的，但是谢青云没有说出来。

女孩子说:“丽丽最不想见的就是你们形象公司的人,你走吧。”

谢青云说:“我只是看看丽丽,没有别的意思。”

女孩子说:“你们已经把她害成这样,还想有什么别的意思?”

谢青云说:“你不要误会,我只是……”

女孩子说:“误会?误会什么,误会你不是个好东西?误会你们形象公司——对了,误会你们形象公司的姓谢的什么总经理是个不要脸的——”一直不说话的徐丽丽突然翻过身来,谢青云看到她两眼发愣,听她说:“不要跟她说了,她就是谢总经理。”

女孩子“啊”了一声,走近一点朝谢青云直视起来。

谢青云竟然不敢迎着她的注视,避开眼睛,她向徐丽丽附过去一点,说:“丽丽,你能不能把事情告诉我?”

女孩子插嘴说:“撕人伤口的事情,只有你们这样的人能做出来。”

谢青云无言。

徐丽丽淡淡地说:“谢总,你走吧。”

谢青云说:“你这样子,我怎么能走?”

徐丽丽说:“你在这里又能怎么样,还能还我一个过去的我吗?”

谢青云忍不住要流眼睛,徐丽丽倒很平静。

谢青云说:“丽丽,我对不起你,我真的,我真的……我知道我现在说什么都晚了。”

徐丽丽说:“我没有怪你,也没有怪形象公司,我只怪自己命不好,和我一样的女孩子,多得很,为什么不幸就偏偏落在我的头上，这不是命是什么？”

谢青云不由自主地点点头。

徐丽丽又说了一遍：“你走吧，谢总，事情和你没关系。”

谢青云说：“丽丽，你如果还觉得我这个人不是很坏，我、我请求你告诉我，我不知道到底发生了什么事情，谁也不肯告诉我事实的真相，我憋得受不了了，我真的受不了了。”

徐丽丽摇了摇头。

徐丽丽的同学说：“你受不了，丽丽受得了？”

谢青云说：“丽丽，你知道不知道，田茅被公安局收审了。”

徐丽丽脸上没有任何表情。

谢青云说：“是你告的他？”

徐丽丽脸上仍然没有一点表情。

谢青云说：“丽丽，现在只有你最清楚，田茅是有罪还是无罪？”

徐丽丽突然说：“田茅有罪无罪，对你关系很大吗？”

谢青云愣住了，一时无言以对。

徐丽丽竟然露出一丝笑意，说：“谢总来看我，原来却是为了别人。”

谢青云说：“丽丽，你说一句话，你对田茅的控告，到底是真的还是假的，我只求你说一句话，你能说吗？”

“不！”

响起了敲门声，丽丽的同学去开了门，又反身进来，在徐丽丽耳边说了几句话，徐丽丽的脸一下子变了色，过了半天才缓过气来，说：“让他进来吧。”

进来的人是田茅。

谢青云惊愕得说不出话来。

田茅对谢青云笑了一下，走到徐丽丽床边，说："丽丽，你好。"

徐丽丽瞪着田茅，过了好一会儿，她的眼睛里慢慢地淌下两行泪。田茅坐在床边，一只手轻轻地抚摸着徐丽丽的头发，什么话也不说。

徐丽丽并没有挣脱田茅的抚摸，这一幅情景，使谢青云想起田茅搂着阿飘，阿飘在田茅怀里痛哭的情形。

我多么想扑在一个男人的怀里，或者靠在一个男人的肩上痛哭一场，像阿飘，像徐丽丽，可是我不能，我不敢，我要是那样一哭，我就不再是"我"了。

我现在才发现，"我"是一个多么可怕的女人，我再也不想做一个"我"了。

我也要大哭一场。

徐丽丽终于流尽了眼泪，她又恢复了谢青云刚进来看到的那种淡漠，冷冷地说："你们都走吧，我不想和你们说话。"

田茅对谢青云说："走吧。"

谢青云身不由己地站起来，跟着田茅走出来，走到门前街边上，谢青云突然停下不走了。

田茅说："怎么，跟一个释放犯一起走，玷污了你？"

谢青云不作声。

田茅说："你奇怪我怎么出来了是不是？"

谢青云说："你没有事了？"

田茅说："我有事，能出来吗？我又不是从拘留所里逃出来的，是你前夫，哦，还不到叫前夫的时候，大概也快了吧，乔江把我放出来，也许还有你的面子呢。"

谢青云看着田茅，心里酸甜苦辣咸五味俱全。

田茅笑了笑，说："开始怀疑我了？我怎么出来的？你们不是都知道我有背景吗，我或许就是靠这个逍遥法外的。"

谢青云说："是有可能。"她很想冷冷地说这句话，但是说的时候心却在抖。

田茅四处看看，没有看到谢青云的车子，说："你怎么回去？"

谢青云说："我不想回去，你先走吧。"

田茅回头朝徐丽丽同学家看看，说："你还是要到徐丽丽那里去？其实，你大可不必，你要想知道的事情，我可以告诉你。"

谢青云摇了摇头。

田茅说："再也不想听我说话了？你不是最愿意静静地听我瞎说吗？"

谢青云没有应声，转身又朝徐丽丽的同学家走去，田茅远远地注视着她。

徐丽丽的同学看到谢青云又返回来，说："什么事？"

谢青云走到徐丽丽身边，说："我想，我想去看看你母亲。"

徐丽丽说："她疯了。"

谢青云沉重地点点头。

徐丽丽说："在精神病院。"

谢青云说："我听说了，我想去看看她。"

徐丽丽看着谢青云，眼睛慢慢地又红了，过了好一会儿，她说："我也要去。"

谢青云把小郭的车子叫来，和徐丽丽一起到精神病院去看望杨老太太，杨老太太认出了谢青云却没有认出自己的女儿。徐丽丽含着眼泪过去叫了一声"妈"，老太太把女儿推开，说："你们又串好了档来骗我,我女儿早死了,你骗我是骗不过去的。”

徐丽丽忍不住哭出声来,边哭边说:“妈,是我,是你的女儿,回来了。”

老太太说:“回来了?谁回来了?我女儿回来了?”她说着哈哈大笑起来。

徐丽丽抱住母亲,连声说:“妈,妈,你再仔细看看,是我,是丽丽。”

谢青云在一旁看得心酸,走上前说:“杨老太太,她是你的女儿,是丽丽,我们把她从广州带回来了。”

老太太听了谢青云的话,果真有所触动,仔细地看看徐丽丽,看了一会儿,她又笑起来,说:“又骗我,又骗我,我跟你们说,原来我有病,所以你们骗得了我,现在我的病被医生治好了,你们再也骗不了我了。”

徐丽丽说:“妈,全怪我,怪我没有给你写信,怪我……”

老太太笑得不能控制了,护士走过来,对谢青云她们说:“不行了,你们走吧,再下去又要发作起来。”

谢青云和徐丽丽只得退了出来,徐丽丽走到医院的院子里,一下坐在花坛边上,说什么也不肯走了。

谢青云陪着她,不说话,也不劝她什么,徐丽丽哭出很大的声响,引得一些路过的医务人员和病人家属都朝她们看。谢青云说:“丽丽,走吧。”

徐丽丽说:“我不走,我不走,我要陪着我妈妈。”

谢青云无力地叹息一声。

徐丽丽抽泣着说:“都是我害了我妈妈,都是我……”

谢青云说:“丽丽,是我害了你,害了你妈妈,我真的,我心里,我不知怎么说才好,丽丽,我……"她忍不住也掉下了眼泪。

徐丽丽并没有听清谢青云说的什么,她自言自语地说:"怎么会是这样……早知道妈妈已经疯了,我——我真后悔,我后悔……"

谢青云说:"丽丽,我对不起你,我不知道怎样才能……"

徐丽丽看了谢青云一眼,说:"怎么才能什么?才能弥补?才能换回我的过去?才能还我一个从前的徐丽丽?谢总,永远不可能了,徐丽丽永远不再是徐丽丽了。妈妈说得不错,丽丽已经死了,早知道是这样一个结果,我就,我就……"

谢青云担心地看着她。

徐丽丽说:"我就不受他们的要挟,我就不会……是我自己不好,放跑了吴诚一……"

谢青云说:"你,丽丽,你怎么会?"

"他们威胁我,要把我的事情告诉所有的人,要把我的照片寄给我妈妈,照片,他们拍了那些照片……"

谢青云心里猛地被刺了一下,照片!"我也被人寄过照片,我……丈夫要和我离婚……"再有两天,就是宣判的日子,谢青云一想到那一瞬间,再也支持不住自己了,她也坐了下来。

徐丽丽睁大眼睛看着谢总,看了半天,突然扑到她怀里又哭起来。

我告诉你,我把一切都告诉你……

我从马来西亚逃回广州后不久,就打听到形象公司又送来一批女孩子,带队的是文化局的高科长,我也认识他,我知道他是个好人,在无路可走的情况下,我打听到他的住址,一天半夜里,我溜到他的住处,把一切告诉了他……

高继扬?

是的。

高继扬早就知道了你的遭遇?

是的。

高继扬,他怎么会,他为什么……

我把一切事情告诉他以后,他气得浑身直抖,当时就要给广州的公安局打电话报警,是我拦住了他。

“为什么?”

徐丽丽的眼泪滚滚而下:“我怕,我怕吴诚一,我知道他们和香港的黑社会有联系,我怕……”

高继扬说,你怕他们,不敢报警,你想一想,以后还会有多少女孩子像你一样。高继扬又说,我劝你还是回家乡去,你的事情我绝不向任何人说出来,你回去重新做人,你还年轻,还有重新做人的机会和时间。我说,我已经不可能重新做人了,我当时不敢把我得病的事情告诉他,怕他看不起我,但是他很敏感,看我吞吞吐吐不敢直说,已经猜到了,他长长地叹了一口气,没有再说话。我以为他果真因为我有了病就不想理睬我,伤心得哭起来,后来才知道他并不是因为我得了性病才不说话,他实在是心里很难过,最后他送我到住处,让我自己小心,不要再落入吴诚一的手里,他决定第二天一早就去报案,并且保证不说出我的名字和下落。

“可是他第二天并没有去报案?”

徐丽丽说:“是的,他没有去。”

“高继扬不是说话不算数的人,你知不知道他怎么会改变了主意?”

“我不知道。”

“你后来有没有再见到他？”

“我没有再见到他，可是……”徐丽丽欲言又止。

谢青云急切地问：“可是什么？”

徐丽丽呆了好一会儿，说：“可是吴诚一却找到了我。”

谢青云神色大变，说：“你的意思，是高继扬向吴诚一出卖了你？”

徐丽丽拼命地摇头：“我不知道，我不知道。”

不，绝不会的，高继扬绝不是那种人，他不会……谢青云心里突然掠过一个念头，会不会高继扬也和徐丽丽一样被吴诚一所要挟？如果高继扬害怕吴诚一的要挟，那么高继扬一定有什么把柄抓在吴诚一的手里？高继扬，你到底怎么了，你和吴诚一的交往我都知道，你怎么会……

徐丽丽接着说：“我听吴诚一他们的口气，和高继扬已经达成了某种协议，我的心死了，没有办法，我斗不过他们……”

谢青云说：“你、你怎么不去报案？”

徐丽丽冷笑一声，说：“要是换了你，你会去？”

谢青云说不出话来，我会去吗？我不知道。

徐丽丽又说：“我也不是没有想过要揭露他们，但是我没有证据，我到马来西亚，是我自己签的约，合约上当然不会有什么把柄被人抓住的，我唯一的证据就是我自己的病，但是我怎么说得出口！再说，就算我有勇气说出来，别人要是不相信，我怎么办？在那种地方，得性病的人很多，自己染上病再去诬告别人的事情也很多。反正，对得了性病的人，大家都不会有好印象，我有一百张嘴也说不清，我怎么办？”

谢青云说：“我到广州那一次，半夜里是你打电话给我的？”

徐丽丽想了想，说："哪一次？"

谢青云说："电话通了，没有说话，只是在电话里哭了好一会儿的，是不是你？"

徐丽丽说："不是我。"

谢青云心里一惊，不是徐丽丽，还有别的姑娘受了害，谢青云说："陈燕呢，她在哪里？"

徐丽丽说："我不知道她在哪里，反正我们一到广州就分手了，我想她也不会比我好到哪里去。"

"那，那我们后来送去的两批广告模特，她们的下落，你清楚不清楚？"谢青云说话的时候心抖得厉害。

徐丽丽说："我……我听……说……"徐丽丽显然没有把告诉她这事情的人名说出来，她到了嘴边又咽了下去，"第三批去的二十个人她都见到了，她说，吴诚一已经知道警方在调查他了，所以没有敢动手脚。"

"是谁告诉你的？"

徐丽丽先是摇了摇头，后来她看着谢青云充满焦虑的眼睛，终于说："是田茅。"

田茅！谢青云心里一阵狂跳，田茅果然和这件事情有关联，谢青云急迫地拉住徐丽丽的手问："丽丽，田茅被公安局收审，怎么回事？"

徐丽丽说："是我告的他。"

"你、你相信他和吴诚一确实是串通了的？"

徐丽丽说："我不知道，是吴诚一逼我说的。"

谢青云愣了愣，吴诚一为什么要徐丽丽告发田茅，是他们之间的利害起了冲突，还是田茅发现了吴诚一的勾当？谢青云紧盯着徐丽丽,问:“你自己以为,田茅到底有没有事情?”

徐丽丽看了谢青云一会儿,再一次摇头,说:“我不知道。”

“现在田茅已经被放出来了,是不是说明田茅没有问题呢?”与其说谢青云是在问徐丽丽,不如说她是在问自己,她明知这样的问题是得不到答案的。

徐丽丽不知道。

谢青云也不知道。

她们各自怀着一肚子的心思一起走出精神病院大门,走到小郭停车的地方,刚要上车,突然一辆救护车尖叫着呼啸而过,谢青云心里一抖,失声说:“出事了。”

小郭和徐丽丽都朝她看,救护车呼啸而过,你为什么这么紧张?这车子里的人和你有关系吗?

我为什么紧张?我知道救护车里是谁吗?

第 34 章

真的出事了。

真的和谢青云有关。

高继扬服安眠药自杀。

谢青云赶到医院，在抢救室门口，一眼看到了失魂落魄的阿飘，谢青云奔过去，叫了一声："阿飘！"

阿飘两眼迷茫。

谢青云说："阿飘，我是青云呀！"

阿飘听到青云两个字，眼睛里突然冒出火来，一下子扑过来，揪住谢青云的衣服，大喊大叫："你、你、都是你，都怪你！"

在一边扶着阿飘的温和连忙把阿飘的手拉开，说："阿飘你冷静点，你冷静点。"

阿飘仍然大叫大喊，嘴里不停地说着"都怪你，都怪你"。

谢青云不知所措地站着，一时竟想不明白自己站在这地方要做什么，愣了好半天，才想起是来看高继扬的，连忙问："小高呢，小高怎么样？"

温和刚要说话，阿飘已经抢在前面，手指戳到谢青云脸上，说：

“问你！”

谢青云后退了一点儿，转身要进抢救室，被护士挡住了。

谢青云含着眼泪说：“求求你，让我看一看，求求你。”

护士脸色铁板，说：“不行。”

阿飘说：“让她进去看，让她进去看，看她有脸进去看！”

护士看惯了这样的场面，无动于衷。

谢青云一下子跌坐在医院的长椅上，眼睛死死地盯着抢救室的门，门上抢救室三个鲜红的大字，像三把血淋淋的尖刀，直扎在她的心上，谢青云用手紧紧地捂住自己的胸口。

温和在一边注意到谢青云的脸色很不好，又见她用手捂住胸口，连忙问：“青云，怎么，是不是不舒服？”

谢青云挣扎着坐正了，摇摇头。

阿飘瞪着眼睛对温和说：“你还不清楚她那一套，你还上她的当，总有一天，她连你们江晓星也要——”

“阿飘不要说了。”温和连忙打断阿飘，朝谢青云瞥了一眼。

谢青云被温和这一眼看得心里发寒，阿飘，温和，你们怎么了，你们都离我而去，你们都不再相信我，都认为我是……祸水？

这不公平，这不公平，我做了什么不好的事情，我做了什么亏心的事情，我对不起谁？我从来没有想过我和小高会怎么样，没有，高继扬的事情为什么要赖到我头上，这不公平……

抢救室的门“咣”的一声推开了，一个护士铁青着脸走出来，大家迎上去，护士推开众人，朝走廊另一头走去，什么话也没有说。谢青云心里突然一颤……高继扬挣扎在死亡线上，他的痛苦，你明白吗？在这样的时候，你首先想到的不是他的痛苦，不是他的生命，而是你自己，你急于洗干净自己，你的良心呢……

我真的变了，变得连自己也不敢相信。

在万般焦急中等待了很久很久，抢救高继扬的医生终于走出了抢救室，温和扶着阿飘抢上前去，拉住了医生。

医生一头大汗，很疲惫的样子，朝她们看了一下，叹了一口气，说："何苦来着！"

阿飘"噢"的一声，倒在温和身上，温和吓得大叫起来。谢青云急忙过去扶住阿飘，说："阿飘，阿飘，小高救过来了……"

阿飘睁开眼睛，看看谢青云，又看看温和，突然她猛地推开她们的搀扶，一头冲进抢救室，温和紧紧追着她进去，谢青云却愣在门口，抢救室的门反弹过来，打在她的脸上，她甚至没有感觉到疼，她想抓住晃荡的门，推开来，走进去，像阿飘一样扑到高继扬身边，可是她的耳边却回响着阿飘的话，看她有脸进去，谢青云只觉得两腿沉重得一步也迈不开。

我为什么不进去？我心虚？我愧疚？我对不起高继扬？

但是，我真的不明白这一切从何谈起，我为什么要心虚？我为什么要觉得愧疚？我为什么对不起高继扬？阿飘为什么这样对待我？温和为什么用那样的目光看着我？我的心简直要被你们撕碎了……我不明白，一切的罪过因何而起？

谢青云慢慢地离开了抢救室的走廊，迎面急急地走来一个人，谢青云一下子扑到这个人的怀里失声痛哭起来。

田茅说："小高救过来了？"

谢青云猛地清醒过来，她浑身抖了一下，迅速地离开田茅，但是她的眼泪却止不住。

田茅问："你看过小高了？"

谢青云泪如雨下，只是摇头。

田茅说："阿飘在里面？"

谢青云点点头。

田茅说："怪不得你不去看小高。"

谢青云听了田茅这话，突然止住了眼泪，用手狠狠地抹了一下泪水，朝田茅盯了一眼，转身向抢救室跑过去。

田茅跟在后面，此时此刻，他的脸上再也露不出平时的那种讥讽之色。

谢青云一直跑进抢救室，温和看她冲进来，想挡一挡她，却没有挡住，谢青云奔到高继扬的床边，大声喊："小高！小高！"

一个护士说："他还没有醒，喊也听不见。"

谢青云这才注意到高继扬仍在沉睡之中，脸色苍白，呼吸之声弱得几乎听不见，谢青云忍不住用手去抚摸了一下高继扬的脸。

温和连忙拉拉谢青云的衣角，阿飘说："温和，你放手，你让她表演。"

谢青云回头对阿飘说："我知道你恨我，我也不想解释什么，如果互相不能理解，互相不能信任，解释是没有用的。"

阿飘冷笑一声："互相理解？互相信任？要我和一个害死我丈夫的人互相理解互相信任？"

温和正要劝她们，一眼看到出现在门口的田茅，她突然不说话了。

谢青云和阿飘都背对着门，看着温和的脸色，她们一起朝门口看，田茅正站在那里，一脸的焦虑，这是谢青云、温和和阿飘她们平时很少见到的神色。

田茅看看她们，没有说话，走到高继扬床边，俯下身子看看他。谢青云、阿飘和温和她们看到田茅的眼角湿润了。阿飘忍不住又痛哭起来，温和在一边陪着掉眼泪，谢青云掩着自己的脸跑了出去。

谢青云一口气跑到医院大门口，停下脚步……

……医院门口进进出出的人很多很多，谢青云看着他们的脸，看着他们的动作，心里糊里糊涂，她就那样呆呆地站了一会儿，没有人注意到她，也没有人会注意到她，在嘈杂拥挤的人群中，谢青云只是很小很小的一分子，算不了什么。

其实还是有人注意她了，乔江正守在医院门口，从谢青云一跑出来，乔江就看到了她，他觉得她在人群中是那么的引人注目，那么的与众不同，他不由得叹息了一声。

过了好一会儿，乔江看谢青云站在那里一动不动，神色也很不对头，忍不住走上前叫了一声。

谢青云猛地听到有人叫她的名字，吓了一跳，心里直抖，好像真的做了什么坏事似的，半天才缓过来，看清楚是乔江站在她面前。

“你、你也来了？”

乔江点点头。

虽然我并不一定愿意来，但是我来了。很长时间以来我为之奔波，为之努力，为之付出了很大心血精力的工作，终于有了结果。虽然我从一开始就知道会是这样的结果，或者说，这样的结果，是我的几种分析推测中的一种，现在印证了，我应该高兴，我应该为我的努力，为我的成就感到自豪，可是，此时此刻，我却高兴不起来。

谢青云注意到乔江脸色凝重，神情沉闷，她慢慢地说：“你们，是来抓……”

乔江点点头。

谢青云心里一酸，说："他，还没有醒。"

乔江说："我们在等。"

等？

等高继扬醒来就抓他。

谢青云的心狂跳起来，颤抖着声音问乔江："抓了他，会怎么样？"

乔江说："起诉，判刑。"

"判、判……"谢青云说不下去了。

乔江说："你都知道了，吴诚一贩卖少女的事情，高继扬早就知道，而且，他拿了吴诚一的钱……"

谢青云拼命摇头。

高继扬，你沉睡不醒，你知道不知道，你醒来的时候，等待你的是什么？

高继扬不会不知道等待他的是什么，如果他不知道，他就不会愿意长睡不醒了。

小高，你不再醒来也罢。

乔江接着说："我们早就开始怀疑高继扬，疑点是从阿飘的生活费用上开始的。据反映，阿飘玩麻将，每打必输，她的生活费用又高得出奇，吃、穿、用都是很高档的，开始我们以为是阿飘自己有些问题，可能和卖淫有关，但是查下来却无实据……"

谢青云激动地说："阿飘，你们怎么会怀疑阿飘？"

乔江顿了一顿，没有说话。

谢青云从乔江的眼神中看出些什么，但是她不敢往深里想，她实在不能往深里想……

难道是因为我，从前我常常和乔江说起阿飘的事情，难道乔江他……谢青云又一次颤栗起来，不仅仅是阿飘和高继扬，还有我们公司，我们和吴诚一的生意，这一切……乔江为什么要接手这个案子，因为他有一个好帮手，那就是我，我可以给他提供很多方便，乔江调查这个案子，恐怕要比调查其他的案子容易得多，顺手得多，一切都是因为我。

乔江，你为什么现在才告诉我，你为什么不早一点对我说明白，你如果早一点对我说明白，事情也许就不会走到现在的地步，走到不可挽回的地步。

谢青云盯着乔江，缓缓地说："你一直在利用我。"

乔江说："吴诚一是很狡猾的，广州方面几年前就开始注意他，一直抓不到他的证据。这家伙行踪不定，打一枪换一个地方，抓他不着，像泥鳅一样。后来终于发现他和你们形象公司挂上了钩，马上就通知了我们，我们就开始注意他。"

谢青云问："那是什么时候的事情？"

乔江说："大概是在高继扬帮你们送第二批广告模特去广州以后。"

谢青云说："你为什么那时候不说，你对我……"

乔江有些犹豫，停了一会儿，说："你知道，我们有规矩……"

规矩，规矩就是利用妻子，规矩就是瞒着妻子调查妻子的工作。谢青云苦笑了一下，说："你真是一心扑在工作上。"

乔江也苦笑了一下，说："彼此彼此。"

谢青云说不出话来，乔江说得不错，我一心只想着公司的发展，只想着多赚钱，我连吴诚一这样的人都跟他做交易，他能骗得了我，也许并不是他的骗术有多高明，而是我自己被自己的所谓事业迷住了眼睛，迷住了心窍。

乔江注意到谢青云的脸色越来越难看，说道："当然，形象公司也有逃不脱的责任，但是可以分出轻重的，这个你放心。"

谢青云说："你以为我在想着怎么逃脱自己的责任？"

乔江说："当然不是，你不会的，但是该说的我还是要说，你，还有形象公司，和高继扬的性质是不一样的。"

如果一样，我现在就不能站在医院门前和你说话，而要到拘留所去录供词了。

乔江又说："主犯吴诚一还没有落入法网，广州方面已经通知港方，做好一切准备，只要他一露面就抓。"

谢青云问："他们到底、到底……像徐丽丽这样的女孩子，他们害了多少？"

乔江神色黯然，说："大都是别的地方送去的女孩子，你们公司介绍的，一共是三十二个，陈燕到现在还是下落不明，第二批的有两个女孩子被骗出去了，也找不到她们，幸好第三批的二十个人没有来得及……"

谢青云说："我、我不能想这事情，一想我就、我就……"

乔江说："你不可能不想，开庭的时候，有你回答的问题。"

谢青云点点头，说："我知道，我会做好准备的，但是我一想起来，心里就像刀剜一样的疼，我的心脏……"谢青云感觉到胸口一阵疼痛，不由得又用手捂住了胸口。

乔江看了她一眼，他知道她从来不装模作样，他叹口气说："怪谁？恐怕得怪你自己，有人引狼入室，你却……"

谢青云紧张地看着乔江。

田茅。

“田茅怎么会被放出来呢?”

乔江说:“无罪就放出来,这有什么奇怪。徐丽丽迫于吴诚一的威胁诬告田茅,查清了,就放出来,就这样,很简单。”

谢青云觉得乔江说话的口气很有些愤愤不平的意思,她看着乔江,希望从他嘴里再听到些什么,同时又怕从他嘴里再听到些什么。

乔江说:“怎么,你不开心?田茅无罪释放不正是你的希望,也是你所预料到的吗?”

谢青云问:“田茅真的没事?吴诚一是他介绍过来的。”

乔江奇怪地笑了一下,说:“我也搞不清楚,你最好去问他自己,最好让他跟你说实话。”

谢青云还想再问田茅的事情,乔江的一个同事走过来,朝谢青云看了一眼,他是新来的,不认识谢青云,乔江也没有介绍,同事在乔江耳边说了几句话,乔江说:“去吧。”回头对谢青云说,“他醒了。”

谢青云看着乔江和同事一起往抢救室的方向走去,她的内心深处有一个声音在大叫:高继扬,你和田茅是不是错了位?

第 35 章

青云：

在这最后的时刻，请允许我叫你一声"青云"。平时，我每次见到你，我甚至连你的名字也不敢叫，这是第一次也是最后一次更是唯一的一次。

已经记不起是从什么时候起，你走进了我的心里，永远永远地走进去，我再也无法把你赶出来。也许是那一次阿飘问我要证人证明我前一天晚上在什么地方的时候，你为我作了伪证，我不知道你为什么要这样做。事后我问过你，你说你不忍心看着我当着那么多的人面受窘，我的心被你宽厚博大的爱深深地感动，继之被融化了。也许是另一次，也许是再另一次，总之我的心里再也没有别人，只剩下一个你。我自己也觉得奇怪，这不是在封闭的社会，我怎么会产生出这种令人也令我自己费解的痴情，我对你入痴入迷，我对你敬若神明，我迷恋得不能自拔，不能控制，不能正常地生活，我也知道这样下去早晚会出事情，终于有一天事情来了……

谢青云怀揣着高继扬写给她的信,就像揣着高继扬的一颗心。

“乔江,求你一件事。”

乔江明白她的心:“不行,拘留期间不能见。”

“乔江!”

乔江的心被打动了……

高继扬青灰的脸色,长长的胡子,再无一丝生命光彩的眼睛,谢青云的心被尖刀剜着搅着,已经到了欲哭无泪的时候。

高继扬帮助形象公司送十名广告模特去广州,那一天夜里徐丽丽找到他的住处,把她的不幸遭遇告诉了他,高继扬因为徐丽丽的再三哀求,当天夜里没有去报案,事情就在半夜以后发生了,高继扬在半夜醒来,突然发现身边睡了一个女人,他大吃一惊,女人告诉他,他和她睡觉的录像带已经制作好了。高继扬被这突如其来的事情弄得说不出话来,这时候吴诚一和几个男人走进来,随身带着一台小型的录像机,当时就把录像带放给他看了。高继扬不敢相信带子上的那个男人就是他自己,但是那确实就是他自己,他们在他临睡前喝的水中放了药,一切并不复杂。

不干什么,只要你对徐丽丽告诉你的事情守口如瓶,我们绝不找你的麻烦。

要我眼睁睁地看着你们贩卖少女?我做不到。录像带的事情,总可以说明白的。

你以为你还能洗清你自己?

我不能洗清自己?但是我能眼看着更多的徐丽丽落入你们的手里?

你以为你还能拯救别人,现在的你,恐怕连自己也救不了啦。

我们已经找到了徐丽丽,这还要感谢你,要不是你到广州来,徐丽丽也不一定会露面，既然我们找到了徐丽丽，以后，我们要她说什么她就会说什么，你不相信？

我相信。

相信就好，你可以说出徐丽丽的遭遇，但是我们马上可以让徐丽丽否认这一切，如果需要我们甚至可以让徐丽丽告你，告你什么都行，告你强奸，还可以拿出人证物证，你相信不相信？

我……相信，你们能做到。

我们会把这盘带子，寄给你的单位，寄给你的太太，她叫阿飘是不是？还要寄给一个人……

高继扬紧张得心都要跳出来。

寄给你心目中的圣女，谢青云。

不！

你们不能这样做，你们不能寄给她！

果然如此，谢青云在你心里要比你太太的地位重要得多，如果是这样，事情更好办。

高继扬瞪着吴诚一，吴诚一笑着，说，我们能把徐丽丽骗到马来西亚去做妓女，也一样能把谢青云骗出来卖掉，不要看她做了什么总经理，在我的眼里，嫩得很呢，和小女孩一样好骗。高先生，你说是不是？

是的，是的，谢青云实在是一个外表成熟内心幼稚的女人，吴诚一要骗她，真是太好骗了。

怎么样？

高继扬的头终于低了下去。

你明白了？聪明了？

我……可以考虑，但是，我也有一个条件。

你可以说。

到此为止，我不说徐丽丽的事情，你们也不得再和谢青云形象公司有来往，从此不能再去打扰她。

吴诚一大笑。

高继扬说，如果这条你们做不到，我、我宁可……我……

吴诚一继续大笑，然后说，好，好，难得你一片痴情，就成全你，答应你的条件，东方不亮西方亮，不找形象公司也有别的公司可找，漂亮女孩子哪里找不到，满世界都是。

高继扬从广州回来的时候，并不知道提包里被吴诚一他们塞进了钱，到家后阿飘翻他的包，突然发现了一大笔的钱，问从哪里来的，高继扬马上想到是吴诚一的钱，但是不敢说出来，只能说是自己帮人家做了一笔生意，拿的好处费。阿飘那时候正等钱用，拿了就走，阿飘把这钱一拿走，把高继扬的心也就撕碎了。

最先是阿飘对他起了疑心，让阿飘疑心的一个是高继扬的钱，还有是高继扬的精神状态。后来阿飘终于从高继扬嘴里探得了一点风声，只知道徐丽丽到了广州一直不见人影，也明白高继扬是为了谢青云的事情犯愁，但是并不清楚详细的内幕。阿飘又把自己的怀疑告诉了田茅，当高继扬发现田茅也知道了这件事情以后，高继扬对阿飘说，你如果把这件事情告诉谢青云，我永远不再回来。阿飘和田茅都没有向谢青云说出这件事情，但是阿飘完全清楚了高继扬的心，阿飘痛苦不堪，整日吃喝玩乐，以此来排遣内心的苦恼。

就这样高继扬背上了沉重无比的包袱，精神上的压力逼得他无路可逃，只有看到谢青云，只有和谢青云在一起的时候，他才能有一点快乐，才有一点安慰。事情过去以后，吴诚一果然好长一段时间没有再来找谢青云，高继扬暗暗庆幸吴诚一还算讲信用。谁知好景不长，谢青云到法庭接受最后一次调解那一天，高继扬在法院门口看到谢青云痛苦的样子，真不知怎么办才好。到了下晚，突然接到谢青云打来的电话，说吴诚一又来要二十个人，高继扬的心一下子掉进了冰窟。

高继扬让谢青云先回家，一个人留在广州就是和吴诚一交涉的，这时候他才明白，他太天真了，吴诚一不会放过他们的。

吴诚一知道高继扬正一步一步按照他们的要求走下去，得意地说，怪不得田茅说你是个——

田茅？

是田茅把你介绍给谢青云的，你为什么不和田茅合作，要找我的麻烦？

吴诚一说，如果你不帮助谢青云送人到广州，徐丽丽就不会把事情告诉你，我们当然也不会来找你的麻烦，你自己说，这怪谁？怪你的命不好，还是怪你爱错了人？你爱上的女人是不是命很硬，克男人？

田茅，都是你害的我。

你们应该去找田茅，他神通广大，他无事办不成，你们要什么他都能给你们办到，你们去找他呀，你们去害他呀，你们为什么不敢对他下手？

吴诚一笑着说，关于这个问题，关于田茅的事情，最好还是由你自己直接问他的好。

"田茅、田茅到底有没有……"谢青云急迫地问。

高继扬盯着谢青云看了好一会儿，他终于长叹一声，过了半天才说："到底你心里只有他……"说着流下两滴泪来。

谢青云呆着。

高继扬忽然笑了笑，说："我终于还是得不到你的心。"又一笑，"其实，你也不爱田茅，你只是想占有他，越是得不到的东西，你越是想占有，是不是？"

是不是？

我爱田茅吗？

谢青云欲哭无泪。

乔江走进来，谢青云知道时间已经不允许她再说什么，其实这时候就是让她说话，她也说不出来，她默默地朝高继扬看了一会儿，就像从前高继扬默默地看着她那样。

但是一切都不再是从前了。

乔江送谢青云出来，说："广州那边的消息来了，吴诚一已经抓到。"

抓到吴诚一又怎么样，谢青云心里一片冰凉。

乔江说："如果吴诚一的供词对高继扬有利，高继扬就能少判几年。"

谢谢你，乔江。我知道你在为我着想，但是你却不明白我的心已经破碎，再也难以逢合，吴诚一怎么可能说出对高继扬有利的供词，即使吴诚一有这样的供词，高继扬能少判几年，但是判十年和判七年八年，对高继扬来说，对我来说，又有什么区别呢？一切都迟了，再也没有办法挽回。

乔江陪着谢青云默默地走了一段，突然说："照片的事情，我知道了，是……"

谢青云一愣："照片，什么照片？"

乔江看了看她，小心地说："就是拍的你和田茅的照片……

寄给我的,是……”

谢青云自言自语地说:“是田茅……”

乔江说:“那是吴诚一搞的鬼,主要是对付高继扬的,他早就觉察出高继扬动摇不定,怕高继扬总有一天忍不住要把事情说出来,所以……想不到高继扬对你……我知道,这和你没有关系,我……”

谢青云说:“怎么和我没有关系,是我害了高继扬,阿飘说得不错,是我害了他,我……”

乔江看谢青云脸上似有一种决绝的神色,不由心里一抖,问道:“青云,你想怎么样?”

我想怎么样,我想怎么样就能怎么样吗?

我不想怎么样,我只想回到从前,可是不能,我无可奈何。

“我们……”乔江看着谢青云慢慢地说,“你没有忘记吧,明天,就是那个日子……”

我怎么会忘记,这么多天来,我一直牢牢记着这一天,我一直在等它的到来,我怕它到来,却又等待它的到来。

宣判。

离婚。

离婚。

离婚。

乔江犹豫着,又慢慢地说:“我们,有没有希望,是不是,还可以重新开始……”

谢青云说:“重新开始,开始什么?开始生活,开始新的事业?还是开始新的矛盾?”她突然又觉得胸口一阵疼痛,用手捂住胸口。

乔江说:“吴诚一这一着确实很厉害,一箭双雕,既威胁了高继扬,又陷害了田茅和你。”

谢青云突然笑了一下,说:“你相信我和田茅没有什么事情?”

乔江说:“算了,不说那些了,事情已经过去……”

谢青云说:“事情已经过去,你觉得事情已经过去了?我怎么觉得事情才刚刚开始?”

乔江说:“最近这些事情,对你的打击实在太大了,你要好好安心休养一段时间。”

谢青云说:“刚才高继扬说的话你在门外一定听清楚了,他说他到底没有得到我的心,他说我到底心里只有一个田茅,你不在意了?”

乔江说:“我当然在意,但是我反复体味过了……不一样的感觉,没有你的日子,实在是不好过,小晶也不能没有妈妈。再说,再说……田茅……”

你还是放不下田茅。

“田茅也不是我从前想象的那样,这次破案,他帮了我们的大忙,我们在广州找到徐丽丽,是有人给我们打电话报的信,昨天才最后弄清楚,这个人就是田茅,吴诚一的线索也是他提供的。”

是田茅找到徐丽丽的,可是他却告诉我他在广州没有见到徐丽丽。高继扬在广州根本没有见到徐丽丽,他却说他见到了。他们都骗我……你以为你长大了是吧,你以为你很成熟了是吧……谢青云耳边回响起田茅嘲讽的话语,她对乔江说:“你相信田茅,你不以为他这是丢卒保车?”

乔江说:“什么意思?”

谢青云说:“你不再怀疑田茅?”

乔江愣一下，没有马上回答。

谢青云说："你还是没有排除对田茅的怀疑。"

乔江说："怀疑不能说明任何问题，要有证据，人证，物证，都没有……"他停了停又说，"事情已经了结了，你也不要再胡思乱想了。"

他们在拘留所门前站了好一会儿，一个修自行车的老头儿和一个修鞋的老头儿，不住地看着他们。谢青云说："我走了。"

乔江好像有话没有说，谢青云稍一迟疑，慢走一步，乔江连忙抢上去，说："明天，怎么办？"

明天，明天我们一起上法庭，听法官宣判，然后各奔东西。

或者，明天我们执手回家，再回到从前。

谢青云缓缓地摇头。

"那，明天，去，还是不去？"

去，还是不去，宣判还是不宣判，都已经失去了原来的意义。

乔江不知所措地看着谢青云，他不知道她在想什么："你说话呀！"

谢青云终于说："明天，等到了明天再说吧，我走了。"

乔江好像还有好多话要说，但是他没有再说，只点了点头，目送谢青云远去，反身走进拘留所。

谢青云回到形象公司，穿过宽大的写字间时，她看到大家的神色都很不安，谢青云勉强地对大家一笑，走进办公室，张主任已经等在那里，他告诉谢青云，形象公司停业整顿的通知来了。

谢青云"哦"了一声，说："那就宣布放假吧。"

张主任说："要不要向大家说明白？"

谢青云说："说吧。"

张主任担心地看着谢青云,小心地说:“说明白了,会不会有人不想再干下去了?”

谢青云说:“肯定有人不愿意在我们这里做了,由他们去吧。如果有困难,形象公司给一点补助。如果找不到理想的事做,我也可以帮助推荐。”

张主任说:“好。”走了出去。

谢青云转过身,她不想看写字间里的情形,心里却又忍不住要看,憋得难受,她索性走了出去,听张主任向大家宣布。职员们看到谢总出来,叽叽喳喳的声音低下去。张主任已经把要说的话说了,回头看着谢总,说:“谢总有话说?”

谢青云摇了摇头,只说了一句:“我对不起大家,大家有什么困难,如果还信得过我,请来找我。”

没有人说话,写字间里一片寂静。

突然间,看到刘小桐站起来,拿了一盒磁带,放进录音机,响起了音乐声,很熟悉,很亲切……谢青云不知道这是谁在唱:

寻寻觅觅在无声无息中消失,
总是找不到回忆,
找不到曾被遗忘的真实,
……
痛苦痛悲痛心痛恨痛失去你,
……
痛苦痛悲痛心痛恨痛失去自己。
……

写字间里,有人跟着一起唱起来,有人收拾了东西走出去,也有的人默默地听着歌……

谢青云回到办公室,发现田茅已经坐在里边,谢青云说:“什么时候进来的?”

田茅说:“你听歌听得入迷了,张主任带我进来的。”

谢青云说:“你又来做什么,一切都已经结束。”

田茅说:“结束,谁说结束了,我怎么觉得一切还刚刚开始。”

谢青云说:“高继扬出事了你很开心?”

田茅说:“你以为我会开心?”

我不知道。我也不想知道。你是谁,你开心或者不开心,你是人或者不是人和我有什么关系。

田茅又习惯地眯起眼睛看着谢青云,谢青云习惯于在田茅的注视下低下头去,但是此时此刻她却迎接着田茅的注视,说:“吴诚一是你带来的,你害了高继扬!”

田茅说:“是的。”

谢青云突然又说:“不,不是你,是我害了他。”

田茅叹息一声说:“对高继扬太不公平。”他停顿了一下,又说,“我今天是来向你告辞的。”

谢青云心里一抖。

“我要走了。”

“到哪里去?”

“海南。”

谢青云的心一下子落到了一个无底的深渊,她慢慢地流出了眼泪。

我又错了,我以为小高为我付出了这么大的代价,我的心里不应该也不会再有你的位置了，我现在才明白，我又错了。

到底你心中只有一个他。

我终于还是得不到你的心。

高继扬说。

为什么？为什么？我不明白，小高为了我，牺牲了所有的一切，我为什么心里还是只有你？

你其实并不爱田茅，你只是想占有。高继扬说。

田茅，我爱你吗？

谢青云终于没有把高继扬的话告诉田茅，她只是问道："田茅，你告诉我，你和这件事到底……你到底是……"

田茅看着谢青云，慢慢地说："我告诉你什么，我若是说我和吴诚一没有牵连，你不相信；我若是说我和吴诚一早就勾搭上了，你又不相信；你要我说什么？"

"你为什么不证明你自己？"

田茅笑了一下，说："拿什么来证明？谁给我作证？"

谢青云回答不出。

田茅又说："我也问你一句，你为什么不向乔江证明你自己，你是不是也觉得无可证明？"

是的，拿什么来证明？谁给我作证？

无人作证。